बड़े घराने की बहू

आस्था जैन 'अन्तस्' पिछले कुछ वर्षों से लेखन के क्षेत्र में एक अभ्यर्थी के तौर पर सक्रिय हैं। आपकी कई रचनाएँ ऑडियो बुक्स के रूप में भी प्रकाशित हुई हैं। आप मुख्यतः प्रतिलिपि ऐप पर नियमित लेखन करती हैं। आपके लेखन में भावनाओं के ज़रिये पाठक के अन्तस् तक संबंधित विषय की संवेदना पहुँचाने का प्रयास किया गया है। हॉरर आपकी पसंदीदा श्रेणी है और अपने आध्यात्मिक ज्ञान के ज़रिये आप हॉरर कहानियों को अधिक विस्तृत और सार्थक आयाम देने में प्रयासरत हैं।

PRATILIPI PAPERBACKS
प्रतिलिपि पेपरबैक्स

भारतीय भाषाओं की कहानियों का सबसे बड़ा मंच है प्रतिलिपि।

साहित्य प्रेमियों के बीच बहुप्रसिद्ध इस ऑनलाइन मंच पर बारह भाषाओं में नौ लाख लेखकों द्वारा रचित एक करोड़ से अधिक कहानियां मौजूद हैं। भारत के सबसे बड़े डिजिटल कॉमिक्स प्लेटफ़ॉर्म, 'प्रतिलिपि कॉमिक्स' के साथ-साथ प्रतिलिपि 'आईवीएम पॉडकास्ट', 'वेस्टलैंड बुक्स' और आठ भाषाओं में सर्वश्रेष्ठ ऑडियो कहानियों के ऐप 'प्रतिलिपि FM' को भी संचालित करता है।

हमारा नया इम्प्रिंट, 'प्रतिलिपि पेपरबैक्स' प्रतिलिपि की सफल कहानियों को प्रकाशित किताबों के रूप में बड़े पैमाने पर नए पाठकों तक ले जाने की एक कोशिश है। ऐप पर सबसे ज़्यादा पढ़ी और सराही गई कहानियों के अलावा हम अन्य विधाओं के कहानीकारों को भी प्रकाशित करेंगे जिन्होंने 'ट्रेड प्रकाशन' जगत में बहुत सफलता पाई है और उन्हें भी, जिनमें रोमांचक कहानियां कहने-लिखने की प्रतिभा है। हम आपको बेहतरीन मूल्य पर बेहतरीन कहानियों की गारंटी देते हैं।

आस्था जैन 'अन्तस्'

बड़े घराने की बहू

PRATILIPI PAPERBACKS | प्रतिलिपि पेपरबैक्स

PRATILIPI PAPERBACKS
प्रतिलिपि पेपरबैक्स

Published in Hindi as *Bade Gharane ki Bahu* in 2023 by Pratilipi Paperbacks, an imprint of Westland Books, a division of Nasadiya Technologies Private Limited

No. 269/2B, First Floor, 'Irai Arul', Vimalraj Street, Nethaji Nagar, Alapakkam Main Road, Maduravoyal, Chennai 600095

Westland, the Westland logo, Pratilipi Paperbacks and the Pratilipi Paperbacks logo are the trademarks of Nasadiya Technologies Private Limited, or its affiliates.

ISBN: 9789357763158

10 9 8 7 6 5 4 3 2 1

This is a work of fiction. Names, characters, organisations, places, events and incidents are either products of the author's imagination or used fictitiously.

Typeset by Birch India
Printed at Nutech Print Services-India

"एक तो समय नहीं बचा, ऊपर से 2 घण्टे में पहुंचना भी है हमें। लड़की वाले कब के पैलेस पहुँच चुके होंगे तुम्हें जल्दी करनी चाहिये और तुम हो कि गहनों का रोना रोये जा रही हो।" भयंकर खीझ भरे शब्दों में नायक राठौड़ अपनी धर्मपत्नी नीति को फटकारे जा रहे थे। नव्यम ने बात बिगड़ती देखी तो खुद ही बीच में कूद पड़ा।

"अरे माँ, जहाँ जा रही हो वो कोई वीरान बीहड़ नहीं है, वहाँ भी अच्छे-अच्छे गहने मिल जाएँगे एक से एक एंटिक पीस।"

नीति ने अपने बेटे की बात को नीतियुक्त समझा और हाँ में सर हिला दिया।

"मैं कौन अपने लिए कह रही थी, तू ही सोच, वो लोग जब दूध के कलश के साथ हमारा स्वागत करेंगे तो मैं शगुन का कौन सा कोरा गहना डालूँगी उसमें? मैंने तो पहले ही कहा था, घर से शादी कर लो पर नहीं आज कल के बच्चे उस खंडहर में जाकर डेस्टिनेशन वेडिंग करेंगे। घर में संभाल के रखा था सब, भूल गई अब। बताओ भला, क्या हम यही लड़की वालों से..."

"बस माँ बस, साँस तो ले लो। अब बीच रास्ते हम कहीं नहीं जा सकते। आप जाते ही वहाँ कुछ खरीद लेना फिर हम पैलेस पहुँचकर ही रस्म करेंगे। ठीक है?"

नव्यम ने अपनी माँ को समझाया और उनका हाथ पकड़ कर बस की ओर चल दिया।

बस में बैठे-बैठे भी नीति को चैन नहीं आया, बस तो सीधी पैलेस पर ही जाकर रुकेगी फिर, क्या करूँ...? उन्होंने अपनी होने वाली बहू कल्पना को कॉल लगाया और एक नया गहना लेने को बोल दिया।

नव्यम पीछे की सीट पर बैठा मुस्कुरा रहा था कि चलो किसी बहाने से सही उसकी माँ ने कल्पना से बात तो की।

अरेंज मैरिज होने के बाद भी नीति को कल्पना से चिढ़ थी कि कैसे उसने सबके सामने कह दिया था कि मेरे पापा दहेज में कुछ नहीं देंगे, अगर मैं आपको स्वीकार हूँ तो आपको दहेज के बिना शादी करनी होगी। शादी का खर्चा भी सिर्फ मेरी और नव्यम की ही सैलरी से जाएगा। जितना हमारा बजट होगा हम उतना ही खर्च करेंगे। उसके ऐसे विचारों को देख-सुन कर नीति को मानो कल्पना पर स्नेह हो आया। उन्होंने रिश्ते के लिए हाँ कर दी। लेकिन इतने बड़े घर की होने वाली बहू ऐसे सबके सामने दो टूक बातें करे इससे नीति को चिढ़ बैठ गई।

खैर इधर कल्पना पहली बार अपनी होने वाली सास से कोई आदेश पा कर बेहद खुश थी। अपनी बहन और एक दो सहेलियों को साथ लेकर वो रामायणी पैलेस से बाहर निकली और पूरे बाजार में अपनी सास की पसन्द जैसा कुछ अलग और सुंदर गहना तलाशने लगी। इतनी दुकानों पर देख कर भी उसे कुछ समझ न आया, आखिर में एक सामान्य सी दुकान से एक बेहद खूबसूरत और राजसी बेंदा लेकर वो वापस लौटने लगी।

"मुझे तो कोई चोर बाजार जैसी दुकान लग रही थी जैसे चोरी का माल रखा हो।" कल्पना की बहन स्नेहा ने उससे कहा।

"थोड़ा गाँव कस्बे जैसी जगह है न इसलिए इतने सीधे लोग हैं, ज्यादा बातें नहीं बनाते इसलिए तुझे ऐसा लग रहा है। खैर! अब जल्दी चलो वरना मम्मी डांट लगायेंगी, उन लोगों के आने का टाइम हो गया है।"

"उन लोगों के आने का या उनके आने का दीदू?"

कह कर सब हँसने लगी।

कल्पना शरमा कर रह गई।

"देखो तो सही अपनी लड़की को कविता, अपना सामान सही से रखा नहीं, सास का हुक्म बजाने बाजार दौड़ पड़ी," रेखा बुआ ने कल्पना की मम्मी से कहा।

"क्या ले आई, सोने का ही है ना..." कल्पना की मम्मी कविता ने पूछा।

"हाँ मम्मी, सोने का ही है और बहुत सुंदर भी।"

"ठीक है तुम लोग जल्दी से तैयार होकर आओ हम सब बाहर जाकर स्वागत का इंतजाम देखते हैं, देर मत करना।" बुआ निर्देश देती हुई कविता के साथ चली गईं।

जोर शोर से लड़के वालों का स्वागत हुआ, समधी ने समधी को, समधिन ने समधिन को गले लगाया। स्नेहा चुपके से एक डिब्बा नीति के हाथ में दे आई। नीति ने खोल कर देखा और अपनी बहू की पसन्द पर गर्व से भर उठीं।

रामायणी पैलेस का मैनेजर राहुल भी सबके स्वागत में लड़की वालों का साथ दे रहा था।

"सर आप क्या कर रहे हैं, ये पैलेस सिर्फ सैलानियों के ठहरने के लिये है, शादी जैसे फंक्शन की मनाही है, फिर आप क्यों इन लोगों को परमिट कर रहे हैं, अगर रावत जी को पता चलेगा तो...?"

"कौन बतायेगा करण, तुम? तुम भले ही रावत जी के दोस्त के बेटे लगते हो पर मेरे असिस्टेंट हो, समझे! और मैं किसी से नहीं डरता। मेरा काम इस पैलेस का फायदा कराना है, और एक बार यहाँ शादी हुई तो आगे भी और लोग यहाँ आएंगे। सिर्फ 5 दिन का फंक्शन है, फिर सब विदा। तब तक मैं हूँ यहाँ, कुछ ग़लत नहीं होगा, और उन लोगों के सामने तुम चुप रहो तो बेहतर होगा।" कहकर राहुल तैयारियां देखने लगा। आखिर ये रामायणी पैलेस में पहली शादी थी। वो पैलेस की इमेज को और बढ़ाना चाहता था। इसलिए कोई कमी नहीं रखना चाहता था और न ही किसी फिजूल के 'श्राप' पर ध्यान देना चाहता था।

सबके मिलने मिलाने के बाद अगवानी की रस्म के लिए कविता ने एक दूध भरे कलश से अपनी होने वाली समधिन का स्वागत किया और नीति ने अपनी समधिन के स्वागत से अभिभूत होकर रिवाज के अनुसार वो सोने का बेंदा उस कलश में डाल दिया लेकिन दो पल बाद ही कविता ने चिल्लाकर वो कलश हाथ से छोड़ दिया। सब आँखें फाड़-फाड़ कर बेहोश कविता और जमीन पर फैले काले दूध और उसमें से निकलते हुए कीड़ों को देख रहे थे।

फटाफट डॉक्टर को बुलाया गया।

"अब ये ठीक हैं, बस थोड़ी देर इन्हें आराम करने दें।"

डॉक्टर अमित ने सबसे कहा और सभी ने जैसे एक सदी के बाद चैन की साँस ली।

"आप सब अपने-अपने रूम में जाकर आराम कर लीजिए, अब सब ठीक है।" कहकर नायक जी ने उस कमरे से सबको विदा किया।

"आप मेरे साथ चलिए डॉक्टर..." बोलकर राहुल (पैलेस का मैनेजर) डॉक्टर को लेकर बाहर आ गया।

कल्पना को अपनी माँ के सिरहाने बैठा देख नीति ने बड़े स्नेह से कहा, "कल्पना चिंता मत करो, कविता तो जरा-जरा से चूहों से भी डर जाती है, अभी ठीक हो जाएगी। तुम भी अपने रूम में जाकर आराम कर लो फिर कल से रस्मों में उलझ जाओगी, वक्त नहीं मिलेगा जरा भी। बेटा नव्यम, तुम भी जाकर रेस्ट कर लो, कविता के पास मैं हूँ, जाओ तुम दोनों।"

जी आंटी, कहकर कल्पना बाहर जाने लगी। नव्यम भी उसके पीछे ही चल दिया, उसका मन हुआ कि कल्पना से कुछ बात करे, कुछ कहे लेकिन क्या कहे? उसने देखा कि कल्पना तो जा चुकी थी। नव्यम मायूस हो गया।

"किस सोच में हो नव्यम, टेंशन वाली कोई बात नहीं है, कविता आंटी बिल्कुल ठीक हैं।" राहुल ने उसके कंधे पर हाथ रखते हुए कहा।

"हाँ, वो बस ऐसे ही। तो कुछ पता चला वो दूध काला कैसे हुआ और वो कीड़े?" नव्यम ने पूछा।

"कुछ नहीं शायद कलश साफ़ नहीं होगा बस उसी की वजह से हुआ होगा, मैंने स्टाफ को समझा दिया है। आगे से सब ठीक ही होगा टेंशन वाली कोई बात नहीं है यार।"

"लेकिन दूध गन्दा नहीं था, काला था, कल्पना की बहन स्नेहा कह रही थी कि उसने यहाँ स्टाफ को बातें करते हुए सुना है किसी श्राप के बारे में!"

"ये सब कहने की बातें हैं, तू इन सब चीजों में नहीं मानता और मैं भी नहीं, तू मेरा दोस्त है यहाँ मेरे भरोसे पर आया है तो सब परफेक्ट होगा, भरोसा रख यार!"

"देख राहुल, मैं बेशक़ ये श्राप वगैरह नहीं मानता, लेकिन अपने परिवार और रिश्तेदारों को बेवजह मुसीबत में नहीं डाल सकता, बाकी तुझ पर मुझे सबसे ज्यादा भरोसा है।"

"हम्म, लेकिन उस स्नेहा से कहना कि बाकी सबसे कुछ न कहे वरना सब बेमतलब डरेंगे और यहाँ चूहे भी उन्हें भूत लगेंगे।"

"हाँ मैंने उसे मना कर दिया है, वो किसी से नहीं कहेगी। अब मैं चलता हूँ, शाम को मिलते हैं डिनर के बाद।"

"जरूर..."

नव्यम अपने कमरे की तरफ़ चला गया।

राहुल जाने के लिये पीछे मुड़ा ही था कि उसकी अंदर की साँसें उसके फेफड़ों से वापस आना ही भूल गईं।

आँखें छोटी-छोटी करके बोलने वाली ये लड़की कितनी प्यारी लग रही है, लेकिन ये बोल क्या रही है?

"आ... जी वो आप..."

"क्या आप? मेरे सवाल का जवाब दीजिये।"

"जी वो मैं सुन नहीं पाया।"

"मैंने पूछा कि आप अभी हमारे दामाद साहब को क्या पट्टी पढ़ा रहे थे?"

"जी वो मेरा दोस्त है, मैं सिर्फ उससे बात कर रहा था, पर आप क्यों पूछ रही हैं, आपकी तारीफ़?"

"स्नेहा अपनी तारीफ़ खुद नहीं करती।"

"अच्छा, तो यहाँ-वहाँ लोगों की बातें सुना करती हैं आप!"

"नहीं, मुझे बुआ जी ने भेजा था आपसे वो बेंदा लेने, उसी की वजह से माँ बेहोश हुई हैं।"

"हम्म, वो मैं स्टाफ से कहकर भिजवा दूँगा, आप जाइये।"

"ठीक है..." कहकर स्नेहा अपनी माँ के कमरे में चली गई।

राहुल वहीं खड़ा रह गया, जैसे कोई बच्चा मेले में अपनी पसंद का खिलौना देख कर खड़ा रह जाता है।

"पर मैं बच्चा नहीं हूँ न वो कोई खिलौना है।" कहकर राहुल ने अपने ख़्यालों को परे किया और अपने केबिन में आकर करण से कहा कि वो सारे स्टाफ को मीटिंग रूम में बुलाए।

"मैं दो बार स्पेशल मीटिंग ले चुका हूँ ताकि आप लोग इस शादी को अच्छे से निबटा सकें, लेकिन आप सब तो..."

"सर, दूध सही था, कलश और स्वागत का सारा सामान मैंने खुद तैयार किया था, हमारी तरफ़ से कुछ ग़लत नहीं हुआ, बस वो बेंदा..."

"मैं उन सब चीजों की बात नहीं कर रहा हूँ, नव्यम के रिश्तेदार आप लोगों को आपस में कानाफूसी करते देख और सुन रहे हैं, आपको समझ क्यों नहीं आता कि ये रामायणी पैलेस की इज्जत का सवाल है, आगे से ध्यान रहे कोई भी इस तरह की बातें नहीं करेगा, न उन लोगों से न आपस में।"

"जी सर..." सबने एक स्वर में कहा।

"जाइए अब..."

सबके जाने के बाद करण राहुल के पास आया, "सर वो बेंदा..."

"मेरे पास है, मैं दे दूँगा, तुम अपना काम करो," कहकर राहुल मीटिंग रूम से बाहर निकल गया।

"जानता हूँ कि आपके पास है, पर आप देंगे नहीं, समझ नहीं आता कि करना क्या चाहता है ये। पता नहीं रावत अंकल (पैलेस के मालिक) कब इसे फोन करके फटकारेंगे, ख़बर तो पहुँचा ही चुका हूँ।" अपने में बड़बड़ाता करण पीछे मुड़ा तो देखा कि राहुल पीछे ही खड़ा था।

"सर, वो..."

"मेरा मोबाइल।"

"जी!"

"टेबल पर रह गया है, दे दो।"

"जी।"

करण ने राहुल को उसका मोबाइल उठाकर दे दिया।

"वैसे टेंशन वाली कोई बात नहीं," राहुल ने मुस्कुरा कर कहा और अपना मोबाइल लेकर चला गया।

करण को समझ नहीं आया कि राहुल ने कुछ सुना या नहीं।

"नीति मुझे कुछ ठीक नहीं लग रहा," अपने कमरे में कविता जी अपनी सहेली नीति से बात कर रही थी।

"क्या ठीक नहीं लग रहा कविता? सब तो ठीक है, तुम दवा लो और आराम करो।"

नीति ने इस लहजे में कहा कि जैसे उसे कुछ सुनना ही न हो।

"नहीं नीति, मैंने कलश में उसकी छाया देखी है, वो मेरे सामने..."

"बस करो कविता, किसी से कहना भी मत, ये सब भ्रम है तुम्हारा, मैं वहाँ थी, रेखा दीदी थीं, सिर्फ दूध गन्दा था।"

"नीति तुम सुनती क्यों नहीं?"

"देखो कविता, थोड़ी देर बाद वेलकम डिनर है, सब रिश्तेदारों के सामने सहज रहना। कुछ ग़लत नहीं है यहाँ, ठीक है। मैं जा रही हूँ तुम आराम करो।"

कहकर नीति अपने कमरे में चली गई, कविता धीरे-धीरे चलकर कमरे की खिड़की तक आई और उसकी आँखों से कुछ आँसू बह निकले।

"माफ़ कर दो रामायणी, माफ़ कर दो, कल्पना जितनी मेरी बच्ची है उतनी तुम्हारी भी है..."

कविता जैसे हवाओं से बातें कर रही थी।

तभी उनके पति जगदीश राठौड़ ने पीछे से आकर उनके कंधे पर हाथ रखते हुए पूछा, "क्या हुआ कविता? अरे! तुम रो रही हो?"

कविता उनके गले लग कर फफक पड़ी।

"वो हमें माफ़ नहीं कर सकती? क्यों जगदीश, उसे मेरी माफ़ी समझ क्यों नहीं आती?"

"कुछ नहीं होगा कविता, इतनी दूर क्यों लाये हैं हम अपने बच्चों को, कुछ नहीं होगा उन्हें यहाँ," कहकर जगदीश जी ने अपनी पत्नी को सांत्वना दी पर उनकी आँखों में एक पल के लिए एक दुल्हन सी सजी लड़की, उसकी फलों, मेवों और उपहारों से भरी गोद और सूखी आँखों में से रिसता लावा दिखाई पड़ा।

"नहीं कुछ ग़लत नहीं होने दूँगा मैं," जगदीश जी ने ख़ुद से कहा।

"पंडित जी को इस पैलेस का पूरा एक चक्कर लगाना है—हर रूम, हर जगह, हर केबिन का, इसके लिये आपकी इजाजत चाहिए।" स्नेहा ने राहुल से कहा।

"और मैं ऐसी वाहियात इजाजत क्यों दूँ?" स्नेहा और उसकी बुआ के साथ आये एक पुरुष को घूरते हुए राहुल बोला।

"देखो तो सही ये तमीज़ है आजकल के लड़कों की, अरे! हमारे भी लड़के हैं, जॉब करते हैं पर ये संस्कार नहीं कि बड़ों से इस तरह बात करें," बुआ लगभग बरसते हुए बोलीं।

पर राहुल अब भी उसी तेजस्वी मूर्ति से नजरें मिलाये हुए था।

"इजाजत दो या अपनी टेबल के लॉकर में रखा हुआ बेंदा दे दो," राहुल के पास आकर उसके सिर पर हाथ रखने के बहाने उस व्यक्ति ने धीरे से उसके कान में कहा जिसे स्नेहा और बुआ न सुन पाईं।

राहुल ने ऊपर से नीचे तक उस व्यक्ति को घूरते हुए देखा, सादा कुर्ता, सादी धोती, न कोई माला न थैला न आडम्बर न तिलक, बस मुस्कुराता सा चेहरा, सफ़ेदी से सनी दाढ़ी और बाल भी थोड़े बड़े, जटाधारी तो हैं नहीं, न कोई सिद्ध पुरुष मालूम पड़ते हैं आखिर इन्हें बेंदा कैसे पता चला?

"पता तो मुझे तुम्हारे बारे में भी बहुत कुछ है अक्कू!" कहकर वो व्यक्ति फिर मुस्कुरा दिया।

अबकी बार राहुल की आँखें बस नेत्रदान हेतू बाहर ही निकल आईं।

"चलिए, मैनेजर साहब ने इजाजत दे दी है।" उस व्यक्ति ने बुआ से कहा।

"जी आपका नाम?"

"सब मुझे दद्दू कहते हैं, तुम भी कह सकते हो।" उसी मुस्कुराहट में भीगा हुआ जवाब आया।

"अभी सब 1 घण्टे बाद वेलकम डिनर के लिये सूर्या होटल जाएँगे तभी आप सब देख लीजियेगा, एक स्टाफ मेंबर भी भेज दूँगा मैं आपके साथ। अभी मैं नहीं चाहता सबके सामने तमाशा हो।"

"ठीक है, फिर तब तक यहीं रुकते हैं," दद्दू ने बुआ की तरफ़ मुड़कर कहा, "आप लोग जाइए, मैं अपना काम कर लूँगा।"

"जी दादाजी, प्रणाम। चल स्नेहा, हमें भी तैयार होना है।"

"जी, आप दद्दू का ध्यान रखियेगा," राहुल से कहकर स्नेहा बुआ जी के साथ चली गई।

"मैनेजर साहब, बैठने को कहेंगे या खड़ा रहूँ?" दद्दू ने उसी मुस्कुराहट से पूछा।

"जी, क्या...?" राहुल जो अभी-अभी स्नेहा की घटते क्रम में छोटी होती और फिर तुरंत ही सहज हो जाती आँखों की दुनिया में खोया था, अपनी वास्तविक दुनिया में वापस आ गया।

"कुछ नहीं," दद्दू ने कुर्सी पर बैठते हुए कहा।

वो महसूस कर पा रहा था कि सामने बैठा इंसान उसे ही घूरे जा रहा है। उसने नजरें उठाकर उन्हें देखा तो उसे लगा जैसे असीम स्नेह का दरिया उसे अपनी गोद में लेने को बढ़े चला आ रहा है। वो मन्त्र मुग्ध सा हो गया।

"कोई दूसरा होटल बुक कर लो बेटा, वरना कोई जीवित नहीं बचेगा।"

राहुल ने उसी सम्मोहन में तुरन्त दूसरा होटल बुक कर दिया।

अचानक उसकी तन्द्रा भंग हुई, उसकी टेबल के लॉकर में आग धधक रही थी जैसे किसी की क्रोध भरी चीख़ें उसे और भड़का रही हों।

राहुल तपाक से अपनी कुर्सी से उठकर अलग खड़ा हो गया। उसने देखा सामने कुर्सी पर बैठे दद्दू अब भी मुस्कुरा रहे थे।

राहुल आँखें फाड़कर दद्दू को देख रहा था, उसने तुरंत लॉकर खोल कर देखा उसमें रखे पेपर जल रहे थे और बेंदा काला पड़ चुका था। उसने टेबल पर रखे पानी के जग से आग बुझाई।

"ये कागज़ बहुत जरूरी थे क्या, बेटा?" दद्दू ने पूछा।

"जी, पर इनकी डिजिटल कॉपी है मेरे पास।" परेशान राहुल ने जवाब दिया।

तभी राहुल का मोबाइल बजा, "हाँ, नव्यम।"

"यार ये क्या बोल रहा है ड्राइवर, ये तो कोई और होटल लेकर जा रहा है, बात तो सूर्या होटल में की थी न तुमने?"

"हाँ, वो अभी मैंने चेंज किया, सूर्या में थोड़ी प्रॉब्लम होती तुम लोगों को इसलिए, बस और कुछ नहीं।"

"ठीक है," कहकर नव्यम ने फ़ोन काट दिया।

"आपने अभी मुझे सम्मोहित किया और मुझसे ये कहा कि..."

"सम्मोहित किया होता तो तुम्हें याद नहीं रहता कि तुमने क्या किया," दद्दू मुस्कुराते हुए बोले।

"तो यह क्या किया आपने?"

"कुछ नहीं, वक़्त आने पर जान जाओगे, वो लोग निकल गए हैं, मुझे इस पैलेस की पूरी 7 मंजिल घुमवा दो," दद्दू ने कहा।

"जी, पैलेस में सिर्फ तीन मंजिल हैं।"

"वो तो ऊपर हैं, नीचे भी चार मंजिल हैं," दद्दू ने कहा।

"क्या कह रहे हैं आप? यहाँ कोई तलघर तक नहीं है! और आपको कैसे पता कि यहाँ नीचे चार मंजिल और हैं? आखिर हैं कौन आप? अभी आग भी आपकी ही वजह से लगी थी, न? बोलिये?"

जवाब में दद्दू मुस्कुरा दिए, "तुम सवाल बहुत करते हो बेटा, वैसे टेंशन वाली कोई बात नहीं है, तुम्हारे सब सवालों के जवाब हैं मेरे पास, बस सही वक़्त आने दो।"

"देखिये, आप जो कोई भी हैं मैं आपको इस पैलेस का नाम खराब नहीं करने दूँगा। बताइए, अभी आग कैसे लगी?"

"तुम्हें लग रहा है ना कि मैंने ये पेपर्स और बेंदा जलाये हैं? तो, हाँ मैंने ही जलाये हैं, जादू से, जिस पर तुम विश्वास नहीं करते।"

"अभी तक मैं आपकी उम्र का लिहाज कर रहा था पर अब नहीं, चले जाइये यहाँ से।"

"ठीक है, जाता हूँ, पर एक बात याद रखना, होता वही है जो होना होता है और तभी होता है जब द्रव्य, क्षेत्र, काल, भाव, भव इन पांचों का संयोग हो। किसी भी चीज को नकारने से पहले उसके कारण पर विचार जरूरी है। कई चीजें हो चुकी हैं और कई चीजें होना बाकी हैं। तुम्हीं तुम्हारे मार्गदर्शक हो, खुश रहो।" ऐसा कहकर दद्दू मुस्कुराते हुए बाहर चले गए।

"जिसे देखो प्रवचन सुनाने में महारथ हासिल है आजकल," राहुल ने खुद से बड़बड़ाते हुए कहा और करण को कॉल किया।

5 मिनट बाद करण उसके केबिन में आया।

"जी सर।"

"हाँ, बैठो, कुछ बात करनी है," राहुल ने कहा।

"जी बताइए।"

"क्या मिलाया था तुमने दूध में?"

"कुछ भी तो नहीं।"

"हम्म...तुम्हें पता है यहाँ, इस पैलेस में, एक तलघर भी है?"

"नहीं, शायद रावत अंकल को पता हो, पर आपने कहाँ देखा?"

"मैंने किसी से सुना है।"

"आप कबसे सुनी हुई बातों पर यक़ीन करने लगे सर!"

"यक़ीन नहीं करता लेकिन तफ़्तीश करना जरूरी समझता हूँ, मैं खुद रावत जी से पूछ लूँगा, वैसे भी वो कल यहीं आने वाले हैं, तुम जाओ।"

"क्या! अंकल आने वाले हैं, वो भी कल?"

"हाँ, लेकिन टेंशन वाली कोई बात नहीं है, मैं तुम्हारी कोई शिकायत नहीं करूँगा," राहुल ने मुस्कुराते हुए कहा।

करण कुछ कहता उससे पहले ही उसका मोबाइल बज उठा, "एक्सक्यूज़ मी सर," कहकर वो बाहर निकल गया।

सुबह-सुबह रामायणी पैलेस पूरा महक रहा था, हर तरफ़ सजावट का काम चल रहा था। लड़के, लड़की वाले कल रात के अच्छे खासे वेलकम डिनर के बाद सुकून की नींद ले रहे थे।

नव्यम और कल्पना की सगाई की तैयारी पैलेस के सबसे बड़े हॉल में की जा रही थी।

सब कुछ अच्छे से हो इसलिए राहुल भी पाँच दिन पैलेस में ही रहने वाला था। उसने करण को भी वहीं रोक रखा था।

"हाँ माँ, मैं ठीक हूँ, अच्छे से सोया था, आप अपना ध्यान रखो और जितना जल्दी हो सके, यहाँ आ जाओ। मैं चाहता हूँ हमारे पैलेस की पहली शादी की भव्यता आपके आने से और बढ़ जाये।"

"मैं जल्दी ही आऊँगी, तुम अपना ध्यान रखना।"

"जी माँ।"

राहुल सुबह-सुबह बगीचे में टहल रहा था और अपनी माँ से बात कर रहा था।

"अपनी माँ से तो बड़े अच्छे से बात करते हैं आप।"

राहुल ने पीछे मुड़कर देखा, स्नेहा थी।

"जी, मतलब?" राहुल ने पूछा।

"मतलब बाकी सब से तो अकड़ के बात करते हैं आप, खैर मुझे बुआ ने भेजा था।"

"क्यों, क्या हुआ, किसी चीज की जरूरत थी तो स्टाफ में से किसी को..."

"जी नहीं, उन्होंने मुझे पूछने के लिए भेजा है कि कल जो दादाजी आये थे, उन्हें पूरा महल घुमवा दिया था आपने या नहीं?"

"ओह, वो...वो मैं किसी काम से चला गया था बाहर तो मुझे पता नहीं।" राहुल साफ़ झूठ बोल गया।

दो मिनट तक तो स्नेहा उसे घूरती रही।

"क्या हुआ घूर क्यों रही हो, डरा रही हो क्या?"

"झूठ खूब बोलते हैं आप, आपने ही भगा दिया होगा उन्हें।"

"नहीं, मतलब वो मैं बाद में बताऊँगा, पर तुम ये बताओ कि वो तुम्हें मिले कहाँ थे?"

"मन्दिर में, मैं और बुआ मन्दिर गए थे। कल जो हुआ उससे मम्मी बहुत डर गई थीं तो हम मन्दिर में छोटी सी पूजा रखवाने के लिए पंडित जी से बात करने गए थे।"

"तो ये उस मंदिर के पंडित जी हैं? वैसे किस मन्दिर में गई थीं आप लोग?"

"यहीं पैलेस से थोड़ी दूर ही है, लेकिन वो वहाँ के पुजारी नहीं हैं, वो तो कोई और थे। वो दादाजी तो वहाँ ध्यान कर रहे थे। बुआ वहाँ भगवान के सामने रोने लगीं तो दादाजी का ध्यान भंग हुआ, उन्होंने बुआ से सब पूछा और हमारे साथ आ गए।"

"अच्छा, ठीक है, अब आप जा सकती हैं।"

"क्या जा सकती हैं? अरे, मैंने आपको सब सच बोला न, तो आपको भी सच बताना पड़ेगा, दादा जी को आपने भगाया है न?"

"मैं नहीं बताता सच, जाओ क्या कर लोगी?"

"अरे पर मैंने आपको सच बोला न।"

"ऐसा कोई रूल है?"

"हाँ है।"

"अच्छा फिर मैं आपसे कहूँ मुझे आप पसन्द हैं तो आप भी मुझे पसंद करिए, करेंगी आप?"

"क्या..." स्नेहा मुँह फाड़े राहुल को देख रही थी।

राहुल उसका ऐसा मुँह बना देख अपनी हँसी नहीं रोक पाया।

"क्यों रूल है ना तो फिर..." राहुल ने हँसते हुए कहा।

स्नेहा से कुछ बोलते न बना वो तेज-तेज क़दमों से वापस पैलेस के अंदर चली गई।

राहुल को समझ आ गया कि वो गुस्सा हो गई।

ख़ैर, राहुल ने सोचा अब सबसे पहले मन्दिर जाकर दद्दू का पता लगाना चाहिए।

तभी उसे दूसरी मंजिल से चीख़ने चिल्लाने की आवाज़ें सुनाई देने लगीं तो वो तुरन्त ऊपर की तरफ़ भागा। आवाज़ें पैलेस के दायीं तरफ़ से आ रही थीं, जहाँ लड़की वालों के कमरे थे। वहाँ जाकर राहुल ने देखा तो कल्पना की मम्मी जमीन पर बेहोश पड़ी थीं और बुआ जोर-जोर से चिल्ला रही थीं।

"क्या हुआ, इन्हें?" राहुल ने कल्पना से पूछा, जो अपनी बुआ को शांत करा रही थी और रोये जा रही थी।

तुरन्त डॉक्टर को बुलाया गया, तब पता चला उनका बीपी एकदम कम हो गया था।

सबने बुआ से पूछा कि आखिर हुआ क्या है? तो वो रोते-रोते बोलीं, "मैं कविता के कमरे में गहने पसन्द कराने आई थी शाम की सगाई के लिए। यहाँ आकर देखा तो कविता किसी से बातें करे जा रही थी। मैंने उससे पूछा किससे बातें कर रही हो? तो उसने मेरा गला दबा दिया और न जाने क्या-क्या बक रही थी, फिर खुद ही बेहोश हो गई।"

"पर कविता तो ऐसा कभी नहीं करती चाहे जितना भी डरी हुई हो," जगदीश जी चिंतित होते हुए बोले।

"मुझे तो लगता है, कविता को उसने अपने बस में कर लिया है," बुआ अभी भी रोये जा रही थी।

"किसने बस में कर लिया है? क्या कह रही हैं आप?" नीति पूरे गुस्से में बोली जो अभी-अभी नव्यम और नायक जी के साथ उस कमरे में आई थी।

"आख़िर बात क्या है, आंटी?" राहुल ने नीति जी से पूछा।

"कुछ भी नहीं है, बेमतलब की बातों का ड्रामा बना रखा है, इन सब बातों से अच्छा है रेखा दीदी कि हम कविता का ध्यान रखें," नीति उसे गुस्से में बोले जा रही थी।

"ध्यान इंसानों का रखा जाता है, भूतों का नहीं, बोलो नायक भाई साहब मैंने क्या ग़लत कहा।"

"रेखा दीदी सही कह रही हैं नीति, जिसने जीते जी हमें धोखा और दुःख ही दिया हो, शायद मरके भी उससे हमारे बच्चों की खुशियां बर्दाश्त नहीं हो रहीं," कहते-कहते नायक जी की आँखों से क्रोध और दर्द की बूँदें गिरने लगीं।

"अफ़सोस है जिंदगी, अफ़सोस है बहुत," दरवाजे से एक आवाज़ आई तो सबने पीछे मुड़के देखा।

"रावत सर! आप..." राहुल के मुँह से निकल गया।

"आप तब भी ग़लत थे नायक साहब और आज भी ग़लत हैं, पर अफ़सोस है कि आज तक आपको अपनी ग़लती का अहसास नहीं हुआ," रावत जी अपनी बातों से अंगारे बरसाते हुए नायक जी के सामने खड़े हो गए।

"ग़लती किसकी थी मुकेश रावत, ये तुम भी जानते हो और बाकि सब भी जानते हैं। आज इतने साल बाद तुम सामने आए हो और आज भी तुम्हें मैं ही ग़लत लगता हूँ तो मैं समझता हूँ तुम अब भी उस मायाविनी के धोखे में हो," नायक जी जैसे सालों से दफ़न अपने अंदर का लावा बाहर निकालना चाहते थे।

"मेरी पत्नी यहाँ इस हालत में बेहोश पड़ी है और आप दोनों इस तरह बीती बातें खोदने में लगे हुए हैं," अब तक चुप जगदीश जी से रहा नहीं गया।

"नहीं जग्गू, नीति को क्या लगता है, मैं जान-बूझकर उसका नाम ले रही थी? मैंने खुद आज कविता को इस हालत में देखा है, आज मैं मर जाती तो?" बुआ अब भी रोते हुए खुद को सही साबित करना चाहती थी।

"मेरे कहने का वो मतलब नहीं था दीदी, लेकिन जिसकी वजह से कविता की ये हालत हो गई है, उसका नाम लेना भी अपशकुन है," नीति ने कहा।

"अपशकुन... दोबारा कहो नीति! कौन है अपशकुन?" रावत जी दहाड़ते हुए बोले।

"तुम नीति से ऊँची आवाज़ में बात नहीं कर सकते मुकेश, वो मेरी पत्नी है।" नायक जी भी उबल पड़े।

"ये तुम्हारी पत्नी है, तो वो कौन थी जिसे तुमने पूरे समाज के सामने अपमानित किया था? जो आज तुम लोगों के लिए मर गई तब भी उस पर अपशकुन का इल्ज़ाम लगा रहे हो तुम सब!" मुकेश जी की आँखें गुस्से से लाल हो गई थीं।

"बस भी करिए आप लोग, जो बीत गया सो बीत गया, आज क्या किया जाए, अगर कविता की यही हालत रही तो शादी होना नामुमकिन है," जगदीश जी सिर पर हाथ रखते हुए बोले।

"शादी जरूरी नहीं है पापा, मम्मी की सेहत ज्यादा जरूरी है," कल्पना बीच में बोल पड़ी। हालांकि सबकी नजरें देखकर उसे समझ आ गया कि उसका बोलना किसी को अच्छा नहीं लगा।

"दीदी सही कह रही हैं पापा, मम्मी अभी ठीक नहीं हैं तो शादी कैसे..." स्नेहा बोलते-बोलते रुक गई क्योंकि बुआ अब खा जाने वाली नजरों से उसे घूर रही थीं।

"तुम सबने तो शादी ब्याह खेल समझ रखा है, क्या जवाब देंगे इतने रिश्तेदारों को, कि एक भूतनी हमारे परिवार पर श्राप बनके मंडरा रही है? कभी न कभी तो तुम्हारी शादी करनी ही होगी इससे पहले कि वो बुरी आत्मा कोई और अपशकुन करे," बुआ बोलीं।

"स्नेहा बेटा आप अपनी मां के पास ही रहो जब तक शादी पूरी नहीं हो जाती, ताकि अब कोई और दिक्कत न हो। हम नहीं चाहते इस शादी पर कोई भी बुरा साया पड़े। मैं अभी इस पैलेस में एक पूजा करवा देती हूँ ताकि उसकी बुरी आत्मा कविता और हम सबसे दूर रहे।"

"वाह, नीति वाह!" मुकेश जी तालियाँ बजाते हुए बोले।

"मुकेश..." नायक जी दहाड़े।

"चुप रहो नायक, चुप रहो, इतनी देर से उस देवी के लिए बकवास सुन रहे हो तुम जो जिंदगी भर तुम्हारी पूजा करती रही और इस औरत के लिए एक शब्द सुनकर तुम बोल पड़े!" मुकेश जी नायक जी को सुनाते हुए बोले।

"आखिर हुआ क्या है, कोई बतायेगा भी, या सब एक-दूसरे को सुनाते रहेंगे, पापा आप बताइए किसकी बात कर रहे हैं ये?" नव्यम ने अपने पापा से पूछा।

"बेटा, तुम आजकल के बच्चे भूत-प्रेतों में कहाँ मानते हो, लेकिन ये सब होता है, हमारी कविता यूँ ही बात-बात पर डरा नहीं करती, इसकी वजह एक श्राप है। उसी को हम सब भुगत रहे हैं। देखो तो सही इतनी दूर आकर भी उस आत्मा ने हमारा पीछा नहीं छोड़ा। अरे, नायक भाई साहब ने तो उसके नाम का तर्पण भी करा दिया, फिर भी उस चुड़ैल ने हमारे परिवारों को बर्बाद कर रखा है।" बुआ रोते हुए बोली।

"बस करिए रेखा दीदी, बस करिए, खुद एक औरत होकर किसी दूसरी औरत के बारे में ऐसा कैसे बोल सकती हैं आप?" अब रावत जी फूट-फूट कर रोने लगे।

"क्या हुआ सर, आप ठीक तो हैं, आखिर बात क्या है?" राहुल परेशान होते हुए रावत जी के पास आया और उन्हें संभाला।

"ये हमारा निजी मामला है राहुल, बेहतर होगा तुम और तुम्हारे रावत सर इससे दूर रहें।" नायक जी ने कहा।

"जो बातें दफ़न हो चुकी हैं उन्हें ऐसे मौके पर दुबारा मत कुरेदिए मुकेश जी। हमारे बच्चे शादी के पवित्र बंधन में बंधने वाले हैं, ऐसे में हम ऐसी स्त्री का नाम भी नहीं सुनना चाहते जो खुद अपवित्र हो," नीति मुकेश के सामने आते हुए बोलीं।

"तुम अब भी मेरी बात का मतलब नहीं समझीं नीति? मुझे कसम दी थी उस देवी ने चुप रहने की और आज मैं वो कसम तोड़ रहा हूँ। मैं हर सच जानता था नीति, मैं हर सच जानता हूँ..." रावत जी नीति को घूरते हुए बोले।

नीति सदमे से वहीं बेड पर सिर झुका कर बैठ गई।

"क्या सच कहोगे तुम, मुकेश? कि वो ग़लत नहीं थी, उसने हम सबको धोखा नहीं दिया, और अब जो बुरा साया हमारे परिवारों पर है वो उसका नहीं है? तुम्हारे कह देने से सच झूठ नहीं हो जाएगा, जो सबूत थे वो उस वक्त सामने थे और आज भी यही सच है कि उसी की बुरी आत्मा का साया हमारे बच्चों के भविष्य पर है।"

"क्या सबूत थे नायक? वो चंद कागज के टुकड़े, जो तुम्हें रामायणी के कमरे से भी नहीं मिले थे, क्या सबूत थे?" रावत जी बोले।

"वो रामायणी के कमरे से ही मिले थे नीति को, जिसमें उसके प्रेमी ने खुद ये लिखा था कि आने वाला बच्चा रामायणी और उसका है इसलिए मैंने उसे अपनी जिंदगी और घर से निकाल दिया था।" नायक जी क्रोध में बरसते हुए बोले जिनकी आँखें भी साथ में बरस रही थीं।

"मामा, मेरी माँ..." राहुल ने दहकती हुई आँखों से मुकेश जी की तरफ़ देखा।

मुकेश जी ने उसके कंधे पर हाथ रखते हुए 'हाँ' में सिर हिलाया और राहुल वहीं फ़र्श पर घुटनों के बल गिर पड़ा और फफक-फफक कर रो पड़ा।

स्नेहा, कल्पना और नव्यम हतप्रभ से सब बड़ों के चेहरे देख रहे थे और कविता जी अभी भी बेहोशी की हालत में थीं।

मुकेश जी ने नीचे झुककर राहुल को संभाला और खुद भी रोते हुए कहा, "मैं जानता हूँ तुम्हारी माँ इतने सालों तक इतना बड़ा अपमान अपने दामन में छुपाए रही और तुम पर कभी उसकी आँच भी न आने दी।"

"ये सब झूठ है मामा, ये सब झूठे हैं। मेरी माँ पे लगे इल्जाम झूठे हैं, सब झूठ है सब झूठ!" राहुल ने खड़े होकर नायक जी के सामने आकर कहा।

"सही कहा तुमने राहुल, ये सब झूठ था। बनाया गया झूठ। क्यों नीति अब भी चुप रहोगी? अब तो तुम भी एक माँ हो, एक पत्नी को अपमानित होने दिया तुमने, अब एक माँ को भी अपमानित होने दोगी? बोलो नीति या मेरे ही शब्द तुम्हारे झूठ को थप्पड़ मारें, यही तुम्हारी इच्छा है?" रावत जी नीति को घूरते हुए बोले।

"ये क्या कह रहा है नीति जवाब दो! तुम ही तो लेकर आई थीं वो खत, बताओ मुझे नीति, जवाब दो!" नायक जी गुस्से में नीति की बांहें पकड़ कर खड़ा करते हुए बोले।

"नायक जी, बच्चे..." जगदीश जी अपनी जगह पर से उठते हुए बोले।

"नहीं जगदीश, नहीं, आज मैं जवाब चाहता हूँ। मैंने अपनी पत्नी से अधिक तुमपे भरोसा किया नीति, क्या कह रहा है रावत? कौन सा झूठ है तुम्हारा? बोलो नीति बोलो," नायक जी गुस्से में रोते हुए नीति को झकझोरते हुए चिल्लाये।

"अपनी पत्नी पे?" अपने आपको नायक जी से अलग करते हुए नीति चिल्ला पड़ी, "आपने अपनी पत्नी से ज्यादा भरोसा मुझपे किया, तो मैं कौन हूँ नायक जी? कौन हूँ मैं?" नीति रोने लगी।

"आज मैं समाज के लिए आपकी पत्नी हूँ लेकिन सच यही है न कि वो रामायणी कल भी आपकी पत्नी थी, आज भी है, और मैं आज भी सिर्फ आपके लिए दोस्त हूँ। मैंने आपसे प्यार किया तो आपकी पत्नी बनने का हक भी मेरा था। उसी हक के लिए मैंने आपसे झूठ बोला, लेकिन क्या फायदा हुआ, मैं तो आज भी अपने हक से कोसों दूर हूँ," नीति रोते-रोते सच कह गई।

नायक जी का सारा क्रोध सारे शब्द शांत हो गये, किसी कटे पेड़ से वो भरभरा कर जमीन पर गिर पड़े। नव्यम ने उन्हें पकड़ कर संभाला और जगदीश जी की मदद से पास ही कुर्सी पर बिठाया।

राहुल अब सबसे मुँह फेरकर खिड़की पर जाकर सिसकने लगा था।

"पश्चाताप अभी अधूरा है नीति," स्नेहसिक्त स्वर में मुकेश जी नीति से बोले।

"मैं, कविता, रामायणी और मुकेश चारों ही बचपन के दोस्त थे," नीति ने सिर झुकाए ही कहना शुरू किया।

सबकी निगाहें उनकी ओर उठ गईं।

"हम एक ही स्कूल में साथ पढ़ते, एक-दूसरे के पड़ोस में ही रहते, साथ में खेलते हुए बड़े हुए, कॉलेज में सिर्फ मैं, मुकेश और रामायणी पढ़ने गए, कविता को घर से इजाजत नहीं मिली, जल्दी ही कविता की शादी जगदीश जी से हो गई, उसी की शादी में हम सब पहली बार उनके दोस्त नायक जी से मिले, मैं उन्हें पसन्द कर बैठी। मैंने रेखा दीदी से कहा, उन्होंने इनके घर वालों से बात भी कर ली मेरे घरवाले भी राज़ी थे, पर इन्होंने मना कर दिया क्योंकि इन्हें रामायणी पसन्द थी।" कहकर नीति की आँखों से क्रोध के कई अंगारे निकल कर बह गए। "मैं रामायणी को हर तरह से समझाती रही कि नायक उसके लिए नहीं बने हैं लेकिन उसने मेरी एक भी न सुनी। कहती थी, 'मैं उन्हें पसन्द नहीं करती लेकिन उनसे मेरी शादी घर वालों ने पक्की की है, मेरे लिए अब वही सब कुछ हैं, तुम्हें पसन्द हो तो बोलो मैं खुद उनसे बात करके तुम्हारे लिए मना लूंगी उन्हें', पर मैंने कभी उसके सामने अपना मन खोलकर नहीं रखा, कभी कह देती तो शायद मेरे सिर इतना बड़ा अपराध न बंधता," नीति बिलख पड़ीं। रेखा बुआ ने उठकर नीति को संभाला और चुप कराया, नीति ने फिर से कहना शुरू किया, "बड़ी धूम-धाम से रामायणी की शादी इनसे हुई और वो इनकी पत्नी बन गई, लेकिन मेरे अंदर धधकते क्रोध और ईर्ष्या को कोई पहचान नहीं पाया, खुद मैं भी नहीं, मैं सबसे दूर चली गई अपनी पढ़ाई के बहाने, मुकेश भी दूसरे शहर चले गए पर उनके खत बराबर हम तीनों के पास आते रहते थे। वो हम तीनों से राखी बंधवाते थे। जब दो साल बाद मुझे मेरी दोनों सहेलियों ने आमंत्रित किया तो मैं वापस उन लोगों से मिलने गई, कविता और रामायणी, दोनों की गोद भराई साथ ही थी, एक ही जगह, मैं चार दिन पहले ही पहुँच गई थी, मेरे अंदर इतने दिनों का क्रोध बैर के रूप में बदल चुका था। मैं जानती थी कि नायक कभी रामायणी को नहीं छोड़ेंगे, पर मैं चाहती थी उसकी इज्जत इनकी नजरों में कम हो जाये, फिर एक दिन रामायणी अपने गहने मुझे दे गई उसकी अलमारी में रखने के लिए तब मुझे उसकी अलमारी में कुछ

खत मिले जो मुकेश के थे। मुकेश हमेशा से रामायणी को अपनी प्रिय बहन मानते थे इसलिए बेहद व्यस्त होने पर भी उसे पत्र लिखा करते थे और इतने लम्बे खत में कभी-कभी सिर्फ चंद बातें ही लिखते पर लिखते जरूर थे। वो खत देखकर मेरे मन में एक प्रपंच आया और मैंने वो सारे खत वहाँ से ले लिए। दो दिन बाद जब गोदभराई की रस्म चल रही थी, कविता और रामायणी दोनों लाल और हरे रंग के लहंगे में सजी-धजी जैसे सारी दुनिया का नूर अपनी गोद में छिपाए थीं। जिसकी झलक से उनके चेहरे भी खिल उठे थे, सब रस्मों में व्यस्त थे, तब नायक जी अपने कमरे में तैयार हो रहे थे। मैं वहाँ बहाने से गई कि रामायणी ने अपने कंगन मंगाये हैं, वहाँ जाकर मैंने जानबूझकर उसकी अलमारी इस तरह झटके से खोली कि कुछ चीजों के साथ वो सारे खत भी जमीन पर गिर पड़े जिन्हें कुछ वक़्त पहले मैं ही वहाँ रख आई थी, मैंने उन खतों से मुकेश जी का नाम हटा कर 'तुम्हारा प्रेमी' लिख दिया था। क्योंकि हम सब साथ पढ़े थे और मुकेश की हैंड राईटिंग मुझे अच्छी तरह आती थी, उनकी लिखी चंद बातों के नीचे मैंने कुछ इस तरह की बातें लिखीं जिनसे नायक को भरोसा हो जाए कि आने वाला बच्चा उनका नहीं है। जब नायक ने अलमारी का सारा सामान फैला देख मेरी मदद की तो वो खत मैंने उठाकर उनके हाथ में दे दिए कि शायद रामायणी के खत हैं। उनमें रामायणी का नाम भी था और मुकेश का पता भी लेकिन नायक को नहीं पता था कि ये मुकेश के लिखे हुए हैं और बाकी की बातें पढ़कर उन्हें उसी बात का यक़ीन हो गया जो मैं चाहती थी। वो क्रोध और आँसुओं से भरे हुए अपने कमरे से बाहर निकल कर गोद भराई की रस्म में पहुँचे और सारे खत रामायणी के मुँह पर फेंक दिए। सब लोग उस दिन तमाशा देखते रहे, पूरे समाज और घर परिवार के सामने नायक जी ने रामायणी को चरित्रहीन कहा, धोखेबाज़ कहा। मुकेश वहाँ थे नहीं इसी बात का पूरा फ़ायदा मुझे मिला। सबको उन खतों पर भरोसा हो गया खुद कविता को भी। सब रामायणी से सफ़ाई माँगते रहे आखिर में वो चीख़ कर बोली, "मैं कोई सफ़ाई नहीं दे सकती नायक जी। मैं कहती हूँ ये खत झूठे हैं, अब भी अगर आपको मेरा भरोसा नहीं तो मैं यहाँ नहीं रुकूँगी," दुल्हन जैसी सजी हुई रामायणी, उसकी फलों और उपहारों से भरी गोद और उसकी आँखों से बहते अपमान के लावे का नज़ारा देख एक बार सब सहम गए, लेकिन किसी ने उसका भरोसा नहीं किया। अपनी कोख में अपने बच्चे को लेकर रामायणी उसी दिन उस घर से चली गई और कभी

वापस नहीं आई।" नीति के शब्दों के साथ-साथ उसके अंदर का सारा क्रोध, सारी ईर्ष्या आँसुओं के साथ बह रही थी, कमरे में उपस्थित हर व्यक्ति की आँखें नम हो गई थीं। नायक जी कुर्सी के हत्थे पर अपना सिर रखे और एक हाथ से अपना सीना दबाए सिसक रहे थे। खिड़की के पास खड़ा राहुल, मुकेश जी के सीने में सिर गड़ाए सिसक रहा था।

थोड़ी देर बाद नीति उठ कर नायक जी के पास आई और उनके पैरों के पास बैठकर हाथ जोड़कर बोली, "मैंने बाद में आपको संभाला तो मुझे पता चला कि आप दोनों का प्रेम कितना गहरा था। मुझे हर पल अपने अपराध का बोध होता रहा। मैंने कई बार रामायणी को ढूंढ़ने की कोशिश की पर वो नहीं मिली। कई बार आपसे सच कहने की हिम्मत की पर सच नहीं कह पाई, फिर नव्यम हमारी जिंदगी में आया तो मैंने सब भूल कर आगे बढ़ने में ही सबकी भलाई समझी।"

"भलाई नहीं नीति, स्वार्थ, स्वार्थ समझा तुमने सिर्फ अपना स्वार्थ," नायक जी उसी तरह सिर झुकाए रोते हुए बोले।

"ऐसा मत कहिये, मैं दुबारा आपको अकेले होते नहीं देखना चाहती थी। मुझे मेरा अपराध मंजूर है, आप जो चाहें सजा दें, मैं सह लूँगी," नीति हाथ जोड़े हुए बोली।

"मैं तुम्हें क्या सजा दूँगा नीति, मैं तो खुद अपराधी हूँ। पति होकर अपनी निर्दोष गर्भवती पत्नी को मैंने त्याग दिया। बिना ये जाने कि वो जीवित है भी या नहीं, उसका तर्पण करा दिया। कभी उस बच्चे को ढूंढ़ने की कोशिश नहीं की जो मेरा ही अंश था। रामायणी के मरने के बाद भी मैंने उसकी आत्मा को बुरा-भला कहा, मैंने उसकी आत्मा को भी शांति नहीं मिलने दी...मैं ही अपराधी हूँ," कहकर नायक जी ने नीति की तरफ़ से मुँह फेर लिया।

"अब हम सबने उसके साथ इतना अन्याय किया शायद तभी उसकी आत्मा हम सबसे बदला ले रही है," बुआ जी डरते हुए बोलीं।

"जिसने जीते जी अपनों से बदला नहीं लिया, उसकी आत्मा अपनों से बदला क्यों लेगी भला, दीदी?" दरवाजे से आई रुँधी हुई आवाज़ सुनकर सबने चेहरा उठाकर दरवाजे के तरफ़ देखा।

दरवाजे पे रामायणी खड़ी थी जिन्हें भूत समझकर बुआ बेहोश हो गई। नायक जी कुर्सी छोड़कर रामायणी कहते हुए खड़े हो गए, वो उनके पास जाने को दो

कदम बढ़े ही थे कि तब तक राहुल "माँ" कहकर रोता हुआ उनके सीने से लग गया।

"बस बच्चे, बस, रोते क्यों हो? सच स्वीकार करना सहज नहीं होता लेकिन जो विचलित न हो वही तो इंसान होता है ना, फिर तुम ही तो कहते हो हमेशा कि टेंशन वाली कोई बात नहीं, तो अब क्यों विचलित हो रहे हो बेटा?" रामायणी राहुल के सिर पर स्नेह से हाथ फेरते हुए बोली।

आँखों में आँसू भरे नायक जी ने रावत जी के आगे आकर हाथ जोड़ लिये।

"तुम्हारे पिताजी जब तुमसे नाराज होकर तुम्हारा घर छोड़कर चले गए थे न नायक, तभी मुझे उनसे पता चला कि तुमने मेरी देवी जैसी पवित्र बहन को घर से निकाल दिया है। मैंने उसे सब जगह ढूंढ़ा और आखिर में एक स्वयं सेवी संस्था में पाया, जो खुद रामायणी के नाम से तुमने खुलवा रखी थी। वहाँ से रामायणी मेरे साथ आ गई। मुझे पता चला वो ख़त मेरे ही लिखे थे जिनका किसी ने दुरुपयोग किया मेरी ही बहन के ख़िलाफ़,पर रामायणी ने मुझे अपनी क़सम से बांध रखा था। इतने सालों में उसने ख़ुद अपना व्यापार खड़ा किया, ये पैलेस भी उसी ने खरीदा है, जिसका नाम का मालिक हूँ मैं। मैंने कई बार चाहा उसकी किसी अच्छे लड़के से शादी करा दूँ लेकिन उसने कभी तुम्हारे अलावा किसी को देखना तक जरूरी नहीं समझा और तुम इतने गिरे हुए निकले कि उसकी आत्मा तक को कोस रहे थे," मुकेश जी, नायक जी को धिक्कारते हुए सुनाते जा रहे थे। कई सालों का उनका गुस्सा एक साथ निकल रहा था और नायक जी सिर झुकाए, हाथ जोड़े सुने जा रहे थे।

"बस कीजिये भैया, बस कीजिये, जिसकी जितनी ग़लती थी वो सब स्वीकार कर चुके हैं, अब बस कीजिये और चलिए यहाँ से," कहकर रामायणी जाने के लिए मुड़ गई कि नायक जी ने आगे बढ़कर उनका हाथ पकड़ लिया।

"नहीं, रमा, अब मैं तुम्हें नहीं जाने दूँगा। तुम जो सजा दो मेरे सिर आँखों पर, मैं तुम्हारा अपराधी हूँ, मुझे सजा दो या फिर अब मुझे छोड़ कर मत जाओ या मुझे इस पश्चाताप की अग्नि में जल कर खत्म हो जाने दो रमा," नायक जी ने रामायणी के पैर पकड़ लिए और फूट-फूट कर रोने लगे, रामायणी नीचे ही बैठ गई और उनका चेहरा अपने हाथों में लेकर बोली, "मैं तो कभी आपको छोड़ कर नहीं गई, मैंने तो हमेशा आपको अपने आस-पास ही पाया है, पर मैं वापस नहीं आ सकती।

आप चाहें तो राहुल को ले जायें, वो आपका बेटा है मैं मना नहीं करूँगी, और मेरे पास इस समय कुछ नहीं जो आपको दे सकूँ।"

"तुम इतनी महान हो रमा कि अपना सम्मान, जीवन, प्रेम सबकुछ मुझ पर बर्बाद करके अपना बेटा भी मुझे दे सकती हो पर मैं अभी इतना नीच नहीं हुआ हूँ कि तुम्हारा सब कुछ छीनने के बाद तुम्हारा बेटा भी तुमसे छीन लूँ।" नायक जी की बातें सुनकर रामायणी ने अपने आँसू पोंछे और उठ खड़ी हुईं, वो जाने को मुड़ीं कि नव्यम उनके सामने आ गया, "मत जाइए बड़ी माँ, पापा आपके बिना नहीं रह पाएंगे, मैंने बचपन से ही उनकी अलमारी में छुप-छुपकर आपकी तस्वीरें देखी हैं। पापा आज भी आपसे बहुत प्यार करते हैं, वो सब एक ग़लतफ़हमी थी जो किसी ने जान बूझकर पैदा की थी, प्लीज सबको माफ़ कर दीजिए, प्लीज।"

रामायणी ने नव्यम के सिर पर हाथ फेरकर कहा "ख़ुश रहो" और नम आँखों से कमरे से बाहर चली गई। रावत जी भी बिना किसी की तरफ़ देखे कमरे से बाहर चले गए।

नव्यम ने सहारा देकर नायक जी को खड़ा किया और राहुल से पूछा, "तुम भी मेरे पापा को माफ़ नहीं करोगे क्या? तुम साथ दोगे तो हम बड़ी माँ को भी मना लेंगे।"

"आ जा न यार, प्लीज, अब तो बड़ा भाई भी है तू, कर दे ना माफ़," नव्यम ने राहुल के पास आकर कहा।

राहुल रोते हुए नव्यम के गले लग गया।

नीति चुपचाप सब सुनती रही, रामायणी से माफ़ी माँगने की भी उसमें हिम्मत नहीं रह गई थी।

राहुल और नव्यम को गले लगा देख स्नेहा और कल्पना मुस्करा दीं।

"अब तक मैं अकेला आपका सिर दर्द था न पापा, अब हम दोनों भाई आपको परेशान करेंगे," नव्यम ने नम आँखों से हँसते हुए कहा और नायक जी ने अपने दोनों बेटों को गले से लगा लिया।

"जिस बुरी आत्मा के खौफ में हम इतने सालों से थे वो जिंदा थी, फिर कविता किसे देखा करती थी, किससे बातें करती थी? इतने सारे अपशकुन होते रहते थे, वो सब क्या थे?" जगदीश जी बोल रहे थे।

"सब मन का भरम है जग्गू, रामायणी का उस दिन का रौद्र रूप देख सब सहम गए थे। मैं तो ख़ुद इतना डरती आई थी अब तक कि आज सुबह रामायणी को देखकर मैं बेहोश ही हो गई। बिना जाने कुछ भी मान लेते हैं हम लोग फिर वही डर बना के पाल लेते हैं और क्या," बुआ सबको समझाते हुए बोली।

"मैंने उसके साथ ग़लत किया, उसका परिवार उजाड़ दिया, इसी का डर मेरे अंदर था कि वो भी मेरा परिवार उजाड़ देगी, मैंने इसी डर के चलते नायक जी से उसके जिंदा होते हुए भी उसका तर्पण करवा दिया। मेरा डर मेरे ही अपराधों का परिणाम था जिसका दोष मैं हमेशा उसे ही देती रही।"

नीति ने सुबकते हुए कहा।

"कोई बात नहीं आंटी, अब आपने स्वीकार कर लिया है तो थोड़ा टाइम लगेगा, लेकिन सब आपको माफ़ कर देंगे और मम्मी अब आपको भी डरने की जरूरत नहीं। बस अब शाम को खुशी-खुशी सगाई की तैयारी करनी है। आप सब ऐसे मुँह लटकाए बैठे रहेंगे तो कल्पना दीदी भी अपनी सगाई अच्छे से एन्जॉय नहीं कर पाएंगी," स्नेहा सबसे बोली।

"देखो तो सही जग्गू, तुम्हारी एक लड़की तो कम से कम मुझ पर गई है, अब यही सब संभालेगी मेरे बाद," बुआ स्नेहा के सिर पर हाथ फेरती हुई बोली।

"अच्छा अब मेरे साथ मन्दिर चलेगी? सब अच्छा हो गया सब भरम दूर हो गए इसके लिए ठाकुर जी को धन्यवाद कहना तो बनता है ना," बुआ जी ने कहा।

"हाँ जरूर बुआ जी, आपका हुकुम सिर आँखों पर," स्नेहा ने इस अदा से कहा कि सब मुस्कुरा दिए।

"माँ दिखाई नहीं दे रहीं, कहाँ हैं? आपके कमरे में भी नहीं थीं।"

स्नेहा की आवाज़ सुनकर राहुल पीछे मुड़ा जो उस वक्त पैलेस के सबसे बड़े हॉल में सगाई की सारी तैयारियों का आखिरी टच अप चेक कर रहा था।

लेकिन हॉल की सारी डेकोरेशन उसे स्नेहा की आँखों से कम ही सुंदर लगी।

"कविता आंटी अपने रूम में होंगी, वहाँ जाकर देखो, मेरे रूम में क्यों गईं तुम?"

"मैं अपनी नहीं आपकी माँ की बात कर रही हूँ।"

"तो खुद क्यों बोल रही हो कि माँ दिखाई नहीं दे रहीं?"

"क्यों मैं आपकी माँ को माँ नहीं बोल सकती?"

"नहीं बोल सकतीं।"

"क्यों यहाँ आपका रूल काम नहीं करता क्या?"

"क्या...?"

"कुछ नहीं," स्नेहा कहकर जाने को मुड़ गई कि राहुल ने उसे रोक लिया।

"नहीं, दुबारा बोलो, तुमने क्या कहा अभी?"

"नहीं बोलूँगी जाओ।"

"बड़ी जिद्दी हो, ख़ैर बताओ माँ को क्यों ढूँढ़ रही हो?"

"वो मैंने और जीजू ने एक प्लान बनाया है उनको ये फील करवाने के लिए कि नायक अंकल अब भी उन्हें बहुत चाहते हैं लेकिन इसके लिए उनका सगाई में होना बहुत जरूरी है।"

"अच्छा। माँ यहाँ नहीं रुकीं, वो मन्दिर के पास वाले हमारे घर में रुकी हैं, अभी जाएगा नव्यम उन्हें सगाई में लाने के लिए, शायद आ ही जाएँ।"

"मन्दिर तो मैं भी जाने वाली हूँ, अभी बुआ जी के साथ।"

"हम अब भी ग़लती कर रहे हैं स्नेहा," राहुल चिंतित स्वर में बोला।

"मतलब? अब तो सब सही हो गया न," स्नेहा ने पूछा।

"नहीं, हमने अभी अपनी पहली ग़लती ठीक की है, दूसरी ग़लती अभी भी हम कर रहे हैं। हम बिना पूरी बात जाने उसे नकार रहे हैं।"

"मतलब? मैं कुछ नहीं समझ पा रही।"

"मैं समझाता हूँ, चलो मेरे साथ।"

राहुल स्नेहा को लेकर अपने केबिन में आया, जल्दी-जल्दी उसने अपनी टेबल का लॉकर खोला, फिर तुरन्त उसने करण को कॉल किया, नंबर स्विच ऑफ बता रहा था।

"क्या हुआ?" स्नेहा उसे इतना परेशान देख कर डर गई।

"वो बेंदा! मैंने यहीं रखा था। वो गायब है, रावत सर के आने के बाद से करण भी गायब है। बहुत बड़ी ग़लती कर दी हमने, बहुत बड़ी।" और अपना सिर पकड़ कर राहुल वहीं कुर्सी पर बैठ गया।

करण को कुछ देर में ही राहुल ने होटल में पकड़ लिया।

"कोई तो दिक्कत है तुम्हारी, बोलो, आखिर चाहते क्या हो तुम?" एक हाथ से करण की गिरेबान पकड़े हुए राहुल ने अपने दूसरे हाथ की मुट्ठी भींचते हुए कहा।

करण डर के मारे उस एसी की ठंडक वाले कमरे में भी पसीना-पसीना हो रहा था।

"मैंने कुछ नहीं किया सरररर..." करण के इतना बोलते ही एक जोरदार मुक्का उसके जबड़े को नसीब हुआ और वो फ़र्श पर गिर पड़ा।

राहुल ने दुबारा उसका कॉलर पकड़ कर उसे खड़ा किया और बोला, "समझ क्या रखा है तुमने मुझे, मेरी नाक के नीचे सब प्रपंच रचोगे और मैं समझ नहीं पाऊँगा! तुम्हारे इस पैलेस में आने के पहले दिन से तुम पर नज़र रख रहे हैं मेरे आदमी।"

"कितनी भी नज़र रख लो मैनेजर सर, मेरे प्रपंच की जड़ तो क्या पहले सिरे तक नहीं पहुँच पाओगे तुम।" करण शैतानी हँसी हँसते हुए बोला।

"टेंशन वाली कोई बात नहीं है बेटा, तू कुछ उगले या न उगले, लेकिन इस शादी को तू कभी रोक नहीं पायेगा, समझा।" कहकर राहुल ने उसे वापिस फ़र्श पर पटक दिया और बाहर से कमरा बन्द करके सगाई के हॉल में आ गया।

"देर कर दी आपने, सारी रस्में हो गई मैनेजर साहब, आप बेवजह ही डर रहे थे," स्नेहा ने राहुल के पास आकर कहा।

राहुल स्नेहा को बिना कुछ कहे नव्यम और कल्पना के पास गया, नव्यम मुस्कुरा कर उसके गले से लग गया।

"इतने अच्छे डेकोरेशन और सब चीज़ों के लिए थैंक यू सो मच भाई," नव्यम ने कहा।

"क्या थैंक यू? मेरे भाई की शादी है, सब मुझे ही तो करना है," राहुल ने मुस्कुराते हुए कहा।

"भाई, मैं बड़ी माँ को लेने गया था लेकिन वो नहीं आईं," नव्यम उदास होते हुए बोला।

"कोई बात नहीं, आज रात को मैं उनसे बात करूँगा, ओके!" राहुल ने कहा तो नव्यम मुस्कुरा दिया।

"आज हमारे ही साथ डिनर करना बेटा, प्लीज," नायक जी राहुल के पास आते हुए बोले।

"जी, वो मुझे अभी कुछ काम है, वो पूरा करके फिर आता हूँ," राहुल ने कहा और वहाँ से सीधा रावत जी के कमरे में चला गया।

"करण की तुमसे कोई दुश्मनी नहीं, न ही इस पैलेस के श्राप से उसका कोई लेना देना है। अगर वो कुछ ग़लत करने की कोशिश भी कर रहा है तो वो ख़ुद कुछ नहीं कर रहा, वो किसी और से करवा रहा है।" मुकेश रावत राहुल को समझाते हुए बोले।

"ये तो मैं जानता हूँ, उसने अभी ख़ुद मुझसे कहा सब प्रपंच उसका है, लेकिन वो करवा क्या रहा है ये मेरी समझ में नहीं आ रहा," राहुल परेशान होते हुए बोला।

"देखो अभी नहीं तो थोड़ी देर बाद उसके बाप को पता चलेगा ही कि वो अब हमारे पास है और उसका राज़ हमें पता चल गया है कि वो सिर्फ हमारा बिज़नेस बर्बाद करना चाहता है, तब वो अपने बेटे को यहाँ से ले जायेगा, उल्टा हम पर उसके बेटे को किडनैप करने का इल्ज़ाम लगेगा क्योंकि हमारे पास उसके ख़िलाफ़ कोई सबूत नहीं है," रावत जी बोले।

"तो क्या करूँ मामा, उसे छोड़ दूँगा तो पता कैसे करूँगा कि उसने किया क्या है?"

"सही है, उसे छोड़ ही दो।"

"मतलब?"

"मतलब ये कि उस तक ये ख़बर पहुँचाओ कि सगाई अच्छे से हुई है और छोड़ दो उसे, अगर उसने हमारे पैलेस की इज्जत बिगाड़ने के लिए कुछ किया होगा तो तिलमिलाकर वो उसी के पास जाएगा जो उससे ये सब कुछ करवा रहा है।"

"समझ गया..." बोलते हुए राहुल उठकर करण के रूम में गया।

"तुम्हारे लिए अच्छी ख़बर है, सगाई अच्छे से हो गई," राहुल ने बेड पर बैठे हुए करण से कहा।

करण ने मुस्कुराते हुए कहा, "मुमकिन ही नहीं।"

"तुम कुछ भी कहो या करो, सगाई तो हो गई। आज से तीसरे दिन शादी भी हो जाएगी, मुझे पता है वो बेंदा वाला ड्रामा तुम्हारा ही था, ख़ैर मैं शायद ज्यादा

ही डर गया तुमसे, तुम जब तक इस कमरे में बंद हो, न तुम शादी रोक सकते हो, न इस पैलेस की इज्जत खराब कर सकते हो, समझे।"

"तुम मुझे यहाँ रोक नहीं सकते, मेरे पापा से अगर आज शाम तक मेरी बात नहीं हुई तो वो पुलिस को इन्फॉर्म कर देंगे, और तुम कुछ नहीं कर पाओगे।"

"ओह!, मतलब तुम्हारा बाप भी शामिल है इन सब में, ग्रेट!!"

तभी राहुल का फोन बजा, "हैलो, हाँ नव्यम... क्या? क्या हुआ कविता आंटी को? एक मिनट... मैं आ रहा हूं, आ रहा हूँ..." घबराते हुए राहुल दौड़कर कविता जी के रूम की तरफ़ भागा और इस हड़बड़ी में करण के रूम का दरवाजा खुला छोड़ गया।

करण मौका पाकर वहाँ से निकल गया, बिना ये जाने कि राहुल ने ख़ुद उसे छोड़ा था।

करण का पीछा करते-करते राहुल को आधा घण्टा होने को आया था, हालांकि उसके साथ दो पुलिस वाले और भी थे।

भागते-भागते करण की साँसें फूली जा रही थीं फिर भी वो भागे जा रहा था और आख़िर में आकर एक वीरान घर जो कि एक मंजिला ही था, के आगे जाकर रुका।

राहुल और दोनों पुलिस वाले उससे थोड़ी दूरी बनाकर उसे देखने लगे।

करण ने उस घर का दरवाजा खटखटाया जो उस वीराने में बिल्कुल भूतिया दिखाई दे रहा था।

राहुल और उसके साथियों ने देखा कि दरवाजा खुला और करण अंदर चला गया। पूरा अँधेरा अभी नहीं हुआ था फिर भी दरवाजा खोलने वाला उन लोगों को दिखाई नहीं दिया या फिर किसी ने दरवाजा खोला भी था या अपने आप खुला? ये कहना भी नामुमकिन था।

दरवाजा तोड़ने की नौबत नहीं आई, एक ही झटके में अपने आप ही उसके दोनों पल्ले निकल कर बाहर आ गए।

दो कमरों के उस घर में सीलन और बेहद धुआँ था, एक चारपाई, एक मटका और एक चादर के अलावा पहले कमरे में कुछ नहीं था। दूसरा कमरा भी बिल्कुल खाली था बस धुएँ के अलावा एक अजीब सी मरे हुए जानवरों जैसी तेज गन्ध भी थी और कुछ आवाज़ें भी जो शायद उस कमरे के नीचे से आ रही थीं, कमरे के कोने में सीढ़ियाँ थीं जो नीचे जा रही थीं।

दोनों पुलिस वालों ने राहुल को वहीं रुकने का इशारा किया, और अपनी पिस्तौल संभालते हुए उस कमरे के नीचे उतर गए।

1 मिनट बाद ही राहुल को नीचे से चीख़ने की एक के बाद एक दो तेज़ आवाज़ें आईं और शांत हो गईं।

राहुल को कुछ ग़लत लगा और वो वापस जाने के लिए भागा, घर का दरवाजा सही सलामत वापस अपनी जगह पर मजबूती से लगा हुआ था। राहुल ने कई बार कोशिश की लेकिन दरवाजा हिला भी नहीं। राहुल पूरा दम लगाकर उस दरवाजे को तोड़ने के जद्दोजहद कर रहा था कि अचानक उस दरवाजे से निकलता हुआ एक धूसर चेहरा राहुल के चेहरे के बिल्कुल पास आकर चिल्लाया और राहुल सदमे से नीचे गिर पड़ा।

"समझ नहीं आता कि क्यों मेरी किस्मत में ग्रहण बनके लगा है तू। कोई प्लान कोई तरीका हो, सबमें तुझे टांग अड़ानी होती है, अब भुगत ..." गुस्से से फुंफकारते हुए करण ने राहुल को बालों से पकड़ कर उसका सिर ज़मीन पर दे मारा जिससे राहुल के सिर से ख़ून बहने लगा।

धुएँ से भरे उस बदबूदार कमरे में उसका दम घुट रहा था, एकदम से ऊपर से गिरने और सिर पे लगी चोट से उसकी हालत ख़राब हो गई थी। एक कोने में बेहोश या मृत पड़े हुए दोनों पुलिस वालों को देख कर उसकी रही सही हिम्मत भी जवाब दे गई। किसी तरह खुद को संभालते हुए वो दीवार के सहारे खड़ा हुआ। राहुल के खड़े होते ही उसने फिर से उसका कॉलर पकड़ कर मारना शुरू कर दिया।

"बस करो..." धुएँ में जहर सी घोलती हुई आवाज़ कमरे के बीच से आई, राहुल ने उस तरफ़ देखा। बन्द होती आँखों से उसे इतना ही दिखा कि कमरे के बीचों बीच काले रंग के गोल घेरे में काले कपड़े पहने कोई तांत्रिक बैठा था जिसका चेहरा क्रोध और अपमान से तमतमा रहा था। उसके उस घेरे में बहुत सारी चीज़ों के बीच वो बेंदा रखा हुआ था जिसके ऊपर टप-टप करके लाल बूँदें गिर रही थीं। उसके ऊपर कोई मृत जानवर लटक रहा था, बिना खाल के... और फिर राहुल बेहोश हो गया।

"दद्दू आप...?" होश में आते हुए राहुल ने दद्दू को सामने खड़ा देख कर कहा।

"अब कैसे हो, सिर में ज्यादा दर्द तो नहीं है ना?" दद्दू ने मुस्कुराते हुए पूछा।

राहुल ने अपने सिर पर हाथ लगाया तो वहाँ पट्टी बंधी हुई थी। उसने चारों तरफ़ देखा, वो अपने ही घर के कमरे में था। घड़ी में देखा तो सुबह के 9 बज रहे थे। उसके सारे कपड़ो में मिट्टी लगी हुई थी।

"मैं यहाँ कैसे? मैं तो उस कमरे में... करण था वहाँ, वो?"

"वो जेल में है, और वो तांत्रिक भी, दो पुलिस वालों और एक आदमी पर जानलेवा हमला करने के बाद उन्हें जमीन में दफ़नाने के जुर्म में दोनों अंदर हैं फ़िलहाल।"

"पर कैसे? मैं...मुझे गाड़ दिया था उन्होंने ज़मीन में? और वो पुलिस वाले वो जिंदा हैं या...?" राहुल के पसीने निकल रहे थे।

"वो दोनों सिर पर चोट से बेहोश थे। हाँ, तुम तीनों को दफ़न भी कर दिया था उन्होंने। पर तब तक वहाँ पुलिस फ़ोर्स पहुँच गई और उन दोनों को पकड़ लिया। जल्दी अच्छे हो जाओगे, टेंशन वाली कोई बात नहीं है।" कहकर दद्दू ने उसके सिर हाथ फेरा। राहुल को बहुत अच्छा लगा जैसे सदियों बाद बड़ा सुकून मिला हो अन्तर्मन को।

"पर मैं तो वहाँ सिर्फ़ दो पुलिस वाले लेकर गया था, फिर आप वहाँ कैसे पहुँचे?" अब उसकी आवाज़ में घबराहट नहीं थी।

"वो स्नेहा बिटिया ने सब बातें सुनी थीं तुम्हारी और रावत की, तो वही लेकर गई थी। रुको बुलवा देता हूँ, बाकी सब उसी से पूछना।" इतना कहकर दद्दू खड़े हो गए, दरवाजे तक जाकर फिर वापस आए और राहुल से बोले, "मैंने जो कहा वो याद रखना, खुश रहो।"

थोड़ी देर बाद राहुल ने आवाज़ दी, "माँ, माँ..."

पर कोई प्रतिक्रिया नहीं आई तो वो खुद खड़ा हो गया लेकिन दो सेकंड बाद ही उसे तेज चक्कर आया और वो जमीन पर गिर पड़ा।

"क्या जरूरत थी उठने की? मैं आ तो रही थी, जरा सा सब्र नहीं है..." गुस्सा करते हुए स्नेहा ने उसे उठाया और वापस बेड पर लेटने में मदद की और वहीं बेड पर बैठ गई।

"वो, माँ कहाँ हैं?" राहुल ने पूछा।

"माँ, मन्दिर गई हैं, कहिये कुछ चाहिए क्या?"

"नहीं। वो थैंक्यू, तुमने मुझे बचाया और..."

"तो क्या हुआ, जब मैं मुसीबत में होऊँ तो तुम मुझे बचा लेना, रूल के हिसाब से चलो," स्नेहा ने कहा तो राहुल मुस्कुरा दिया।

"तुम सच में छुपकर बातें सुनती हो ना?"

"नहीं तो, वो तो आपने सगाई के बाद मुझसे अच्छे से बात नहीं की और आप परेशान भी लग रहे थे इसलिए मैं आपके पीछे-पीछे रावत अंकल के कमरे तक गई थी और गई थी तो अच्छा ही हुआ न... वैसे आपको पता है, पुलिस को उन लोगों के अड्डे से वो बेंदा भी मिला था जो कल्पना दीदू लाई थीं!" स्नेहा ने आँखें बड़ी-बड़ी करते हुए बताया।

"और क्या-क्या मिला?"

"सब तंत्र-मंत्र की चीज़ें, मरे हुए जानवर, वो बेंदा और ऐसी ही अजीब चीज़ें।" स्नेहा मुँह बनाते हुए बोली।

"तो सब सामान अब पुलिस की कस्टडी में होगा?" राहुल ने पूछा।

"हाँ, मगर पैलेस में इसके बारे में किसी को नहीं पता, आपकी माँ को पता है, मुझे पता है और दद्दू को बस।"

"दद्दू को तुम लेकर आईं थीं यहाँ?"

"नहीं, वो तो कल ही मुझे मिले थे जब मैं पुलिस वालों के साथ आपको ढूँढ़ रही थी तभी।"

"पर वो उस वीराने में कैसे पहुँचे? उन्हें तो पता भी नहीं था, मैं वहाँ हूँ।"

"जब हमारे इरादे अच्छे हों न तो मदद के लिए फरिश्ते भी नीचे आ जाते हैं।"

"अच्छा..." कहते हुए राहुल किसी सोच में पड़ गया।

"ओहो, अब सब ठीक है, अब क्यों टेंशन ले रहे हो आप?"

"टेंशन वाली ही बात है स्नेहा।"

"अरे वो दोनों अंदर हैं जेल में, वैसे भी उनका कोई तंत्र काम नहीं आया, देखा न कल कितने अच्छे से सगाई हो गई, आज हल्दी भी बहुत अच्छे से होगी, आप टेंशन मत लो।"

"यही तो टेंशन वाली बात है, अगर वो तांत्रिक उस बेंदा का प्रयोग कर रहा था तो उसने पहले ही दिन अपना असर दिखा दिया था। उसी दिन से कविता आंटी कैसी- कैसी हरकतें कर रहीं थीं, फिर सगाई में कुछ भी क्यों नहीं हुआ?"

"मतलब, आपके हिसाब से कुछ बुरा होना चाहिए था..." स्नेहा गुस्से में बोली और खड़ी हो गई।

राहुल ने उसका हाथ पकड़ लिया, "नहीं, मेरा वो मतलब नहीं है, मेरी पूरी बात तो सुनो।"

स्नेहा उसके हाथ से अपना हाथ छुड़ा कर वापस से बैठ गई।

"जल्दी बोलिये, मुझे पैलेस भी जाना है फिर, सब तैयारियां बाकी हैं।"

"हम्म, एक मेरे सिवा बाकी सबके लिए समय है तुम्हारे पास... जाओ भई, हम होते भी कौन हैं रोकने वाले।" कहकर राहुल ने दूसरी तरफ़ मुँह फेर लिया।

"नई दुल्हन की तरह नाराज़ होने की जरूरत नहीं, जल्दी से कहो जो कहना है फिर अपनी दवा लेके आराम करो।"

"अच्छा, देखो मुझे लगता है, हम अभी भी करण और उस तांत्रिक के तंत्र को नकार रहे हैं, मैं इन सब चीजों को नहीं मानता लेकिन बिना इसकी तह तक जाए, मैं इसे नकार भी नहीं सकता, क्या पता यही चीज आगे जाकर सबके लिए खतरा बन जाये, तुम समझ रही हो न?"

"हम्म, समझ रही हूँ, आप आराम करो। मैं पैलेस जाकर रावत अंकल को यहाँ भेज दूँगी, उनसे बात करके आप तय कर लेना आगे क्या करना है। ठीक है?"

"हम्म, उन्हें अभी तक सब पता नहीं होगा, जब पता चलेगा कि कल पुलिस वालों के साथ मैं भी गया था तो बहुत नाराज़ होंगे।"

"नाराज़ तो माँ भी बहुत हैं आपसे, अभी आती होंगी मंदिर से, उनके आते ही मैं चली जाऊंगी। आप दवा लीजिये और आराम करिये।"

राहुल ने दवा ले ली। वह आँखें बंद करते ही सो गया और बहुत सुंदर सपना देखने लगा।

रामायणी पैलेस के सबसे बड़े हॉल को गुलाबी, सफ़ेद और पीले रंग के पर्दों, गुब्बारों, झालरों और आर्टिफिशियल फूलों से सजाया गया था। हॉल के दोनों तरफ़ वर और वधू की हल्दी की रस्म के लिए इंतजाम कर दिए गए थे, हॉल के बीचों बीच गोलाकर बड़े से एंटिक बर्तन में पानी में इत्र और गुलाब की पंखुड़ियों को सजाया गया था...

राहुल एक-एक चीज का अच्छे से मुआयना कर रहा था कि कहीं कोई कमी तो नहीं। इस समय उसे बहुत अच्छा महसूस हो रहा था। कोई दर्द नहीं, कोई तकलीफ़ नहीं। उस सपने के बाद से उसका मन बहुत खुश था। परेशानियाँ अब भी उसके सामने कई थीं लेकिन अब परेशान मन की जगह शांत मन से वो सब चीज़ें हल करने के लिए सजग था।

"मैनेजर साहब को शायद आराम रास नहीं आता।"

स्नेहा ने राहुल के सामने आते हुए कहा।

"तुम्हारी बहन की शादी है, कोई काम नहीं है तुम्हें? जब देखो तब, कभी मेरे आगे, कभी पीछे," राहुल मुस्कराते हुए बोला।

"वाह जी वाह, ये सारा डेकोरेशन मैंने अपनी निगरानी में करवाया है, हल्दी का उबटन मैंने तैयार करवाया और सारे कजिन्स को इस शहर का पूरा एक चक्कर मैं लगवा के आई, माँ को यहाँ आने के लिए मैंने मनाया, रावत अंकल को भी मैंने कल रात के बारे में सब बताया, आप तो सुबह से आराम कर रहे हैं। आपको क्या पता मैंने क्या-क्या किया? बड़े आये कहने वाले कोई काम नहीं है क्या।" अच्छा खासा भाषण सुनाकर स्नेहा वापस जाने लगी।

"अरे वाह, क्या बात है! लेकिन एक काम तो तुम बताना भूल ही गईं।"

"क्या?" स्नेहा सोचते हुए बोली।

"इतना प्यारा लहंगा पहनकर तुम तैयार भी तो हुई और इतनी झनकती हुई पायलें भी पहन रखीं हैं..." राहुल मुस्कुराते हुए बोला।

"सीधे से तारीफ़ करनी नहीं आती आपको?"

"हाँ आती है न, कभी मौका तो दो," कहकर राहुल स्नेहा के पास आने लगा।

"पागल हो क्या, सब लोग आते जा रहे हैं यहाँ," स्नेहा पीछे होते हुए बोली।

"ओहो, मतलब लोगों के यहाँ आने से दिक्कत है, मेरे पास आने से नहीं?" अपनी भौहें ऊपर उठाकर राहुल बोला।

"बड़े शरीफ़ बनते हो सबके सामने, पर हो नहीं," कहकर झूठा गुस्सा दिखाते हुए स्नेहा अपनी दीदू के कमरे की तरफ़ चली गई।

कुछ देर सोचने के बाद राहुल भी उसी तरफ़ चला गया।

कविता आंटी का कमरा कल्पना के कमरे से पहले ही था जिसका दरवाजा आधा खुला हुआ था। अंदर कविता, नीति, रेखा बुआ और रामायणी थीं, सब आपस में बातें कर रही थीं।

उनकी आवाज़ें सुनकर राहुल वहीं दरवाजे की ओट में खड़ा होकर उनकी बातें सुनने लगा...

नीति (सुबकते हुए)– "मैं अपने अपराध बोध में घुली जा रही हूँ रामायणी, मेरा बेटा मेरी शक्ल भी नहीं देखना चाहता और नायक जी के मन में जितना तुम्हारे लिए प्रेम है, अब उतनी ही घृणा मेरे लिए है। मैं इसी के योग्य हूँ, बस एक इच्छा है कि यदि तुम मुझे माफ़ कर सको तो मेरी आत्मा प्रायश्चित के योग्य हो जाएगी।"

रेखा– "जाने भी दो न रमा, हम सब समझ सकते हैं तुमने कितने कष्ट झेले होंगे अकेले, पर दोषी तो हम सब ही हैं। इस बेचारी का ही तो दोष नहीं, माफ़ कर दे रमा उसे भी और हमें भी।"

रामायणी– "मैं कोई देवी नहीं हूँ जीजी जो सब कुछ भूलकर महान बन जाऊँ और सबको माफ़ कर दूँ। मैं भी इंसान हूँ, अगर मैं सबको माफ़ करूँगी तो पूरे मन से करूँगी, सिर्फ़ दिखाने के लिए नहीं और उसके लिए मुझे कुछ समय चाहिए लेकिन इतना भरोसा आप रख सकती हैं कि मेरे मन में किसी के लिए मैल नहीं है, वरना मैं यहाँ नहीं आती आप सबकी खुशियों में शामिल होने।"

कविता– "कैसी बातें करती हो रमा, हम सबकी खुशियों पर तुम्हारा भी हक है, उतना ही जितना पहले था। ये बच्चे भी तुम्हारे बच्चे ही हैं, तुम जैसी पवित्र आत्मा का आशीर्वाद इन्हें मिलेगा तो इनका जीवन निखर जाएगा।"

रामायणी– "शुक्र है तुमने मुझे पवित्र आत्मा कहा, चुड़ैल या बुरी आत्मा नहीं..."

सबके चेहरे उतर गए, सबने शर्म से सिर झुका लिया कि रामायणी एकाएक खिलखिला कर हँसने लगीं।

कविता और नीति भी हँसने लगीं।

रेखा– "अरे, ये भी कोई हँसने वाली बात है भला?"

नीति– "अरे दीदी, कुछ याद आ गया। पहले मैं और रमा, कविता को ख़ूब डराया करते थे और कविता हमें चुड़ैल कहा करती थी।"

रामायणी– "एक बार तो इतना डर गई कि दो दिन तक इसे बुखार रहा, तबसे हमने डराना बन्द कर दिया।"

तीनों सहेलियां आपस में गले मिल गईं और रेखा बुआ ने तीनों की एक साथ नज़र उतार ली।

कविता– "तुमने कहा था तुम मेरी बेटी को मेरी तरह डरपोक न बनने दोगी, अपने जैसी बनाओगी... तुम्हें हमारा वादा याद है ना?"

रामायणी– "हाँ, याद है लेकिन अब कल्पना नीति की बहू है और उसी की ज़िम्मेदारी भी, मैं नीति का हक नहीं छीन सकती।"

कविता– "मैं कल्पना नहीं, स्नेहा की बात कर रही हूँ रमा।"

नीति– "सही तो कह रही है कविता, स्नेहा अच्छी लड़की है, राहुल का साथ जीवन भर निभाएगी। मेरी मानो रमा, तुम दोनों का वादा भी रह जायेगा..."

रामायणी– "नहीं नीति, तब हमने यूँ ही हँसी मजाक में बातें की थीं। मैं इससे नाराज़ नहीं हूँ कि कल्पना मेरी बहू न बनी। सच मानो, नव्यम भी मेरे लिए राहुल जैसा है लेकिन सिर्फ अपनी बात मनवाने के लिए मैं दो जिंदगियाँ दांव पर नहीं लगा सकती, भले वो कल्पना हो या स्नेहा।"

कविता– "तो मैं कब कहती हूँ कि उनकी आज शादी करवा दो... अरे बात तो कर सकते हैं ना? फिर बच्चों की मर्ज़ी, साथ तो उन्हें ही रहना है ना।"

रामायणी– "ठीक है, मैं राहुल से बात करूँगी।"

नीति– "वैसे हमारी स्नेहा जैसी सुन्दर और सुशील बच्ची दूसरी न होगी, सच मानो उसके अलावा यहाँ किसी में हिम्मत न थी कि तुम्हें मनाकर ले आये।"

रामायणी (मुस्कुराते हुए)– "सो तो है, बच्ची सच में बहुत समझदार है, लगता है आप ही पे गई है जीजी।"

रेखा (ख़ुश होते हुए)– "और नहीं तो क्या, वो और मैं न हों तो कोई काम न हो... अब देखो सब खड़ी बातें कर रही हो, चलो नीचे, मैं कल्पना को लेके आती हूँ हल्दी के लिये... नीति तू भी देख नव्यम तैयार हुआ या नहीं।"

"जी दीदी," मुस्कुराते हुए तीनों सहेलियों ने कहा और कमरे से निकलकर नीचे की तरफ़ चलीं गईं और रेखा बुआ कल्पना के कमरे की तरफ़ चली गईं।

राहुल कमरे के बाहर रखे बड़े से शो पीस के पीछे छुप गया। जब वो मुस्कराता हुआ वापस जाने को हुआ तभी उसे कमरे से पायल की आवाज़ आई।

"सब तो निकल गए फिर अंदर कौन है?" फुसफुसाते हुए राहुल ने धीरे से दरवाजे को धकेला कि तभी किसी ने अंदर से दरवाजा खोल दिया और राहुल सन्तुलन बिगड़ने की वजह से कमरे के अंदर की तरफ़ ज़मीन पे गिर गया।

"आह!" राहुल चिल्लाया।

"ओह, सो सॉरी! आपको लगी तो नहीं? वो मैं... मुझे पता नहीं था आप बाहर थे," स्नेहा राहुल को संभालते हुए बोली।

"मुझे भी नहीं पता था तुम अंदर हो, तुम सच में छुप-छुप के बातें सुनती हो, कहाँ छुपी थीं वैसे?" राहुल खड़े होते हुए बोला।

"वो बेड के नीचे, और आप?" स्नेहा मुस्करा कर शरमाते हुए बोली।

"मैं, नहीं तो, मैं कहाँ छुपा था? मैं तो यहाँ से जा रहा था..." राहुल हड़बड़ाते हुए बोला और बाहर जाने लगा।

"झूठ! आप भी छुप-छुप कर बातें सुनते हैं, तभी तो आपके ये गाल लड़कियों जैसे लाल हो रखे हैं," स्नेहा उसके गाल खींचते हुए बोली।

"नहीं वो...मैं तो बस...ठीक है...हाँ सुन लिया तो?"

"तो बारात की तैयारी करो दूल्हे राजा!" स्नेहा ने हँसते हुए कहा और जाने लगी। राहुल ने उसका हाथ पकड़ अपने करीब लाते हुए पूछा, "स्नेहा, मज़ाक नहीं, सच कहो..."

"क्या सुनना चाहते हो, जो सुनना चाहते हो वो शादी के बाद ही सुनने मिलेगा।"

"मैं इंतजार करूँगा।" राहुल ने स्नेहा की आँखों से आँखे मिलाते हुए कहा। दो पल के लिए दोनों एक दूसरे की आँखों में खो से गए।

उनके कमरे के बाहर खड़ी कल्पना, रेखा बुआ और साथ खड़ी लड़कियां मुस्करा रही थीं।

"अब बच्चों से बात करने की जरूरत नहीं, मैं ही सबको हाँ कर देती हूँ," रेखा बुआ मुस्कुराते हुए बोलीं।

राहुल ने स्नेहा का हाथ छोड़ दिया और शरमाते हुए नीचे चला गया।

"वाह हल्दी मेरी है, पर शर्म का रंग मेरी बहन पर खिल रहा है," कल्पना मुस्कुराते हुए बोली।

"क्या दीदू, चलो मैं आपको नीचे ले चलती हूँ।"

नीचे जाते ही राहुल की नज़र रावत अंकल की तरफ़ गई, उन्होंने उसे अपने पीछे आने का इशारा किया और अपने कमरे की तरफ़ चले गए।

राहुल को याद आया कि तांत्रिक के बारे में भी रावत अंकल से जरूरी बात करनी है और वो उनके पीछे-पीछे चल दिया।

रावत जी राहुल को लेकर पुलिस स्टेशन पहुंचे।

"आधा घण्टा हो गया अंकल, वो कुछ नहीं बोला, और लगता भी नहीं कि कुछ बोलेगा," राहुल ने निराश होते हुए कहा।

"रावत साहब, मैं तो पहले ही बोल्या था, थे ही न माने। भाया निरा गूँगा है जे तांत्रिक! जब से आयो है घूँघट सो काढ़े बैठो है," थानेदार अपनी हरियाणवी मूँछों को ताव देते हुए बोला।

उसकी टेबल के सामने ही मुकेश रावत बैठे थे। वे कुछ सोचकर थानेदार की तरफ़ झुकते हुए धीरे से बोले, "इस तांत्रिक की ज़मानत करवाना चाहें कुछ ले दे के अगर..."

"के बात करो हो भाया? राम-राम, जे म्हारी आखिरी पोस्टिंग से इस इलाके में... राधौगढ़ आणे से पेहले ही म्हारी माई सौंगध धराई से म्हाने, घूस की माटी भी न ले सकूँ मैं!" कहकर थानेदार अपनी फाइल्स में व्यस्त हो गया।

"मैंने वहाँ बहुत सी चीजें महसूस की थीं, उस घर में जो सिर्फ़ मेरा भ्रम नहीं हो सकतीं अंकल। मुझे अब भी लगता है कि कुछ न कुछ तो है जो हमसे छूट रहा है," थाने से बाहर आकर राहुल ने रावत जी से कहा।

"मैं यहाँ किसी तरह उस तांत्रिक के बारे में पता लगाने की कोशिश करता हूँ, तुम पैलेस जाओ, वहाँ हल्दी होनी है, तुम्हारी भी जरूरत है वहाँ। अब तुम घर के बड़े बेटे जो हो, जाओ।"

"आप अब उन सबसे नाराज तो नहीं हैं न अंकल?"

"अगर रामायणी सबको माफ़ कर देगी तो मैं भी कर दूँगा। तुमने अपना लिया सबको, यह देख कर मैं थोड़ा हैरान जरूर हूँ।"

"अपना तो नहीं पाया हूँ अंकल लेकिन मुझे उनसे शिकायत भी नहीं है। उनसे शिकायत रखने का मतलब होगा कि मेरी माँ ने मुझे अच्छी परवरिश नहीं दी और अब सबको अपनी ग़लती का अहसास भी है।"

"अपने बाप पर बिल्कुल नहीं गए हो, बल्कि दादा पर गए हो।"

"माँ भी यही कहती हैं, लेकिन माँ के पास उनकी कोई तस्वीर नहीं थी इसलिए मैंने उन्हें देखा भी नहीं।"

"कोई बात नहीं, नव्यम से ले लेना, उसके पास जरूर होगी।"

"अगर आज दादा जी होते तो वो भी सबको माफ़ कर ही देते।"

"क्या पता वो अभी भी हों!"

"क्यों भाई साहब, क्या बहस कर रहे थे आप थानेदार से? कुछ बात हो तो मैं मदद करूँ?" एक आदमी मुस्कुराते हुए रावत जी से बोला।

रावत जी भी मुस्कुराये और राहुल से बोले, "तुम चलो, मैं आता हूँ। अभी कुछ बात बनती है तो कॉल करके बताऊँगा।"

राहुल उन दोनों को बातें करता छोड़ पैलेस की तरफ़ चल दिया, रास्ते में मन्दिर से भजन की आवाज़ें आ रही थीं, राहुल का मन हुआ अंदर जाया जाए। वो मन्दिर के बाहर अपने जूते उतारने लगा तो मन्दिर के प्रांगण में पानी की टँकी के पास उसे दद्दू बैठे दिखाई दिए, वो ख़ुश हो गया और उनके पास आकर बोला, "आप यहाँ क्यों बैठे हैं दद्दू? चलिये अंदर, मातारानी के कितने सुंदर भजन गा रहे हैं सब।"

दद्दू मुस्कुराते हुए बोले, "माँ के सामने कोई भी चुप नहीं रह सकता, हर स्त्री के अंदर माँ है, हर पुरुष के अंदर एक बच्चा है जो अपनी माँ से कुछ नहीं छुपा सकता, मन के सब भेद खोल देता है। माँ और बच्चे के बीच स्नेह की वो ऊर्जा होती है जिसमें बच्चे की सारी ग़लतियाँ, सारे पाप धुल जाते हैं।"

"अच्छा, पर मुझे तो लगता है आप तो माँ से नाराज होकर बाहर बैठे हैं," कहकर राहुल उन्हीं के पास बैठ गया।

"मैं तो यहाँ तेरे लिए बैठा हूँ।"

"सच दद्दू? आपको कैसे पता कि मैं आने वाला हूँ?"

"सुबह जबसे छोड़ के आया था तबसे मुझे ही याद कर रहा है, बोल सच कह रहा हूँ न?"

"हाँ, मुझे आपसे बहुत कुछ पूछना था दद्दू।"

"बोल क्या पूछना चाहता है?"

"आप ग़लत मत समझियेगा, मैं समझता हूँ कि साधारण भेष में आप कोई दिव्य पुरुष हैं, पर कुछ सवाल हैं... उस दिन मेरे केबिन में आपने आग कैसे लगाई थी मुझे सम्मोहित करके?"

दद्दू बच्चों की तरह खिलखिलाकर हँस दिए, "तुम्हें अब भी लगता है आग मैंने लगाई?"

"तो फिर, वो सब...!"

"ऊर्जा समझते हो किसे कहते हैं?" दद्दू गम्भीर होते हुए बोले।

राहुल विज्ञान संकाय से पढ़ा हुआ छात्र था, तुरन्त बोल पड़ा, "किसी कार्य को करने की क्षमता को ही उसकी ऊर्जा कहते हैं।"

"वाह, अब बताओ कार्य की श्रेणी में क्या-क्या आता है? सब आता है जो भी हम करते हैं, हमारा बोलना, सुनना, समझना, खाना-पीना, सोना, सब में ऊर्जा समाहित है या ये सब कार्य ऊर्जा के कारण ही संपन्न होते हैं, बताओ वो ऊर्जा क्या है?"

"अम्मम...पता नहीं।"

"जिंदा दिमाग़ों से ही दुनिया भर का फ़साद है, मुर्दे तो कभी अपनी कब्र से शिकायत नहीं करते," दद्दू ने मुस्कुराते हुए कहा।

"वाह! आपको शायरी करना भी आता है दद्दू?"

"उल्लू के पठ्ठे, शायरी पर मत जाओ, शब्दों पर जाओ।"

"समझ गया, दिमाग़ ही वो ऊर्जा है।"

"दिमाग़ एक अंग है बस, वो भी उसी ऊर्जा से संचालित होता है जिससे सारे कार्य संचालित हो रहे हैं।"

"कौन सी ऊर्जा दद्दू?"

"आत्मा...ओंकार स्वरूप आत्मा...तुम्हारी आत्मा, मेरी आत्मा! हर आत्मा की भिन्न सत्ता है, एक का दूसरे में कोई हस्तक्षेप नहीं।"

"लेकिन दद्दू अभी तो आपने कहा, सारे कार्य उसी ऊर्जा के कारण होते हैं, अब आप कह रहे हैं कोई हस्तक्षेप नहीं?"

"मैंने तुमसे कुछ और भी कहा था कुछ दिन पहले, याद करो।"

राहुल याद करते हुए बोला, "जब द्रव्य, काल, क्षेत्र, भाव और भव का संयोग होता है, तभी कोई कार्य होता है।"

"हम्म, प्रतिपल जो भाव आते हैं उनका उद्‌गम आत्मा है, हमारा अंतस, उससे आने वाला हर भाव विशुद्ध है, निर्मल है, सहज है, पुनः अपने उद्‌गम में जाने को सज्ज है।"

"मतलब?"

"मतलब ॐ को देखो, क्या जानते हो इसके बारे में?" दादाजी ने मंदिर में एक दीवार पर पेंट किये हुए ॐ की ओर संकेत किया।

"ये तो हमारे धार्मिक प्रतीक हैं दद्दू, हमें इनका सम्मान करना चाहिए। ये पवित्र और शुभ माने जाते हैं।"

"पवित्र क्यों, शुभ क्यों? क्या सिर्फ चंद पन्नों में लिखा है इसलिए?"

"हाँ, शास्त्रों में लिखा है सब मानते हैं और झूठ भी तो नहीं है, इनके संपर्क में आने पर मन को शांति भी मिलती है।"

"कारण? जिस तरह नवजात बच्चे की भूख सिर्फ माँ के दूध से ही शांत हो सकती है, उसी तरह हमारे अंतस की शांति स्वयं में ही है जिसका प्रतीक है ॐ। "ॐ" हमारी आत्मा का प्रतीक है, फिर जो रेखा इसमें से निकलकर इसमें ही मिल जाती है, वो आत्मा के भावों का प्रतीक है, जो आत्मा से निकलकर आत्मा में ही समाहित हो जाते हैं"। "ॐ" उस अवस्था का प्रतीक है जब आत्मा अपनी सम्पूर्ण ऊर्जा के साथ सिद्ध अवस्था (अशरीरी अवस्था) को प्राप्त हो जाती है, अब समझे?"

"थोड़ा बहुत, पूरा नहीं समझा।"

"मैंने जो समझाया उस पर विचार करना, जब प्रश्न उठें तो वापस से आना मेरे पास... टेंशन वाली कोई बात नहीं।"

"पर इन सबका उस दिन केबिन की घटना से क्या संबंध दद्दू?"

"बिना इसके तो कुछ घटित होता ही नहीं बच्चे, मैंने अपने भावों की ऊर्जा से तुम्हारे भावों की ऊर्जा को समाहित करके कुछ समय के लिए एक ऊर्जा चक्र विनिर्मित किया। इस दौरान मैंने तुमसे कुछ कहा, तुमने वही किया। जब ऊर्जा चक्र समाप्त हुआ तो वो वस्तु (बेंदा) जो कि शापित था, मतलब कि नकारात्मक ऊर्जा का उसमें किसी विधि द्वारा आरोपण किया गया था, वो हमारे ऊर्जा चक्र की सकारात्मक ऊर्जा सहन न कर सका और उस जगह का तापमान इतना बढ़ गया कि वहाँ रखे तुम्हारे कागजात जल गए।"

"ये ऊर्जा चक्र क्या है? कैसे बनाया आपने? मैंने तो पहले कभी नहीं सुना। और वो बिना बनाये भी आप मुझसे कहते तो भी मैं आपकी बात सुनता जरूर।"

"मैं जानता हूँ तुम जरूर सुनते लेकिन मैं नहीं चाहता था कोई और सुने।"

"पर वहाँ तो कोई नहीं था आपके और मेरे अलावा?"

"हमें दिखता नहीं पर हम अनगिनत ऊर्जाओं से घिरे हुए हैं, कुछ स्थूल शरीर में विद्यमान हैं जिन्हें हम देख सकते हैं और कुछ सूक्ष्म शरीर में विद्यमान हैं जिन्हें हम देख नहीं सकते, इन दोनों ही तरह की ऊर्जाओं में कई सकारात्मक होती हैं और कई नकारात्मक, मैं नहीं चाहता था वो मेरा कहा सुनें।"

"और अभी जो आप बोल रहे हो वो सब भी तो वो नकारात्मक ऊर्जाएं या आत्माएं सुन रही होंगी न?"

"ये मंदिर है बच्चे, यहाँ सूक्ष्म शरीर की सिर्फ सकारात्मक आत्माएं ही आ सकती हैं और स्थूल शरीर की सारी आत्माएं अंदर बैठी हुई हैं।"

"इसीलिए मन्दिर में शांति महसूस होती है क्योंकि यहाँ सकारात्मक ऊर्जाएं एकत्रित होती रहती हैं।"

"सही समझे हो, अब जाओ, अपने कार्य में सफल हो।"

"पर मेरे और भी सवाल हैं, आप कल रात अचानक कैसे आये जंगल में, और आप मेरे सपने में भी आये थे और आप यहाँ मेरा इंतजार क्यों कर रहे थे?"

"बहुत सवाल करते हो, उचित समय आने पर ही उचित कार्य होता है, जब तक पहला पन्ना न पलट लो तब तक दूसरे को पलटने का प्रयास ही व्यर्थ है मैनेजर साहब, जाओ अब।"

राहुल उनके चरण स्पर्श कर मन्दिर में दर्शन करके वापस पैलेस की तरफ़ चल दिया।

तभी उसके पास रावत अंकल का कॉल आया कि उन्हें कुछ भी पता नहीं चल सका उस तांत्रिक के बारे में, बस इतना पता चला है कि वो थाने आने के बाद बस एक बार रोया था बच्चों की तरह फूट-फूटकर।

राहुल को दद्दू की बात याद आई, 'माँ के सामने कोई बच्चा चुप नहीं रह सकता', 'माँ ही मेरी परेशानी को हल कर सकती है' सोचता हुआ वो तेज कदमों से चलते हुए थाने की तरफ़ बढ़ गया।

"माई, मुझसे पाप हो गया माई... मैंने सब उसके वश में किया माई...मैंने बहुत कोशिश की...मगर मैं हार गया माई, वो जीत गया माई..."

पूरा थाना तांत्रिक के करुण विलाप से गूँज रहा था, सलाखों के अंदर तांत्रिक अपना सिर रामायणी जी के कदमों में रख कर रुदन कर रहा था और रामायणी जी वात्सल्य भाव से उसके सिर पर हाथ फेर रही थीं।

सलाखों के बाहर खड़े थानेदार, राहुल और रावत जी भावुक हो रहे थे।

जब मन का सारा लावा अपने विलाप से बाहर निकाल लिया, तब तांत्रिक रामायणी जी से बोला, "माई, मुझ अधम का उद्धार करोगी?"

"तुम्हारा मन तो बच्चे जैसा साफ़ है, तुमसे क्या अधर्म हो गया जो खुद को अधम कहते हो?" रामायणी जी ने कहा।

"मैंने जो चक्र रचा था, मैं उसी में फँस गया हूँ, माई। मुझे इस भँवर से निकाल लो माई, मैं तुम्हारे चरणों में पड़ता हूँ, तुम दिव्य आत्मा हो, तुम्हीं से मेरा उद्धार होगा माई..."

"आत्मा सबकी दिव्य होती है, आत्मा तो है ही दिव्य चाहे फिर किसी की भी हो, बस देर तो पहचानने की है। चलो, पहले कुछ खाओ... तुम जब से यहाँ आये हो कुछ खाया नहीं, खाओगे नहीं तो उद्धार के बारे में कैसे सोच पाओगे?" रामायणी जी ने मुस्कुराते हुए कहा।

"मैं कल रात तुम्हारे बेटे को दफ़न कर रहा था, तुम मुझको खाने को पूछती हो, माई! मैं इतने स्नेह के लायक नहीं, अगर होता तो मेरी ही सगी माई मुझे क्यों छोड़ कर जाती?"

"देखो जब तक तुम कुछ खाओगे नहीं, मैं तुम्हारी कोई बात नहीं सुनूँगी, समझे?"

तांत्रिक अपने आँसू पोंछते हुए सामने रखे डिब्बे में से उठाकर खाना खाने लगा जो रामायणी जी लेकर आई थीं।

"जे मानुष री बड़ी-बड़ी लाल आंख्या देख कल रात म्हारे सारे पुलिस वाले काँप गए और जे भला मानुष थारी माँ साहिब के सामणे कैसे टाबर (बच्चे) सा रोये है!!" थानेदार आश्चर्य से बोला।

रावत जी बोले, "आप बस हमें थोड़ी देर इससे बात और करने दें तो..."

"हाँ हाँ पण म्हारे सामणे, और ज़मानत री सोचणा भी मत भाया... जे बहुत भयंकर आदमी लागे से, रिस्क मैं न ले सकूँ," थानेदार ने कहा।

जब तांत्रिक ने खा लिया तो राहुल और रावत जी भी अंदर आ गए और तांत्रिक के पास ही बैठ गये।

"कल का भूखा न था माई, 3 दिन से भूखा था, जो तंत्र मैं कर रहा था उसकी विधि के लिए..." तांत्रिक सिर झुकाए रामायणी जी के पैरों में बैठा था ।

"तुम्हारा नाम क्या है, और ये सब क्यों करते हो?" राहुल ने कुछ हिचकते हुए पूछा।

"दयान नाम रखा था मेरी माई ने मेरा। 5 साल का था जब वो मुझे छोड़ कर चली गई, बाद में मेरे बाप ने दूसरी शादी कर ली। वो और उसकी दूसरी बीवी मुझे बहुत मारते थे खाना नहीं देते थे, पर मैं सब सहता रहा मुझे लगा कि मेरी माई यहीं लौट कर आएगी पर एक दिन मैंने उनको बात करते हुए सुना कि मेरे बाप और उसकी दूसरी बीवी ने ही मेरी माई को मार डाला था, मेरी माई मर गई थी..." दयान फिर से रोने लगा ।

रामायणी जी ने उसके सिर पर हाथ रख दिया। उसे थोड़ा सम्बल मिला तो उसने फिर से कहना शुरू किया।

"मैं घर छोड़ कर जंगल भाग गया। वहाँ मुझे एक बाबा मिला, उसने मुझे भरोसा दिलाया कि मुझे मेरी माँ से मिलाएगा, मैं उसकी बातों में आ गया। 15 साल तक उसने मुझे कई काली विद्याएँ सिखाईं फिर मुझसे कहा कि मुझे बलि देनी होगी, तब मेरे से वो विद्या सिद्ध होगी जिससे मैं अपनी माँ की आत्मा को वापस बुला सकूँगा। मैं वापस घर आया, उस घर में मेरे बाप की एक बेटी भी थी, मैंने उसे छल से बीमार कर दिया, फिर सामने आकर उसे अपनी विद्या से ठीक कर दिया। मेरे बाप की दूसरी बीवी ने मुझे खुश होकर घर में रहने दिया। कुछ दिन उन लोगों के साथ रहने के बाद मैंने अमावस्या के दिन उन दोनों को बलि चढ़ा दिया। उसकी बेटी को मैंने बेहोश कर दिया, वो मुझे भाई कहती थी उसका कोई दोष भी नहीं था इसलिए मैंने उसकी बलि नहीं दी। वो अपने माँ बाप के लिए बहुत रोई तब मैंने उसे समझा बुझाकर उसकी नानी के घर भेज दिया, लेकिन बाद में मुझे बहुत आत्म ग्लानि हुई। मैंने उसे अनाथ कर दिया, पर अब मैं कर भी क्या सकता था? मैं इस व्यूह में उतर चुका था, जो विद्या मैंने बलि देकर सिद्ध की थी उसे अगली अमावस्या तक मुझे प्रयोग करना भी अनिवार्य था।

उस बाबा ने आकर मेरी मदद की और उसी घर में सब विधि विधान से मैंने उस विद्या का प्रयोग किया, अपनी माई की आत्मा से बात करने की कोशिश की, लेकिन मेरे साथ धोखा हुआ।

उस बाबा ने मेरी माई की आत्मा के आह्वान के लिए मेरा प्रयोग किया था, उसने अपनी विद्या से माई की आत्मा को वश में कर लिया और चला गया।

मैं कुछ न कर सका क्योंकि मैं उतना शक्तिशाली नहीं था कि अपनी माई की आत्मा को मुक्त करवा सकूँ, इसीलिए दो साल से ये सब कर रहा हूँ, लेकिन कोई ऐसी विद्या सिद्ध न हुई अब तक जिससे मैं बाबा की विद्याओं पर विजय प्राप्त कर सकूँ।

पर मैंने आज तक कोई बलि नहीं दी उस दिन के बाद से, जानवर भी मैं जंगल से मरे हुए ढूँढ़ कर लाता हूँ।"

"तो फिर तुमने मुझे दफ़न करने की कोशिश क्यों की भाई?" राहुल ने उससे पूछा।

"मैंने जिस शक्तिशाली प्रेत को शादी रोकने के लिए पैलेस में पहुँचाया था, वो वहाँ से वापस आ गया था। वो बेहद गुस्से और अपमान से भरा हुआ था इसलिए उसने मुझसे वो सब कराया।"

"पर पैलेस से वापस कैसे..." रावत जी ने पूछा, जिनके चेहरे पर हवाइयां उड़ रही थीं।

"वो प्रेत तीन दिन से कोशिश कर रहा था पैलेस के अंदर जाने के लिए, लेकिन उसे किसी भी तरीके से सफलता नहीं मिली थी क्योंकि पैलेस में एक नहीं कई आत्माओं का आधिपत्य है, जिनसे लड़ पाना किसी भी शक्ति के लिए मुमकिन नहीं है।"

"मतलब उन आत्माओं ने हमारी मदद की," रामायणी जी ने कहा।

"नहीं माई वो सारी बुरी आत्माएं हैं। अगर वो चाहती हैं कि ये शादी हो तो इसमें कोई बुरा मकसद ही होगा और उन्हें रोक पाना किसी के बस में नहीं है।"

वहाँ बैठे तीनों लोगों के चेहरे सफ़ेद पड़ गए।

रावत जी ने थानेदार से तांत्रिक की ज़मानत के लिए बात की तो थानेदार ने साफ़ शब्दों में कहा, "यो तो मने घणी ईमानदारी से लास्ट पोस्ट पे रहणा था, पण इब थे म्हारे को इतनी दुहाई दे रहे हो तो मैं ख़ुशी-ख़ुशी सब सेटलमेंट कर लूँगा। कोई न, पण म्हारी ई बात गांठा ने बांध लेना रावत, कल कुछ भी ग़लत ई तांत्रिक

ने करया फिर सारी जिम्मेदारी तुम लोगां की ही रहवेगी," थानेदार ने कहा और ज़मानत के कागजात रावत साहब के आगे रख दिये।

"हम सब बड़ी मुसीबत में हैं थानेदार साहब वरना मैं खुद गैरकानूनी तरीकों के खिलाफ हूँ, और दयान कुछ दिन बाद सरेंडर कर ही देगा, उसने वादा किया है," रावत साहब बोले और हाथ जोड़कर थाने से बाहर आ गए। बाहर कार में रामायणी जी, राहुल और दयान उनका इन्तजार कर रहे थे। सब लोग राहुल के घर पहुँचे। दयान को नहाने के लिए बोल कर राहुल ने अपने ही कपड़े दे दिए। जब वो बाहर आया तो सब उसे देख हैरान रह गए, वो तांत्रिक भेष से बहुत ही अलग एक सामान्य सा लड़का लग रहा था।

"तुम तो बहुत अच्छे लग रहे हो दयान, शेविंग और कर लेते तो मेरे छोटे भाई लगते," राहुल ने मुस्कुराते हुए कहा।

"नहीं, अभी मुझे बहुत चीजें करनी होंगी जिसमें ये बहुत काम आएंगे," दयान ने कहा और खाने की टेबल पे सबके साथ आकर बैठ गया। राहुल को उसकी बात का कुछ मतलब समझ नहीं आया।

"तुम्हें पता कैसे चला कि पैलेस में कई बुरी आत्माओं का गैंग सक्रिय है?" राहुल ने भी उसके साथ बैठते हुए पूछा।

"वो बेंदा, उसे शापित करके मैंने ही वहाँ पहुँचाया था। भेष बदल कर कल्पना को उसे मैंने ही बेचा था। उस बेंदा ने अपना असर दिखाया, दूध के जरिये। हमारी योजना सिर्फ इतनी थी कि तुम सब लोगों को डरा कर पैलेस से भगा दिया जाए और पैलेस की बदनामी हो।"

"ये तो करण का प्लान था, तुम्हें इसमें क्या फायदा था?" वहीं बैठे रावत जी ने पूछा।

"मैं जिस विद्या को प्राप्त करके अपनी माई को आज़ाद करा सकता था, उसे सिद्ध करने के लिए मुझे एक व्यक्ति की जरूरत थी, जिस पर वो विद्या अपनी शक्तियों का प्रयोग दिखा सके और वो व्यक्ति कविता जी थीं। उन्हीं पर मेरा प्रेत अपनी शक्तियों को प्रयोग कर सकता था क्योंकि उनका मनोबल बहुत कम था और वो बेहद संवेदनशील भी थीं," दयान ने कहा।

सबके मुँह खुले रह गए...

दयान मुस्करा दिया, रामायणी जी की तरफ़ मुँह करके बोला, "माई, मैं कविता जी की जान नहीं लेने वाला था, सिर्फ कुछ प्रयोग जो मेरी माई की खातिर थे बस..."

"इसीलिए कविता आंटी इतना डरी हुई थीं, हवा से बातें करती थीं और बुआ पर वो अटैक भी उन्होंने तुम्हारे बेंदा वाले प्रेत के वश में किया था? लेकिन बेंदा तो उस दिन के बाद से मेरे पास था और जल भी गया था," राहुल ने पूछा।

"हाँ लेकिन प्रेत बेंदा से बंधा नहीं था, उसे तो स्वतंत्र रूप से भेजा गया था, मगर वो प्रेत पैलेस के अंदर भी प्रवेश नहीं कर सका। यहाँ तक कि बेंदा भी पैलेस के बाहर ही उस दूध को काला कर सका, अंदर जाने के बाद जैसे वो भी निष्क्रिय हो गया, तभी मुझे शक हुआ कि पैलेस में भी कोई शक्ति है जो मेरी भेजी हुई शक्तियों को अंदर प्रवेश की अनुमति नहीं दे रही, इसलिए मेरे प्रेत ने पैलेस के बाहर से ही कविता जी को सम्मोहित करने की कोशिश की," दयान ने बताया।

"तुम्हें ये कैसे पता चला कि वो आत्माएँ ये शादी होने देना चाहती हैं? क्या कारण हो सकता है उनकी इस इच्छा के पीछे?" राहुल ने पूछा।

"नहीं जानता, आपकी माँ के आने के बाद कविता जी का मनोबल बढ़ गया था। उन्हें विश्वास हो गया कि कोई बुरी शक्ति उनके आस-पास नहीं है और उनका कुछ बुरा नहीं कर सकती। पैलेस के अंदर तो प्रेत वैसे भी उन पर अपनी विद्या प्रयोग नहीं कर सकता था, मनोबल बढ़ने के कारण सम्मोहन भी असम्भव था, इसलिए गुस्से में सगाई के दिन वो स्वयं अंदर गया इस निश्चय के साथ कि शादी जरूर होगी और उसे प्रवेश मिल गया। अंदर आकर उसने कविता जी को डराना चाहा ताकि अपने वश में कर सके लेकिन पैलेस की शक्तियों ने उसकी इस हरकत पे उसे उठाकर बाहर फेंक दिया, तभी वो गुस्से और अपमान से भरा हुआ मेरे पास आया और उसी के वश में मैंने तुम सब के साथ उस घर और जंगल में वो सब किया।"

"ओह, मतलब वो प्रेत तुम्हारे अंदर था उस वक्त?" राहुल ने हैरानी से पूछा।

"नहीं, संभव ही नहीं। जिस शरीर में एक आत्मा का वास हो वहाँ दूसरी आत्मा नहीं आ सकती। हाँ, जिस तरह एक इंसान दूसरे इंसान को डरा धमकाकर अपने मन की उससे करवाता है, वैसा ही उस प्रेत ने मुझसे करवाया।"

"मतलब भूत-प्रेत शरीर के अंदर नहीं आ सकते?" राहुल ने फिर प्रश्न किया।

"हाँ, वो बस डरा सकते हैं, यही उनकी हद है।"

"लेकिन शादी का क्या? दो दिन बाद शादी है, पैलेस छोड़कर तो वो आत्माएं हमें जाने न देंगी, और शादी हुई तो न जाने क्या गज़ब हो!" रामायणी जी चिंतित थीं।

"बिना समस्या का आरंभ जाने उसका अंत असम्भव है माई। मैं जल्दी ही सब पता लगा लूँगा, बस तब तक आप सब अपना ख़्याल रखियेगा।"

खाना खाने के बाद राहुल अपनी माँ के कमरे में गया और बोला, "मैं पैलेस जा रहा हूँ माँ, थोड़ी देर में आ जाऊँगा, आप अपना ध्यान रखना।"

"मैं ठीक हूँ। तुम जाओ पैलेस, वैसे भी वहाँ सब हल्दी की पूरी रस्म के दौरान तुम्हें ढूँढ़ रहे थे। तुम आये भी तो इतनी देर से फिर मुझे लिवा लाए, सब फ़िक्र कर रहे होंगे वहाँ कि जाने क्या बात हो गई। किसी को कुछ बताना मत वरना सब डर जाएँगे और हाँ, स्नेहा से भी मिल लेना।"

"मुझसे मिलने आने की जरूरत नहीं, मैं तो यहीं आ गई हूँ," कमरे के दरवाजे पे खड़ी स्नेहा ने कहा।

"तुम! तुम घर में अंदर कैसे आईं?" राहुल ने पूछा।

"वो आपके घर में एक गुप्त यंत्र है जिसे दरवाजा कहते हैं जो कि खुला हुआ था, उसमें से रावत अंकल बाहर जा रहे थे और उन्होंने मुझे भी अंदर आने दिया तो मैं आ गई," स्नेहा ने कहा।

रामायणी जी मुस्कुरा दीं और बोलीं, "वहाँ सब कैसे हैं, स्नेहा? मुझे जल्दबाजी में वहाँ से ऐसे आना पड़ा।"

"वो मम्मी को आपसे कुछ जरूरी बात करनी थी तो आप उन्हें फोन कर लीजिए।"

"तुम्हें कोई काम नहीं है शादी का, जब देखो, जहाँ देखो आ जाती हो?" राहुल ने गुस्से में कहा और बाहर चला गया।

"आप मम्मी से बात कर लेना प्लीज, मैं अभी आई," स्नेहा ने रामायणी जी के पैर छुए और जल्दी से राहुल के पीछे-पीछे चल पड़ी।

"क्या हुआ, गुस्सा क्यों हो?" स्नेहा ने राहुल के सामने आकर कहा।

"बीच सड़क रात के 8 बजे क्या ड्रामा करना है तुम्हें?" राहुल झुंझलाते हुए बोला।

"मैं कहाँ कोई ड्रामा कर रही हूँ? तुम ही सुबह से गायब हो और माँ को लेकर कहाँ गए थे? हल्दी की रस्म में क्यों नहीं आये, और अभी माँ किस बारे में कह रही थीं कि किसी को मत बताना?"

"मतलब तुमने मेरी और माँ की बातें भी छुप कर सुन लीं! ठीक है, अब तुम सब कुछ छुप-छुप के ही सुन कर पता कर लो, मुझे बहुत काम है।"

"किसी के सवालों से बचने का अच्छा तरीका है, खुद ही उबल पड़ो, भाड़ में जाओ..." स्नेहा वापस राहुल के घर की तरफ़ चली गई।

राहुल पैलेस की तरफ़ चल दिया, पैलेस के थोड़ा पास पहुँचने पर जब उसने पैलेस का नज़ारा देखा तो उसकी आँखें फ़टी रह गईं।

सामने की इमारत वर्तमान के रामायणी पैलेस जैसी ही थी लेकिन बिल्कुल भयावह। मनहूसियत की हवाएं जैसे पैलेस को घेरे हुए थीं, तीन मंजिला पैलेस जीती जागती युद्ध भूमि लग रहा था, जहाँ कुछ क्षण पहले ही युद्धविराम हुआ हो।

आँखें फाड़े राहुल सामने के नजारे को खड़ा देखता ही रह गया, उसकी नज़र पैलेस के सबसे ऊपरी हिस्से पर गई जहाँ से एक लाल आग से जलता हुआ भाला सारे अँधेरे को चीरता हुआ उसी की तरफ़ बढ़ता आ रहा था।

उस जलते हुए भाले को अपनी ओर आता देख राहुल चीख़ते हुए सड़क पर गिर पड़ा और अपनी आँखें बंद कर लीं। एक मिनट तक जब कुछ नहीं हुआ तो उसने डरते हुए आँखें खोलीं और चिहुँक कर खड़ा हो गया, सामने नव्यम खड़ा था।

उसने हाथ देकर राहुल को उठाया और हँसते हुए कहा, "भाई शादी तो दो दिन बाद है, अभी से नागिन डांस करोगे सड़क पर तो बारात वाले दिन थक जाओगे।"

राहुल ने उसकी बात का कोई जवाब नहीं दिया और पैलेस को घूर कर देखने लगा क्योंकि अब पैलेस पहले जैसा ही लग रहा था। वह नव्यम के साथ अंदर चला आया। उसने अपने केबिन में जाकर जरूरी काम निबटाया, नाईट शिफ्ट के स्टाफ के साथ मीटिंग की, अगले दिन होने वाली रस्मों की तैयारियों का जायज़ा लिया और वापस घर की ओर चल दिया।

उसकी पसन्दीदा जगह, पैलेस के बगीचे को उसने एक नजर भी नहीं देखा। रात को रोशनी में खूबसूरती से नहा जाने वाला बगीचा उसे आज श्मशान सा नजर आ रहा था।

पैलेस से निकलकर रास्ते में जल्दी-जल्दी चलते हुए राहुल सोचने लगा, "इतने लोगों की जिम्मेदारी मेरे ऊपर है... ये शादी हुई तो भी कुछ ग़लत होगा और इसे रोकना भी अब मेरे बस की बात नहीं। वो दयान भी पूरी बात नहीं बताता... क्या करूँ, कैसे पता करूँ, कैसे रोकूँ ये सब? सब की जान दांव पे लगा दी मैंने इस मनहूस जगह शादी ऑर्गनाइज करके।"

रात के 10 बज रहे थे, राहुल जल्दी-जल्दी चल रहा था। उसके घर और पैलेस के बीच ज्यादा फासला नहीं था, और फिर वो इतना तेज भी चल रहा था तो अब तक घर क्यों नहीं पहुँचा? अचानक ये ख्याल आते ही राहुल के कदम ठिठक गए। उसने तुरंत घूमकर चारों तरफ़ देखा, वो सड़क पर था ही नहीं, ये तो कोई लम्बा-चौड़ा गलियारा या सुरंग थी, अँधेरे में नहाई हुई, जिसकी दीवारों के ऊपरी हिस्से से हल्का सा प्रकाश आ रहा था।

"हे भगवान अपने खयालों में डूबा हुआ मैं कहाँ आ गया?"

परेशान होकर राहुल वहीं दीवार से लग कर खड़ा हो गया।

कुछ सेकंड बाद ही उसे महसूस हुआ दीवार कितनी ठंडी थी, उसने दीवार को हाथ से छूकर देखा।

"वाह, ये तो कौड़ी की पुताई है, ऐसी पुताई किये हुए कुछ पत्थर तो पैलेस की ऊपरी मंजिल में मिले थे। हाँ यार, इस दीवार की नक्काशी भी उन्हीं पत्थरों से मिलती जुलती है।

कहीं मैं पैलेस में ही तो नहीं? पर ये कौन सा हिस्सा है पैलेस का?"

राहुल परेशान हो गया। तभी उसे पीछे की तरफ़ से आवाज़ आई किसी के फुसफुसाने की।

राहुल दीवार का सहारा लेता हुआ वापस उस तरफ़ बढ़ने लगा। चलते-चलते वो थक गया लेकिन न ही रास्ता खत्म हो रहा था, न दीवार, न ही वो फुसफुसाहट और न अँधेरा।

"आखिर किस भुलभुलैया में फँस गया यार?" कहकर राहुल ने गुस्से में दीवार पर लात मारी और उसका पैर दीवार के आर-पार हो गया। लेकिन उसके हाथ पहले की ही तरह दीवार पर थे, हाथ आर-पार नहीं जा रहे थे।

"अब ये सब क्या करामात है?" सोचता हुआ राहुल हाथों से दीवार टटोलता हुआ नीचे झुका, दीवार के निचले हिस्से से हाथ भी आर-पार हो गए।

"ओह! मतलब दीवार पूरी नहीं है," फिर टटोलने पर उसे अहसास हुआ कि आसपास की दीवार पूरी थी, केवल उसी जगह नीचे दीवार नहीं थी। मतलब ये कोई रास्ता भी हो सकता है।

मन में अपनी माँ को प्रणाम करके हिम्मत जुटाकर राहुल उस हिस्से में से झुक कर पार निकल गया लेकिन वो तो कोई गहरी गोल सुरंग थी जो लगातार नीचे की तरफ़ जा रही थी। राहुल गिरता जा रहा था, कोई अंत ही नहीं था उस सुरंग का।

"अबे बस करो यार, और कितना गिराओगे," राहुल चिल्लाया और चिल्लाने के साथ ही वो पानी में गिर पड़ा।

सुरंग किसी पानी के जलाशय में बहुत गहरे में थी। राहुल को बहुत तैरकर ऊपर आना पड़ा, बाहर आकर देखा तो शायद नदी थी। चारों ओर गहरी घनी रात और अपने रहस्यों को समेटे खड़ा हुआ जंगल।

"अभी जो हुआ क्या वो सब सच था?" नदी के किनारे एक पत्थर पे बैठा हुआ राहुल सोच रहा था। दोनों तरफ़ घना जंगल था, किसी भी तरफ़ जाने की उसकी हिम्मत नहीं हो रही थी।

"दयान ने कहा था कि पैलेस की बुरी आत्माएं मुझ पर हमला कर सकती हैं, कहीं मैं इनके जाल में ही तो नहीं फंस गया?" सोचते-सोचते राहुल का बीपी हाई होता जा रहा था।

"क्या करूँ, कहाँ जाऊँ, किसे आवाज़ लगाऊँ? यहाँ कोई आया तो मिल भी जाऊँगा, जंगल में चला गया तो खुद ही खो जाऊँगा।"

उसे सबकी बहुत याद आ रही थी। "दद्दू ने कहा था जब बुलाओगे आ जाऊँगा अब क्यों नहीं आ रहे, न जाने कहाँ फंसा हूँ मैं? स्नेहा भी आगे-पीछे मंडराती रहती है, अब क्यों नहीं आ रही? माँ तुम तो हमेशा साथ रहती थीं, अब देखो कितना अकेला हो रहा हूँ यहाँ, ऊपर से ये आवाज़ें..." राहुल ने अपने कान बन्द कर लिए।

"मैं जानता तो तुम्हारे बारे में बहुत कुछ हूँ अक्कू," अचानक से राहुल को दद्दू के कहे शब्द याद आये जो उन्होंने उसे पहली बार मिलने पर कहे थे।

"मैं पहचान कैसे नहीं पाया उन्हें? वो मुझे पहचान गए, मैंने उन्हें जाने ही क्यों दिया?" राहुल रोने लगा।

तभी एक स्पष्ट और तेज़ आवाज़ उसके कानों में पड़ी, "रो मत।"

राहुल झटके से डर के मारे खड़ा हो गया। आस-पास सब जगह देखने लगा, उसे आश्चर्य हो रहा था इतने अँधेरे में भूत से खड़े दिखने वाले पेड़ अब ठीक-ठीक दिख रहे थे, जंगल उतना भी घना नहीं लग रहा था।

"लगता है सुबह होने वाली है, अब मैं यहाँ से निकल सकता हूँ," सोचकर राहुल जिस तरफ़ बैठा था, उसी तरफ़ के जंगल में घुस गया।

"साली, तेरे पूरे खानदान को मार कर तुझे इसीलिये उठा कर लाएं हैं क्या कि तुझपे दया कर सकें?" किसी आदमी की अजीब सी आवाज़ सुनकर राहुल ठिठक गया, आवाज़ बगल की झाड़ी में से आ रही थी। उसी दिशा में वो धीरे-धीरे आगे बढ़ने लगा।

"अरे, हम बदला लेने के लिए लेकर आएं है तुझे, देख क्या रहे हो सब टूट पड़ो।" ये अलग आवाज़ थी।

राहुल का दिमाग़ ठनका, उसने पास से एक मोटी लकड़ी उठाई और आगे बढ़ गया।

लेकिन सामने कोई आदमी था ही नहीं, एक औरत जमीन पर पड़ी हुई थी जो चिल्लाना चाह रही थी लेकिन चीख़ नहीं पा रही थी। उसका मुँह बंधा हुआ था, उसे लगातार कोई मारे जा रहा था, लेकिन वहाँ था कोई भी नहीं सिवाय उस औरत के। राहुल को समझ नहीं आ रहा था क्या करे, वो लकड़ी फेंक कर उस औरत के पास आया, उसकी मदद करने की कोशिश की लेकिन ये क्या वो तो उसे छू भी नहीं पा रहा था।

कोई उसे उठाकर झाड़ियों में और अंदर की तरफ़ ले गया, राहुल उस ओर भागा, लेकिन एक हद तक आकर वो जैसे जम गया। वो आगे नहीं बढ़ पा रहा था। नदी किनारे किसी ने उसके पूरे शरीर पर तेज़ाब डाल दिया, वो औरत बेहोशी में भी उस असहनीय पीड़ा के कारण छटपटा रही थी, चिल्ला रही थी।

राहुल के कान फटे जा रहे थे। वो बार-बार उसके पास जा रहा था लेकिन उसे छू भी नहीं पा रहा था। साथ ही साथ कई लोगों की शैतानी हँसी भी उसे सुनाई दे रही थी।

राहुल गालियां देता हुआ चिल्लाने लगा, "कौन है, सामने आओ, क्यों कर रहे हो इस औरत के साथ ऐसा? सामने आओ!" लेकिन चीख़ने के अलावा वो और कुछ न कर सका।

उस औरत के शरीर को नदी में ढकेल दिया गया।

राहुल हार कर वहीं बैठ गया और चीख़-चीख़ कर रोने लगा।

तभी एक और आवाज़ आई, "रो मत।"

राहुल खड़ा हुआ, उसने अपने आँसू पोंछते हुए आस-पास देखा। कोई नहीं था, तभी उसे जंगल से किसी के चीख़ने की आवाज़ सुनाई दी और धुआँ भी दिखाई दिया।

वो दौड़ते हुए उस तरफ़ भागा, आधे से ज़्यादा जंगल पार कर लेने के बाद उसे एक बस्ती दिखाई दी, उसी बस्ती में एक घर के पिछले हिस्से में आग लगी हुई थी। पूरी बस्ती में सन्नाटा पसरा हुआ था। वो धुआँ बहुत अजीब था, जिसमें किसी की चीख़ें मिली हुई थीं। राहुल भाग कर उस घर के पीछे गया तो उसने जो देखा उसकी आँखें पथरा गईं।

उस घर के पीछे एक पेड़ से बाँध कर एक औरत को जलाया जा रहा था। पर वहाँ कोई नहीं था उस औरत के अलावा, सिर्फ उसकी चीख़ें थीं और अनगिनत आवाज़ें।

"ये चुड़ैल ऐसे ही मरनी चाहिए थी, अब गाँव में कोई ख़तरा नहीं है।"

"जाने कब से इस कुल्टा को रखा हुआ था घर में, अब इसे इसके कर्मों की सजा मिल रही है।"

"ऐसी औरतों के साथ यही होना चाहिए। अपना लड़का था नहीं, मेरे बेटे पे नज़र थी इस डायन की, अच्छा हुआ गाँव से बला टली।"

राहुल ने अपने कान बन्द कर लिए और चिल्लाने लगा, "चुप हो जाओ सब, वो जल रही है। तुम सब इतने निष्ठुर कैसे हो सकते हो? सामने आओ मेरे, रोको इस आग को।"

तभी एक बच्ची की करुण आवाज़ उसे सुनाई दी।

"माई, माई, माई, हमें छोड़ के मत जाओ माई..."

और अगले ही क्षण दो बच्चियां रोती हुई दौड़कर उस औरत से जाकर लिपट गईं।

राहुल चिल्लाया, "वो जल चुकी है, वहाँ मत जाओ... तुम भी जल जाओगी... रुको!" राहुल ने दौड़कर उन बच्चियों को रोकने की कोशिश की, लेकिन पिछली बार की तरह वो कुछ नहीं कर पा रहा था।

आखिरकार अनंत रुदन, पीड़ा और आर्तनाद से भरे उस वातावरण में दोनों बच्चियां भी जल कर राख हो गईं और राहुल चाहते हुए भी कुछ नहीं कर पाया। वो वहीं बैठ कर रोने लगा, चीख़ने लगा। उसे लगा वो अपना मानसिक संतुलन हमेशा के लिए खो देगा।

"माँ... माँ, मैं क्या करूँ? मैं किसी को बचा नहीं पाया माँ।"

अचानक उसे अपनी माँ का चेहरा अपने अवचेतन मन में दिखा। वो थोड़ा शान्त हुआ तो उसे अपना वही सपना याद आया—शांत, सहज, निर्मल वातावरण, श्वेत शिलाखण्ड उन पर ॐ कार के ध्यान में लीन दद्दू, वो 5 साल का राहुल दौड़कर उनके पास आया, और उनके बगल में बैठकर ध्यान लगाने लगा, ॐ, ॐ, ॐ, ॐ, ॐ...

थोड़ी देर बाद उसे सहज महसूस हुआ तो उसने अपनी आँखें खोलीं, वो पैलेस के बगीचे में पड़ा हुआ था। उसने उठ कर चारों तरफ़ देखा, अभी भी रात थी।

उसने नज़र उठाकर पैलेस की तरफ़ देखा, सबसे ऊपर की मंजिल पर रामायणी जी खड़ी हुई थीं और देखते-देखते एक पुतले की तरह नीचे ढुलक गईं। राहुल भागता हुआ उस तरफ़ गया। रामायणी जी का शव जमीन पर पड़ा हुआ था, राहुल ने उनकी नब्ज़ देखी तो उसका दिल बैठ गया।

"माँ, उठो माँ, माँ..." राहुल की आँखों से आँसू बह निकले। अपनी माँ के गले लग कर ज़ोर-ज़ोर से रोने लगा।

तभी उसे लगा उसकी माँ के शरीर में कुछ हलचल हो रही है। उसने सिर उठाकर रोते हुए बड़ी उम्मीद से अपनी माँ की तरफ़ देखा तो उसका शरीर बर्फ़ सा जम गया।

ये उसकी माँ नहीं थी, बल्कि कोई और ही औरत थी।

उस औरत ने अपनी काली स्याह आँखें खोलकर राहुल की तरफ़ देखते हुए भर्राई आवाज़ में कहा, "रो मत!"

राहुल उस औरत की काली आँखों से डरकर तुरन्त दूर खड़ा हो गया और चिल्लाता हुआ पैलेस के अंदर घुस गया।

वो पैलेस में बेतहाशा भागे जा रहा था, अपने केबिन में आकर वो अपनी टेबल के नीचे छुप गया और थर-थर काँपने लगा। अचानक उसे लगने लगा कि टेबल

की जमीन हल्की और नाजुक होती जा रही है। देखते-देखते वो हिस्सा गायब हो गया और राहुल नीचे गिर पड़ा।

"आह...माँ!" राहुल कराहता हुआ खड़ा हुआ और ऊपर देखने लगा, ऊपर की तरफ़ गायब हुए हिस्से से उसे उसकी टेबल का निचला हिस्सा साफ़-साफ़ दिख रहा था, वहाँ से सीढ़ियाँ नीचे की तरफ़ आतीं थीं जिनपे लुढ़क कर वो नीचे गिर पड़ा था।

उसने अपने चारों तरफ़ देखा तो उसकी आँखें फटी रह गईं। वो एक आलीशान कमरे में था जो बनावट में पैलेस के ऊपरी मंजिल के कमरों की ही तरह था, लेकिन इसकी भव्यता बिल्कुल अलग थी।

कौड़ी की सफ़ेद पुताई से चमचमाती दीवारें, उन पर अद्भुत कलाकारी। राहुल ने हाथ लगा कर देखा तो ये भी ठीक उसी तरह की थी जो उसे अँधेरे गलियारे में मिली थीं।

बीच कमरे में रखी विशाल आरामदायक शैय्या, ऊपर छत पे लगा हुआ सुंदर जगमगाता हुआ झूमर, चारों तरफ़ सुंदर सजावट, इत्र की भीनी खुशबू, चारों तरफ़ एंटिक शो पीस, पर्दे।

राहुल को तभी उस कमरे का दरवाजा खुलने की आवाज़ आई, वह झट से एक पर्दे के पीछे छिप गया।

एक लड़की ने आकर भीतर से दरवाजा बंद कर लिया और उस विशाल पलंग के सहारे ज़मीन पर बैठ गई।

राहुल ने उसका चेहरा देखा तो उसका मुँह खुला ही रह गया। उसके सिर पे वही बेंदा था जो दयान ने शापित किया था।

वो लड़की दोनों हाथों से अपना चेहरा ढँके सिसक रही थी।

"क्या पाप किया है मैंने देवता? क्यों मेरी ये परीक्षा? क्यों मेरे बलिदान और मेरे त्याग को अनिवार्य समझा जाता है? तुम तो कहते हो कोई तुम्हारे साथ अच्छा करे तो तुम उसके साथ अच्छा करो, फिर मुझे देवी कहकर मेरे साथ अन्याय क्यों?

क्यों मुझे मेरे त्याग का प्रतिफल प्राप्त नहीं होगा? क्या एक बड़े घराने में जन्म लेने की, एक बड़े घराने में बहू बनकर आने की यही सजा है कि हर बार मेरे उत्सर्ग के लिये यही शब्द मिलते हैं कि मेरे बलिदानों का ऋण कभी चुकाया नहीं जा सकता।

क्यों देव ये अन्याय क्यों? पर मैं हार नहीं मानूँगी देव, शायद कभी भविष्य में मेरे उत्सर्गों का मोल लगाया जाये, मुझे देवी से अधिक एक मनुष्य समझा जाए।"

राहुल उसकी बातों से भावुक हो रहा था। जैसे ही उसकी आँखों से एक आँसू गिरा, वो लड़की गायब हो गई।

राहुल उसे चारों तरफ़ ढूँढ़ने लगा, कमरे से बाहर निकलकर उसने देखा हर कमरे का वही नज़ारा था। हर कमरे में उसे हर उम्र की रोती हुई कोई लड़की, बच्ची, स्त्री, प्रौढ़ा या वृद्धा मिल जाती।

इनमें उसे वो स्त्रियां भी मिलीं जो उसने तेजाब से गलते हुए और पेड़ से बंधकर जलते हुए देखी थीं।

अब राहुल ने भावुक होने की जगह दिमाग़ से काम लेना शुरू किया।

अधिकतर स्त्रियों की वेशभूषा उस लड़की जैसी थी, कुछ की बिल्कुल नए जमाने जैसी, कुछ की बहुत पुरानी, सबकी अपनी-अपनी अलग कहानी थी। राहुल समझ रहा था, ये सब अलग-अलग समय से हैं।

कोई बेड़ियों से बंधी देवी थी, तो कोई खूंटे से बंधी जानवर, किसी को परित्यक्ता का नाम मिला था, तो किसी को नोंच खाया गया था। किसी को समाज के उसूलों ने जलाया था, तो किसी का अनवरत शोषण हो रहा था, चाहे वो किसी भी समय की हो, सब अपनी कहानी कह रही थीं। वक्त ने सिर्फ तस्वीर की फ्रेम बदल दी थी, चित्र में स्त्री की दशा एक सी ही थी।

जिसकी कहानी पर राहुल अत्यधिक भावुक हो कर रोने लगता या उनके साथ हुए अन्याय को देखकर उसके गुस्से का लावा आँसू बनकर बहता तो उसे उस कहानी को घटित होते हुए भी देखना पड़ रहा था। यह उसके लिये कहीं ज्यादा कष्टकारी था क्योंकि वो किसी की मदद नहीं कर पा रहा था।

पैलेस की नीचे की तीनों मंजिलों के सभी कमरों में यही हालत थी। चौथी मंजिल तक आकर भी राहुल को वो लड़की दुबारा नहीं मिली।

नीचे की आखिरी चौथी मंजिल में कमरे नहीं थे, वो पूरा बड़ा सा हॉल था जिसके बीच में जलाशय था और जिसका पानी बेहद काला और बदबूदार था। अपने मुँह पर हाथ रखे ऊपर से सीढ़ियाँ उतरता हुआ राहुल उस हॉल में कदम रखने ही वाला था कि उसे महसूस हुआ कि कोई उसके दिमाग़

को अपनी तरफ़ खींच रहा है। उसके भाव बिना रुके एक ही तरफ़ बहे जा रहे थे...स्नेहा।

आखिरकार उससे वहाँ खड़ा न रहा गया और वो वापस भागता हुआ ऊपर आया। सभी स्त्रियां, सब बच्चियां, सब वृद्धा, अपने-अपने कमरों के बाहर खड़ी उसे भागता देख रही थीं और शैतानी हँसी हँस रही थीं जिसमें उनके रुदन जैसी ही पीड़ा, विवशता और क्रोध था।

इतनी तेज़ आवाज़ों के चारों तरफ़ से आने के कारण, उसके कानों में दर्द होने लगा और ख़ून भी बहने लगा पर वो बिना रुके उस कमरे तक गया, जहां वो ऊपर से गिरा था। उन्हीं सीढ़ियों से वो वापस ऊपर अपने केबिन की तरफ़ जाने लगा, तभी उस कमरे में उसे एक आवाज़ सुनाई दी।

"सुनो वापस तो आओगे न, दो और नई कहानियां सुनने? एक जिसका जबरन ग़लत इंसान से विवाह हुआ, और एक जिसका गोद भराई में बेइज्जत करके परित्याग कर दिया गया।"

उस आवाज़ में क्रोध, घृणा, बदले और विनाश की इच्छा बहुत अच्छे से ज़ाहिर थी।

राहुल ने पलट कर नीचे देखना चाहा लेकिन उसके सामने एक ही तस्वीर थी—स्नेहा की, जिससे वो स्वयं के भावों को मुक्त न कर सका और सीढ़ियाँ चढ़कर अपने केबिन में आ गया।

टेबल के बाहर आते ही उसने पलट के पीछे देखा तो टेबल के नीचे की जमीन अब बन्द थी। वो लपककर घर की तरफ़ दौड़ा पर केबिन के बाहर आते ही उसे लगा कोई दौड़कर ऊपर दूसरी मंजिल पर जा रहा था।

राहुल का दिल धक्क से रह गया, 'हे भगवान! और क्या बाकी है अब, आज की रात की कोई सुबह है भी या नहीं?'

दो पल सोचने के बाद राहुल भी ऊपर चला गया, उसी अँधेरे में उस साये का पीछा करता हुआ।

वो कोई लड़की थी जो राहुल के कमरे की तरफ़ जा रही थी, जिस कमरे में वो रुका करता था जब पैलेस में ही रहना होता था उसे।

राहुल भी अपने डर को काबू करता हुआ उसके पीछे कमरे में गया।

वो लड़की कमरे में जाते ही फूट-फूट कर रोने लगी।

राहुल ने जाते ही कमरे की लाइट का स्विच ऑन कर दिया।

"स्नेहा..." राहुल बोला और स्नेहा पलट कर रोते हुए उसके गले लग गई।

"कितनी देर से ढूंढ़ रही हूँ आपको, कहाँ थे आप? पता है कितना डर गई थी मैं, क्यों आये आप यहाँ?" स्नेहा रोये जा रही थी ।

"जरूरी काम था," राहुल स्नेहा को खुद से दूर करते हुए बोला।

"ये इतना सूजी क्यों है आपकी आँखें? आप रोये थे क्या, क्या हुआ है राहुल, बताइए न?" स्नेहा उसके चेहरे को अपने हाथों में लेते हुए बोली।

"नहीं वो केबिन में काम कर रहा था न इसलिए, अभी सो जाता हूँ घर जाके सही हो जाऊँगा," कहकर राहुल मुड़ गया।

स्नेहा उसके सामने आकर बोली, "झूठ क्यों बोलते हो हमेशा मुझसे?"

"कहा न काम में बिजी था, अच्छा एक बात बताओ, तुमने मुझे अभी याद किया क्या, कुछ देर पहले?"

"याद? मैं आपके घर से आने के बाद पागलों की तरह आपको ढूंढ़ रही हूँ। रावत अंकल और दयान भी रास्ते में, बगीचे में सब जगह आपको ढूंढ़ रहे हैं, आप कह रहे हो कि मैं केबिन में काम कर रहा था... अभी-अभी आ रही हूँ आपके केबिन से, आप वहाँ थे ही नहीं। कहीं भी नहीं थे, आख़िर में यहाँ आकर मैं रोने लगी। आप पूछ रहे हैं याद किया क्या?"

"अच्छा, अंकल को और दयान को फोन करके बोल दो, मैं मिल गया हूँ और ठीक हूँ, और माँ को भी, वो चिंता कर रही होंगी।"

"माँ को झूठ बोल दिया था कि आप ठीक हो वरना वो परेशान होतीं।"

"तुम यहीं रुको सबके पास, मैं घर जा रहा हूँ, दयान से जरूरी बातें करनी हैं मुझे। कल मिलता हूँ तुम अपना ध्यान रखना, ठीक है।"

"ठीक है, रावत अंकल को मैं फोन करके बुला लेती हूँ वरना आप फिर रास्ता भटक जाएंगे, पर आप पहले घर जाकर मुझे मेसेज करना कि आप पहुँच गए हो।" इतना कह कर स्नेहा ने रावत जी को वहाँ बुला लिया।

राहुल ने एक बार मुस्कुरा कर उसे देखा और रावत जी के साथ चला गया।

घर पहुंच कर राहुल ने देखा माँ जाग रही थीं और दयान उसके कमरे में उसका इंतजार कर रहा था।

माँ को सुलाकर राहुल ने दयान और रावत जी को सारी बातें बताईं।

"क्या तुम पूरी तरह आश्वस्त हो कि वो बेंदा वही था जिसे मैंने शापित किया था?" दयान ने राहुल से पूछा।

"हाँ, मैं इसीलिए अभी सब कुछ बता रहा हूँ क्योंकि मैं नहीं चाहता कोई भी चीज सुबह तक मैं भूल जाऊँ। मैंने कुछ घण्टे तक बहुत गहरी मानसिक वेदना झेली है।" राहुल बोला।

"अब मुझे कुछ-कुछ समझ आ रहा है, वो बेंदा मुझे उसी बाबा के पास से मिला था जिसके वश में मेरी माई की आत्मा है, जरूर उस बाबा का पैलेस की आत्माओं से कुछ न कुछ कनेक्शन है।"

"लेकिन इतनी सारी चीज़ों को देखने के, झेलने के बाद भी तुम वहाँ से वापस कैसे आ पाए? मैं तुम्हें बचपन से जानता हूँ, तुम्हारा मनोबल इतना शक्तिशाली कभी नहीं रहा, और इतने सब के बाद भी तुम हमें सब कुछ बता पा रहे हो!" रावत जी अब भी हैरान थे।

"ये तो साफ़ है कि तुम सच जानते हो इसीलिए उन्होंने तुम्हें ये सब करके डराने की कोशिश की है, लेकिन उनके मायाजाल से तुम लड़ कैसे सके और वापस भी आ गए ये सच में आश्चर्य है। क्या तुमने कोई विद्या सिद्ध की है, कोई हवन कोई पूजा जिसमें तुमने अंतिम आहुति दी हो, बताओ?" दयान ने राहुल से पूछा।

"नहीं, मैंने ऐसा कुछ भी नहीं किया है, बस उस परिस्थिति में मुझे माँ और दद्दू के आशीर्वाद ने ही सहारा दिया, और जब मैं नीचे की चौथी मंजिल में जा रहा था तब मुझे लगा कि स्नेहा मुझे बुला रही है और सब कुछ छोड़कर मैं वापस आ गया," राहुल ने उन लोगों को बताया।

"ये दद्दू कौन हैं राहुल?" रावत जी ने पूछा।

"वही जो पहले हमारे मोहल्ले के मंदिर में आया करते थे, मैं उनके साथ खेला करता था। वो मुझे अक्कू कहते थे। अभी इन दिनों भी वो मेरा मार्गदर्शन कर रहे हैं, बस मैं उन्हें पहचान नहीं पाया था।"

"क्या तुम स्नेहा से प्रेम करते हो?" दयान ने पूछा।

"शायद हाँ।"

"क्या तुम दोनों के बीच कभी ऊर्जा चक्र का निर्माण हुआ है?"

"नहीं, लेकिन दद्दू ने दो दिन पहले मेरे साथ ऊर्जा चक्र का निर्माण किया था, और मुझे उस जंगल में याद आया कि बचपन में भी दद्दू मुझे ऊर्जा चक्र का निर्माण करना सिखाते थे।"

"शायद अनजाने ही तुमने स्नेहा के साथ ऊर्जा चक्र का निर्माण किया है, जो कि उन्हीं लोगों के साथ संभव है जिनकी आपके साथ आत्मीयता हो और उनके मन पवित्र हों, तभी तुम वापस आ सके हो! वरना तुम कभी उस मायाजाल से वापस नहीं आ सकते थे।"

"जो भी हो, लेकिन मैंने काफी कुछ देखा है, मैं इन सबकी सत्यता परखना चाहता हूँ क्योंकि जाते-जाते उस लड़की ने मुझे दुबारा आने को कहा था और शायद अप्रत्यक्ष रूप से कल्पना और माँ की तरफ़ इशारा भी किया था।"

"जरूर, अभी तुम आराम करो, कल जब सब लोग संगीत और मेंहदी में व्यस्त होंगे, तब हम तुम्हारे देखे हर दृश्य की सत्यता की परख करेंगे। तुम्हारी माई को हमने सब कुछ तुम्हारे जाने के बाद ही समझा दिया था, वो वहाँ नहीं जाएंगी अब और कल्पना को कुछ पता नहीं है तो शादी तक शायद वो सुरक्षित ही है," दयान ने उसे आश्वस्त किया।

सभी अपने-अपने कमरों में जाकर सो गए। दयान कुछ जरूरी चीजों के लिए अपने पुराने घर की तरफ़ निकल गया।

सुबह माँ की प्यारी आवाज़ के साथ राहुल की नींद खुली। माँ से आशीर्वाद लेकर राहुल ने अपने दिन की शुरुआत की।

कल रात के दृश्य उसकी आँखों में अब भी तैर रहे थे।

वो और रावत जी नाश्ते की टेबल दयान का इंतजार कर रहे थे तभी राहुल को याद आया कि उसने कल स्नेहा को बताया ही नहीं कि वो घर सुरक्षित आ गया है।

उसने मेसेज किया लेकिन कोई जवाब नहीं आया तो उसने कॉल की, लेकिन उसका भी कोई जवाब नहीं मिला।

उसने रावत जी से कहा, "मैं जरा पैलेस होकर आता हूँ, स्नेहा कॉल का जवाब नहीं दे रही, देख आऊँ जरा वहाँ सब ठीक तो है।"

"अभी मेरी नव्यम से बात हुई थी, वहाँ की सब तैयारियां अच्छी चल रहीं हैं, और स्नेहा को मैंने कल रात ही बता दिया था कि तुम अच्छे से घर आ गए हो," रावत जी बोले।

"अच्छा हुआ उसे कुछ पता नहीं है, वरना मुझे कल पैलेस से अकेले आने ही न देती, और मैं खुद भी उसे वहाँ नहीं छोड़ता फिर कल्पना को लेकर काफ़ी दिक्कत खड़ी हो जाती, वो कल्पना के साथ रहेगी तो कल्पना की फिक्र नहीं रहेगी।"

"क्या तुम्हें लगता है, उसे कुछ नहीं पता?" बाहर से आते हुए दयान ने उससे पूछा।

"क्यों, आप लोगों ने उसे कुछ बताया क्या?" हड़बड़ाते हुए राहुल कुर्सी से खड़ा हो गया।

"नहीं, पर शायद उसने हमारी बातें सुनी हैं, मुझे तो लगता है कि उसे हमसे भी ज्यादा कुछ पता है, तुम्हें पैलेस में न पाकर मैं और रावत जी तुम्हें रास्ते में ढूंढ़ने निकल पड़े, लेकिन वो पैलेस में ही ढूंढ़ती रही, जैसे उसे पूरा भरोसा हो कि तुम वहीं हो," दयान ने कहा।

"पता नहीं, उसने ये भी कहा था कि मैं रावत अंकल के साथ ही घर जाऊँ वरना फिर से रास्ता भटक जाऊँगा। उसे कैसे पता चला कि मैं रास्ता भटका था? जबकि मैं तो उसे वहीं पैलेस में मिला था।"

"अगर वो सब जानती है तो खुद भी बहुत बड़े खतरे में है, तुम्हें उसे कल वहाँ छोड़ कर नहीं आना चाहिए था राहुल," दयान ने कहा पर उसकी बात पूरी होने से पहले ही राहुल दौड़ता हुआ घर से बाहर निकल गया था वापस पैलेस की ओर...

राहुल तुरन्त पैलेस पहुँचा, वहाँ उसे पता चला कि स्नेहा शाम के संगीत के लिए डांस प्रैक्टिस में व्यस्त है। उसने केबिन में कुछ देर काम किया और नव्यम को कॉल करके अपने केबिन में आने को बोला।

"आप कब आते हैं, कब जाते हैं, कहाँ रहते हैं, कुछ पता ही नहीं चलता। सगाई में गायब थे, कल हल्दी में नदारद रहे, आज संगीत में आने का कोई इरादा है भी या नहीं?" नव्यम ने आते ही कहा।

"तुमने कभी कुछ ग़लत, कुछ बहुत ग़लत किया है क्या?" राहुल ने पूछा।

"अब आये हैं आप बड़े भाई वाले रोल में! तो बड़े भाई साहब, आपके इस छोटे ने सिगरेट पीने के अलावा कोई बुरा काम नहीं किया और वो भी आपने हॉस्टल में एक दोस्त होने के नाते कूट-कूट के छुड़वा ही दी थी।"

"अच्छा ये बताओ, कल्पना से कभी तुम्हारी बात हुई? क्या उसे सच में तुम पसन्द हो या वो किसी दवाब में शादी कर रही है?"

"पता नहीं, मेरी तो ज्यादा कुछ बात नहीं हुई, वैसे भी बहुत शांत स्वभाव की है, लेकिन बात क्या है इतना सब क्यों पूछ रहे हैं आप अचानक से?"

"पूरी तरह तो मैं भी कुछ नहीं जानता, बस आज संगीत और कल तिलक का दिन है तुम्हारे पास, कल्पना से बात करने की कोशिश करो। पता लगाओ उसके मन में क्या है, मेरे लिए इतना कर दो, प्लीज नव्यम।"

"ठीक है, मैं बात करूँगा, आप बेफिक्र रहो।"

"अच्छा, पापा कहाँ हैं? मुझे उनसे कुछ जरूरी बात करनी है।"

नव्यम मुस्कुराता हुआ बोला, "वो डांस की प्रैक्टिस कर रहे हैं, रामायणी माँ के पसंदीदा गाने पर।"

"ठीक है, मैं मिलकर आता हूँ।"

राहुल केबिन से बाहर चला गया। नव्यम भी उसके पीछे चलने के लिए खड़ा हुआ कि उसे लगा कि टेबल के नीचे कुछ कागज सा है। उसने झुक कर टेबल के नीचे देखा तो उसे कुछ नहीं दिखा, वो वापस पलट कर जाने लगा कि उसे बिल्कुल ठंडी सी आवाज़ टेबल के नीचे से आती हुई सुनाई दी...

"झूठ नहीं बोलते, ग़लत बात है ना... है ना!"

नव्यम बिना एक सेकंड गंवाए सिर पर पैर रख कर भागता हुआ केबिन से बाहर दौड़ पड़ा।

डांस की प्रैक्टिस ऊपर की दूसरी मंजिल के एक हॉल में चल रही थी, राहुल वहीं जा रहा था कि पीछे से दौड़ता हुआ नव्यम आया और उसे पकड़ कर हांफने लगा।

"भाई, आपके केबिन में...टेबल...टेबल के...नीचे भूत है...नहीं...भूतनी है... भूतनी है!" नव्यम हड़बड़ाते हुए बोल रहा था।

राहुल भौंचक्का सा उसे देखता रह गया।

"क्या हुआ,तुमने कुछ देखा?" राहुल ने उसे संभालते हुए पूछा।

"नहीं, मैंने आवाज़ सुनी। लड़की की आवाज़, वो बोल रही थी कि झूठ नहीं बोलते ग़लत बात है, मैंने खुद सुना," नव्यम खुद को सहज करने की भरसक कोशिश करते हुए बोला।

"तो तुमने मुझसे झूठ बोला था ना नीचे?"

"क्या भाई, मैं क्यों झूठ बोलूंगा, सच्ची मैंने कभी कुछ ग़लत नहीं किया।"

"ठीक है ज्यादा मत सोचो, तुम्हारा वहम होगा। अभी इतनी सारी रस्में हो गई हैं और भी बाकी हैं, तुम जाओ, आराम करो। मैं तुमसे बात करता हूँ बाद में, ठीक है!" राहुल ने नव्यम को वापिस उसके कमरे में भेज दिया।

"पापा, आपसे कुछ बात करनी थी," राहुल ने नायक जी से कहा जो डांस की प्रैक्टिस कर रहे थे।

"हाँ बताओ, क्या बात है?" नायक जी उसे बाकी सबसे अलग ले जाते हुए बोले।

"पापा, मुझे लगता है आपको माँ से बात करनी चाहिए, घर जाकर। प्लीज!"

"मैंने तो सोचा था आज शाम को अपने डांस से ही तुम्हारी माँ को इम्प्रेस कर दूँगा, पर कोई बात नहीं, तुम कहते हो तो दोपहर को जाकर मैं बात करता हूँ क्योंकि फिर शाम को यहाँ सब व्यवस्था देखनी होगी मेहमानों वगैरह की।"

"जी, अब मैं चलता हूँ, दोपहर को घर पर मिलता हूँ आपसे," कहकर राहुल चल दिया।

"मिलने तो शायद मुझसे आये थे और मुझे ही देखे बिना जा रहे हो?" स्नेहा ने सामने आकर उसे रोकते हुए कहा। राहुल ने पीछे मुड़ कर देखा तो नायक जी जा चुके थे।

"कॉल क्यों नहीं अटेंड किया मेरा?" राहुल ने पूछा।

"देख नहीं रहे कितनी बिजी हूँ मैं, आज शाम आपको भी नाचना पड़ेगा वैसे।"

"नहीं मुझे कुछ जरूरी काम है, शायद न आ पाऊं।"

"क्यों? फिर से पैलेस में भटकना है?"

"तुम्हें कैसे पता मैं पैलेस में भटका था?"

"मुझे सब पता है, मैनेजर साहब।"

"कब से?"

"जब से आपने सब कुछ बताया था, रावत अंकल और दयान को।"

"तुम तो वहाँ नहीं थीं?"

"नहीं थी, पर तब मैं रामायणी माँ से बात कर रही थी, आप उन्हें सुलाकर वहाँ से चले गए, लेकिन मैंने उनसे कहा कि वो मोबाइल स्पीकर पर करके आपके कमरे में रख आएं।"

"वाह! अब तुमने ये सब मेरी माँ को भी सिखा दिया।"

"क्या करें, किसी की फिक्र हो तो करना पड़ता है।"

"तो तुम्हारा यहाँ रहना ठीक नहीं।"

"मैं ठीक हूँ, दीदू को अकेले नहीं छोड़ सकती, बस एक बार दद्दू से मिलने का मन है। मुझे लगता है वही सही रास्ता दिखा सकते हैं।"

"तुम यहाँ सबका और अपना ध्यान रखो, अकेली कहीं नहीं जाना, ठीक है!"

"आप भी अपना ध्यान रखिये, सब ठीक हो जाएगा।"

"हम्म, चलता हूँ।"

"सुनिए!"

"क्या?"

"वही बोलिये न जो आप पहले बोलते थे कि टेंशन की बात नहीं..."

"टेंशन वाली कोई बात नहीं... इन दिनों इतना टेंशन है कि मैं अपना फेवरेट कोट बोलना ही भूल गया था, थैंक्स याद दिलाने के लिये।"

"वैसे मेरे पास आपको दिखाने के लिए कुछ है।"

"क्या है दिखाओ?"

"चलिये," स्नेहा उसका हाथ पकड़ कर चोरों की तरह उसे नायक जी के कमरे में ले गई और दरवाजा अंदर से बंद कर लिया।

"ये क्या बेहूदा हरकत है स्नेहा? पापा का कमरा है ये, यहाँ क्या चोरी करने लाई हो मुझे?"

"नहीं, मैंने यहाँ अंकल को रोते हुए देखा था, बातें करते हुए देखा था तस्वीरों से, फिर बाद में मैंने चुपके से उन तस्वीरों को देखा, वही आपको दिखाना है," कहकर स्नेहा ने अलमारी से एक पेटी निकाल कर उसमें रखी सारी तस्वीरें पकड़ा दीं।

"तुम कब सुधरोगी स्नेहा!"

"अरे ये तस्वीरें तो देखो पहले आप।"

"ये तो माँ की तस्वीरें हैं!"

"हां, अंकल ने घर से उनकी यादें हटा कर अपनी पेटी में जाने कब से संभाल कर रखी थीं, और यहाँ भी अपने साथ लाये थे।"

"ये...ये तो दद्दू हैं, स्नेहा! ये तो दद्दू हैं! मतलब ये ही मेरे दादा जी हैं," राहुल एक तस्वीर स्नेहा को दिखाता हुआ बेहद खुशी और आश्चर्य से बोला।

"हाँ, इसीलिये मैं कह रही हूँ, हम एक बार दद्दू से मिलकर उन्हें मना कर ले आते हैं। अंकल से तो वो गुस्सा होंगे, आएंगे नहीं, शायद हम मनाएं तो मान जाएं।"

"चलो अभी चलते हैं, उन्हें ढूंढ़ने।" कहकर राहुल ने जल्दी से बाहर जाने के लिए दरवाजा खोल दिया। बाहर दरवाजे पर नायक जी खड़े थे। उन्होंने पहले राहुल और फिर स्नेहा को देखा। फिर बोले, "तुम दोनों की सगाई आज शाम ही होगी, आ जाना समय से।"

स्नेहा और राहुल से कुछ बोलते न बना, दोनों सिर झुकाए चुपचाप कमरे से बाहर निकल गए।

"अब तो खुश हो, मुझे भी बदनाम करवा के! पापा क्या सोच रहे होंगे मेरे बारे में?" राहुल मुँह फुलाता हुआ बोला।

"अरे अभी दद्दू को ढूंढ़ने चलते हैं ना, वो अगर आ गए, तो सब हमसे बहुत खुश हो जाएंगे। फिर पापा भी समझ जाएंगे हम क्या पता करने गए थे उनके कमरे में।"

"हाँ चलो, लेकिन अब ये छुप-छुप के सबकी जासूसी करना बन्द कर दो अपनी बुआ की तरह।"

"नहीं, इससे तो बड़ा फायदा है, इसी की वजह से देखो मेरी सगाई पक्की हो गई आज ही शाम।"

"अच्छा अकेली तुम्हारी सगाई होगी और मैं नाचूँगा?"

स्नेहा शरमा कर मुस्कुरा दी और दोनों एक साथ दद्दू को ढूंढ़ने चल पड़े।

राहुल और स्नेहा पैलेस से बाहर की ओर निकल पड़े।

"कहाँ भागे जा रहे हो दयान, रुको तो सही!" राहुल ने पीछे से आवाज़ लगाते हुए कहा।

"तुम! तुम तो पैलेस गए थे न स्नेहा को ढूंढ़ने?" दयान ने उसे देखकर पूछा।

"हाँ, वो तो साथ है, पीछे देखो।"

दयान ने पीछे मुड़कर देखा तो जल्दी-जल्दी गुस्से में पैर पटकती हुई स्नेहा उन्हीं लोगों के पास आ रही थी।

"ऐसे कोई किसी को छोड़ के आता है क्या?" स्नेहा लगभग राहुल पर सौ बादलों सी बरसती हुई बोली।

दयान भी राहुल की शक्ल देखने लगा।

"अरे यार, इसे फल लेने थे तो ठेले वाले से लेने लगी, मुझे तुम दिखे तो मैं तुम्हारे पीछे दौड़ आया," राहुल दयान को अपनी सफ़ाई सुनाने लगा क्योंकि उसे पता था स्नेहा की अदालत में तो उसकी सफ़ाई सुनी ही नहीं जाएगी।

"वाह, मुझे बताकर तो आते, मैं यहाँ-वहाँ ढूंढ़ रही थी। वो तो बगल के ठेले वाले ने बताया आपके पति तो आगे निकल गए..."

"पति!" दयान फिर से राहुल की शक्ल देखने लगा।

"अरे उस ठेले वाले को ग़लतफहमी हुई होगी, अब इसकी भी मैं क्या सफ़ाई दूँ? और ऊपर से ये भी जब से पैलेस से मेरे साथ आई है, पूरे रास्ते में बिल्कुल धर्मपत्नी की तरह पेश आ रही है," राहुल ने इस बार अच्छी तरह अपना मोर्चा संभाला।

स्नेहा ने उसे शिकायत भरी नजरों से देखा।

राहुल ने देखा स्नेहा की आँखें छोटी-छोटी हो गई हैं, बिल्कुल पहली बार की तरह, वो मुस्कुरा दिया।

"इन जनाब की आज शाम मेरे साथ सगाई होनी है, लेकिन इन्हें तो मेरा धर्मपत्नी बनना पसन्द ही नहीं...ठीक है अभी मना कर आती हूँ सबको, मैं कौन सा किसी के गले जबरन बंधना चाहती हूँ," कहकर स्नेहा मुँह मोड़कर खड़ी हो गई।

दयान बीच रास्ते उनका ये तमाशा देख रहा था।

"मुझे कुछ जरूरी काम है, मैं तुमसे बाद में मिलता हूँ राहुल, अपना ध्यान रखना," दयान ने कहा।

"एक मिनट क्या मतलब है आपका कि ध्यान रखना, मैं क्या कोई चुड़ैल हूँ जो इन्हें खा जाऊँगी? समझ क्या रखा है आपने मुझे?" स्नेहा दयान के सामने आते हुए बोली।

दयान फिर से राहुल की शक्ल देखने लगा पर इस बार उसके चेहरे पे कुछ इस तरह के भाव थे, "मैंने क्या किया?"

"वो मेरी सेहत के बारे में कह रहा है स्नेहा, तुम्हारे बारे में नहीं," राहुल ने उसे समझाया।

"लेकिन ये जा कहाँ रहे हैं?" स्नेहा ने पूछा।

"वो मैं तुम्हें नहीं बता सकता, हाँ अगर राहुल तुम मेरे साथ आना चाहो तो आ सकते हो," दयान ने कहा।

स्नेहा ने उसकी बात सुनकर मुस्कुरा कर राहुल की तरफ़ देखा।

राहुल हँस पड़ा और बोला, "दयान, ये सच में चुड़ैल है, इससे हम या तुम कुछ नहीं छुपा सकते, हम बताएं या न बताएं ये छुप-छुपा के सब पता कर लेती है। कल का भी सब पता है इसे।"

दयान ने एक नज़र आश्चर्य से स्नेहा की तरफ़ देखा फिर राहुल से बोला, "इसे पैलेस में डर नहीं लगा सब कुछ जानने के बाद भी?"

राहुल ने धीरे से उसके कान में कहा, "बोला न ये भी उन्हीं जैसी चुड़ैल है!"

स्नेहा राहुल को घूरने लगी तो उसने कहा, "अरे मैं कह रहा हूँ, तुम बहुत बहादुर हो।"

"ओह, सच में आपको ऐसा लगता है?" स्नेहा प्यार से उसे देखते हुए बोली।

"दीदी आपके फल, आप वहीं छोड़ आई थीं," एक लड़के ने फलों की एक थैली स्नेहा की तरफ़ बढ़ाते हुए कहा।

"ओह हाँ, थैंक्यू छोटू," स्नेहा ने उसके हाथ से थैली लेते हुए कहा।

"पैसे?" राहुल ने अपना पर्स निकालते हुए उस लड़के से पूछा।

"नहीं, वो तो दीदी ने दे दिए, वो भी 50 रुपये ज्यादा," लड़के ने खुशी-खुशी कहा और वापस चला गया।

"ज्यादा क्यों दिए स्नेहा? तुम्हें पता नहीं इस तरह इन लोगों की आदतें बिगड़ती हैं," राहुल ने स्नेहा को समझाते हुए कहा।

"जब होटल्स और रेस्टोरेंट में 500 रुपये पटक आते हो टिप के, तब आदत नहीं बिगड़ती उन लोगों की?" स्नेहा ने कहा।

"वो तो एक तरह का चलन है स्नेहा, अगर टिप न दें तो तुम्हीं बताओ तुम्हें कैसा लगेगा?" राहुल ने उसी से पूछा।

"मुझे बिल्कुल बुरा नहीं लगेगा, क्योंकि उन्हें मेरे खाने के बिल में से ही अच्छी भली सैलरी मिलती है, और रही बात चलन की तो टिप चलन के नहीं

जरूरत के हिसाब से देनी चाहिए, और विकसित देशों में शायद वेटर ही सबसे गरीब होते होंगे।"

"तुम्हारी सोच बहुत अच्छी है स्नेहा, मेरी माई भी ऐसे ही सिखाती थी मुझे कि मंदिर में प्रसाद तभी चढ़ाओ जब तुम्हारी नजर में कोई भूखा न हो। जिसे जरूरत हो उसे प्राथमिकता दो," दयान बोला साथ ही अपनी माई के जिक्र से उसकी आँखें भी नम हो गईं।

"चलो ठीक, तुम जीती मैं हारा, अब उनके पास चलें जिनके लिए आये हैं?" राहुल ने हाथ जोड़ने की मुद्रा में कहा।

स्नेहा ने मुस्कुराते हुए सहमति में सिर हिला दिया।

"किसके लिए आये हो, कहाँ जा रहे हो राहुल?" दयान ने पूछा।

"अपने दद्दू से मिलने, तुम भी चलो उनसे मिलकर तुम्हारा भी जीवन धन्य हो जाएगा, फिर उसके बाद मैं तुम्हारे साथ चलूँगा," राहुल ने कहा।

तीनों लोग मन्दिर पहुँचे। राहुल और स्नेहा ने मन्दिर के आसपास सब जगह ढूंढ़ लिया लेकिन दद्दू कहीं नहीं मिले।

"हमेशा तो यहीं मिल जाते थे दद्दू, आज दिख ही नहीं रहे," स्नेहा मायूस होते हुए बोली।

तीनों मन्दिर में अंदर गए तो देखा दद्दू मन्दिर के प्रांगण में सफ़ाई कर रहे थे।

"ये आप क्या कर रहे हो दद्दू, ये तो आपकी पूजा का समय है ना, आपकी पूजा तो छूट गई होगी आज की," स्नेहा उनके पास आते हुए बोली।

दद्दू ने मुस्कुरा कर उसके सिर पर हाथ रख दिया और बोले, "धर्म तो सिर्फ़ ओम स्वरूपी आत्मा के आश्रय से होता है बेटा। पूजा-भजन, ये सब तो सेवा के तरीके हैं। अब मुझे लगा पूजन से ज्यादा जरूरी गन्दे प्रांगण को साफ़ करना है तो मैंने साफ़ कर दिया। अब जिस काम की जरूरत ज्यादा हो उसी को प्राथमिकता देनी चाहिए न कि चलन या परम्परा को, है ना?"

राहुल और स्नेहा एक दूसरे का चेहरा देखने लगे कि दद्दू को उनकी बातों के बारे में कैसे पता।

अचानक राहुल की आँखों में आँसू भर आये। वो बोला, "आप मेरे दादाजी हो, और आप जीवित नहीं हो।"

दद्दू मुस्कुरा दिए, बोले, "जीवित तो हूँ, वरना सामने कैसे हूँ? बस जो देह तुम्हें दिख रही है, उसका संयोग अब नहीं है।"

"पर आप तो हमें छू सकते हो न दद्दू और आत्माएं तो स्पर्श नहीं कर सकतीं," स्नेहा विस्मय से बोली।

"जब आत्मा देह में हो तो स्पर्श कर सकती है बेटा, मैं भी शरीर में हूँ लेकिन ये देव योनि का दिव्य शरीर है। इसके परमाणु मनुष्य योनि के शरीर के परमाणु से उच्च कोटि के होते हैं," दद्दू ने कहा।

राहुल अब भी रो रहा था।

दद्दू ने राहुल के आँसू पोंछे और उसे पास ही एक चबूतरे पर बैठाकर उसके सिर पर हाथ फेरा और बोले, "टेंशन वाली कोई बात नहीं है, देह नहीं है तो क्या हुआ आत्मा तो है! सदाकाल से है और सदाकाल रहेगी, बस जब तक इसकी मुक्ति नहीं होती ये चौरासी लाख योनियों के शरीर बदलती रहती है, रोना क्या है?"

"आप जब बचपन में आते थे, तब भी क्या..." राहुल ने रुँधे स्वर में पूछा।

"हाँ, तब भी मैं मनुष्य नहीं था।"

"तो फिर चले क्यों गए आप? हमेशा मेरे साथ क्यों नहीं रहे? मेरे और माँ के लिए ही तो आपने घर छोड़ दिया था न दद्दू, कहीं मेरी वजह से तो आपके साथ कुछ ग़लत नहीं हुआ था न दद्दू और आपकी मौ... मौत... मेरी वजह... से?"

"नहीं रे! कितना सोचता है, बचपन में भी कितना डरा करता था हर चीज से, इतने अच्छे से सिखाया तुझे कि कभी भी टेंशन वाली कोई बात ही नहीं है। हर परिस्थिति में संघर्ष किया जा सकता है, पर तू तो बोलना सीख गया टेंशन वाली कोई बात ही नहीं, मगर समझा कुछ भी नहीं। देखो तो कैसे बच्चों सा रोता है, अरे अब तो तेरी सगाई होने वाली है, अब तो चुप हो जा।"

"आपको कैसे पता चल जाता है दद्दू, क्या देव अंतर्यामी होते हैं?" स्नेहा ने पूछा।

"नहीं बेटा, देव अवधिज्ञानी होते हैं। वो केवल कुछ समय पहले और कुछ समय बाद की घटनाओं को जान सकते हैं। ज्ञान पूरे 5 प्रकार के होते हैं अलग-अलग गतियों और योनियों में, इसके बारे में मैं तुम्हें फिर कभी बताऊँगा, अभी जो तुम्हारे काम का है वो सुनो।"

स्नेहा और राहुल ध्यान से उनकी बात सुनने लगे।

"देखो मैं जानता हूं तुम मुझे लेने आये हो कि मैं तुम लोगों के साथ परिवार के पास चलूँ, लेकिन ये असम्भव है।"

"क्यों असम्भव है? जब आप मुझसे और स्नेहा से मिल सकते हो तो परिवार वालों से क्यों नहीं? पापा आपसे माफ़ी मांगना चाहते हैं, कम से कम उन्हीं से मिल लीजिये," राहुल ने मनुहार की।

"देखो, मैंने तुमसे कहा था, प्रत्येक कार्य तभी होता है जब उसके संबंधित द्रव्य, भाव, भव, काल और क्षेत्र का एक साथ संयोग होता है। मेरा उस परिवार के साथ उतना ही संयोग था, मृत्यु उपरांत देव बनने के बाद भी मुझे तुम्हारे पास आना पड़ा क्योंकि तुम्हारा मुझसे संयोग था, बन्ध था जिसे हमें पूरा करना ही पड़ता है।

कभी तुमने किसी जन्म में मेरी सहायता की होगी इसलिए बचपन में तुम अकेले होते थे, कमजोर पड़ते थे, तो मुझे आना पड़ता था। आज तुम पर भारी विपदा है तो मुझे आना पड़ा, लेकिन फिर भी मेरी अपनी सीमा है, मैं अपनी दैवीय शक्तियों का प्रयोग तुम्हारे लिए नहीं कर सकता, क्योंकि जब तुमने मेरी सहायता की होगी तो मेरा मार्गदर्शन ही किया होगा तो वही संयोग बंधा है। वही मेरी सीमा है, वही मार्गदर्शन मैं तुम्हें दे सकता हूँ और जितने समय का बन्ध होगा हमारा-तुम्हारा, उतने समय बाद मुझे फिर जाना होगा। यही संसार है मेरे बच्चे।"

"ये चेहरा और पहचान तो वही है आपकी जो आपके मनुष्य शरीर में थी, फिर आप देव कैसे?" स्नेहा ने पूछा।

"ये मेरा वास्तविक दैवीय शरीर नहीं है। उसका तेज तो इतना अधिक है, इतना विशाल है कि मनुष्य उसे अपनी आँखों से देख भी नहीं सकता, इसलिए मैंने ये रूप बदला है।"

"मतलब सभी देव रूप बदल सकते हैं?" स्नेहा ने फिर प्रश्न किया।

"हाँ!"

"सब कुछ ठीक होने के बाद फिर से मुझे छोड़कर चले जायेंगे, जैसे बचपन में छोड़ गए थे," राहुल ने सिर झुकाकर सुबकते हुए कहा।

"मैं तो तुम्हारे संस्कारों और विचारों में हमेशा तुम्हारे साथ हूँ, पर अभी जरूरत है कि तुम सामने आए हुए संकट से संघर्ष करो और जिन्हें तुम्हारी मदद की जरूरत है उनकी मदद करो। जाओ, सत्य को साथ लेकर चलो," दद्दू ने कहा।

राहुल ने खुद को संभाला और स्नेहा के साथ चलने के लिए खड़ा हो गया।

"मैं इस परिस्थिति से निकलने के लिए हर मुमकिन कोशिश करूँगा दद्दू, शायद इस समस्या के साथ भी मेरा संयोग ही है जिसके हल होने का अब समय आ गया है," राहुल ने निश्चय पूर्वक कहा।

"तुम जरूर हल कर लोगे! सुनो, ये जो लड़का इतनी देर से पागलों की तरह खड़ा होकर तुम लोगों को बड़बड़ाते हुए देख रहा है इससे कहना कि इसके बुरे कर्मों का पूरी तरह प्रायश्चित नहीं हुआ है। अभी ये मंदिर या कहीं भी सकारात्मक ऊर्जा को देख सुन नहीं सकता। जाओ, टेंशन वाली कोई बात नहीं!"

स्नेहा और राहुल ने सामने प्रांगण के एक कोने में खड़े दयान की तरफ़ देखा तो वो सच में उन लोगों को बेवकूफों की तरह घूर रहा था।

"तुम्हारा घर बहुत डरावना है दयान," स्नेहा ने कहा।

"हाँ, जिस घर में मैंने अपनी बहन को अनाथ कर दिया हो, वो डरावना तो लगेगा ही। मेरे पाप इतने हैं कि मैं तुम्हारे दादा जी की पवित्र आत्मा के दर्शन भी न कर सका," दयान के निराशा भरे शब्द उस दो कमरों के घर में गूंज रहे थे।

"हम यहाँ लेने क्या आये हैं, दयान?" राहुल ने पूछा।

"बस कुछ पुराना सामान, मुझसे और मेरी बहन से जुड़ा हुआ, क्योंकि यहाँ आज रात मैं एक विद्या सिद्ध करूँगा जो हमारी आगे बहुत मदद कर सकेगी। उसकी ऊर्जा बहुत अधिक है, हो सकता है घर में रखी सारी चीज़ें जल जाएं उस विधि के दौरान," दयान ने कहा और कमरे की खाट के नीचे रखे एक संदूक को खोल कर उसमें से कुछ सामान निकालने लगा।

स्नेहा और राहुल भी उसकी मदद कर रहे थे।

"ये क्या तुम्हारी माई हैं, दयान?" उस सामान में से एक तस्वीर दयान को दिखाते हुए राहुल ने पूछा।

"हाँ, यही मेरी माई है," ममता की चाह में निकले दयान के शब्दों के साथ दो आँसू भी बह निकले।

"मैंने इन्हें देखा है," राहुल ने कहा।

"क्या! कहाँ देखा है?" फटी आँखों से दयान ने राहुल की ओर देखते हुए पूछा।

"वो... वो कल रात पैलेस में..."

दयान लकवे के मरीज के जैसा ज़मीन पे बैठा रह गया था। स्नेहा कभी राहुल को देख रही थी तो कभी दयान को, उससे कुछ बोला ही नहीं जा रहा था।

राहुल दयान के पास बैठा उसके सहज होने का इंतजार कर रहा था।

"भूल जाओ इस पैलेस को, चलो राहुल, सबको ले चलते हैं यहाँ से। जो होगा देखा जाएगा," दयान मरे हुए स्वर में बोला।

"लेकिन हम सबको खतरा है यहाँ से जाने में। तुमने ही तो कहा था, पैलेस की आत्माएं हमें जाने नहीं देंगी," राहुल व्याकुल होता हुआ बोला।

"इस समस्या का कोई हल नहीं है हमारे पास, बेहतर होगा सबको जल्द से जल्द यहाँ से निकाल दें। एक रास्ता है मेरे पास, मैं कुछ देर के लिए पैलेस में भ्रम जाल विद्या का प्रयोग कर सकता हूँ, उतनी देर में सबको राधौगढ़ की सीमा से बाहर निकलना होगा," दयान तुरंत बोला।

"और उस भ्रम जाल के बाद?" स्नेहा ने पूछा।

"शायद उनका कोप पैलेस की दीवारों पर बरसे या इस कस्बे पर, लेकिन तब तक हम सब दूर जा चुके होंगे," दयान ने समझाया।

"और तुम्हारी माई?" राहुल ने पूछा।

दयान के आँखों में आँसू भर आये, मन की भावनाओं को ज़ब्त करते हुए बोला, "मैं इस जन्म में इस लायक नहीं हूँ कि अपनी माँ की आत्मा को आज़ाद करवा सकूँ।"

"अरे! पर तुमने तो कहा था कि तुम एक विद्या को सिद्ध करके अपनी माई को बचाने वाले थे उस बाबा से! तो अब क्या दिक्कत है? अगर तुम्हारी माई उस पैलेस में है तो क्या हुआ, हम वहाँ से भी तो उस प्रेत की मदद से उन्हें आज़ाद करवा सकते हैं ना?" स्नेहा ने फिर सवाल किया।

"स्नेहा सही कह रही है दयान, एकदम से हार क्यों मान ली तुमने? मेरी तो कुछ समझ नहीं आ रहा, तुम्हारी माई और बाकी के इन राधौगढ़ के निर्दोष लोगों को उन आत्माओं का कोप झेलने के लिए हम सब छोड़ कर नहीं जा सकते, कोई न कोई रास्ता तो होगा न दयान," राहुल दयान को समझाते हुए बोला।

"रास्ता? हम किसी दोराहे या चौराहे पर नहीं खड़े राहुल, हम एक भूलभुलैया में फंसे हैं, यहाँ कोई रास्ता नहीं है, सिर्फ विनाश है..."

"तुम कहना क्या चाहते हो दयान? अभी थोड़ी देर पहले तुम अपनी माई को भी आज़ाद करवा सकते थे, पैलेस की आत्माओं का भी इलाज था तुम्हारे पास... अगर मैंने तुम्हारी माई की आत्मा को पैलेस में देख लिया तो अब कहते हो सिर्फ विनाश है कोई रास्ता नहीं है!" राहुल कुछ समझ नहीं पा रहा था।

"हो सकता है उस बाबा ने तुम्हारी माई को वहाँ कैद कर रखा हो, बस इतनी सी तो बात है, इसकी वजह से हार क्यों मानना?" स्नेहा ने समझाया।

"तुम मेरी छोटी बहन जैसी हो स्नेहा, मैं तुमसे सच कहता हूँ, ये समस्या हमारे बस की नहीं है।"

"लेकिन क्यों, अभी तक तो आप तैयारी कर रहे थे उनसे लड़ने की और अब...?" स्नेहा बोली।

"अब मैं नहीं कर सकता। मुझे लगता था कि उस बाबा ने मेरी माई की आत्मा को वश में कर रखा है क्योंकि वो एक कमज़ोर आत्मा हैं, उन्हें अपनी शक्तियों का ज्ञान नहीं है, इसलिए किसी भी विद्या को सिद्ध करके मैं उस बाबा को खत्म करके अपनी माँ को आज़ाद करा सकता हूँ, लेकिन ऐसा है ही नहीं, मेरी माई की आत्मा को अपनी सभी शक्तियों का ज्ञान है," दयान मायूस होकर बोला।

"मतलब?" स्नेहा चौंकी।

दयान बोला, "सरल और सीधे मनुष्य को कोई भी डरा धमका कर अपनी बात मानने पर मजबूर कर लेता है। लेकिन मेरी माई की आत्मा ने राहुल को अपनी पूरी कहानी दिखाई है उस पैलेस में, कैसे उनके पति ने उन पर अत्याचार किये, उन्हें मार डाला और मुझे छोड़ कर उन्हें जाना पड़ा...इसका मतलब समझती हो स्नेहा? इसका मतलब है कि इतनी शक्तिशाली आत्मा को वश में करने वाला खुद कितना अधिक शक्तिशाली होगा। तभी तो उसने मेरी माई की आत्मा को डरा धमका कर अपने बस में कर रखा है। इतनी अधिक शक्तिशाली आत्माओं को अपने वश में करने वाले ने कितनी विद्याओं का प्रयोग किया होगा उन्हें उस पैलेस तक सीमित रखने में!"

"अरे तो क्या हुआ दयान, तुम्हें भी तो उसी बाबा ने विद्याएँ सिद्ध करना सिखाया है ना। तुम उनका प्रयोग करो न," राहुल ने हौसला बढ़ाते हुए कहा।

"आत्माओं को वश में करने और उनकी किसी एक विद्या को सिद्ध करने में जमीन आसमान का फर्क है राहुल। प्रेत योनि की किसी भी आत्मा को उसकी

किसी शक्ति का आभास कराके उस शक्ति का प्रयोग कुछ देर के लिए अपने मतलब के लिये करना आसान है। मैंने वही सीखा है, क्योंकि मैं तो एक विद्या सिद्ध करके सिर्फ अपनी माई से मिलना चाहता था, लेकिन प्रेत योनि की आत्मा को वश करना अलग है। उन्हें अपनी शक्तियां दिखा के जब तक हमारा मन हो तब तक डरा के अपनी बात मनवाना, ये होता है वश करना, जो मुझे नहीं आता। हमारी लड़ाई उन आत्माओं से है ही नहीं, हमारी लड़ाई उस बाबा से है जो उन सभी आत्माओं से कई गुना शक्तियां रखता है, तभी तो उन सबको वश में कर रखा है।" दयान ने बताया।

"लेकिन वो इस तरह इतनी सारी आत्माओं को वश में क्यों कर रहा है? उसे क्या मिलेगा ये सब करके, और जैसा कि उस लड़की ने रामायणी माँ और कल्पना दीदी की तरफ़ इशारा किया था तो उनसे उस बाबा का क्या लेना देना?" स्नेहा विचलित हो रही थी।

"शक्ति...उसे और अधिक शक्तिशाली बनना होगा इसलिए वो ये सब कर रहा है, वो उन आत्माओं के जरिये कल्पना और रामायणी माई की बलि देकर उन्हें भी अपने वश में करना चाहता है, और हम लोग कुछ नहीं कर पाएंगे इसलिए अच्छा है कि हम सब यहाँ से निकल जाएं," दयान अपनी बात पर अड़ा रहा।

"अरे तो मेरी माँ या कल्पना में क्या खास है जो उस बाबा को इन्हीं को वश में करना है? स्नेहा को सब पता है फिर उसके साथ तो कुछ भी नहीं हुआ, जबकि मुझे सच जानने के बाद क्या कुछ नहीं झेलना पड़ा!" राहुल को समझ नहीं आ रहा था।

स्नेहा उसे गुस्से से घूरते हुए बोली, "इस इंसान के साथ आज मेरी सगाई है और इन्हें शिकायत है कि उस तांत्रिक को मेरी बलि क्यों नहीं चाहिए।"

"मेरे कहने का वो मतलब नहीं है यार, मेरी बात समझो...अरे आत्माएं तो सब एक सी हैं, फिर उस तांत्रिक को औरतों की ही आत्माएं क्यों चाहिए? और अगर सिर्फ औरतों की ही आत्माएं चाहिए तो सिर्फ कल्पना और मेरी माँ क्यों? औरतें तो और भी कई हैं पैलेस में, मतलब हमें खुद अभी पूरी बात नहीं पता तो हम हार कैसे मान लें?"

इस पर दयान बोला, "जब तुम्हें लगे कि भ्रम जाल के लिए तुम्हें मेरी जरूरत है, मुझे बता देना मैं तैयार रहूँगा पर मैं अपनी शक्तियों के साथ उस तांत्रिक बाबा की शक्तियों से नहीं लड़ सकता। अब तुम यहां से जा सकते हो, जब फैसला ले लो मुझे बता देना।"

"पर आपकी माई?" स्नेहा बोली।

"रहने दो स्नेहा, इस इंसान को अपनी माई की कोई फिक्र नहीं, हमें जो करना है हम कर लेंगे चलो।"

राहुल स्नेहा का हाथ पकड़ कर उसे अपने साथ उस वीरान घर से बाहर ले आया और अंदर दयान अपनी माई की तस्वीर सीने से लगाए कुछ देर तक खुद को ज़ब्त किये बैठा रहा। जब उससे अपनी बेबसी सहन न हुई तो उस घर में रखी हर तंत्र-मंत्र की चीज़ लाकर बाहर फेंकनी शुरू कर दी जो उसने बरसों से संभाल कर रखी थीं, ताकि तंत्र में उनका उपयोग करके अपनी माई से मिल सके। तंत्र विद्या का कोई धागा भी वो अपने पास नहीं रखना चाहता था, अपनी लाचारी पर रोता जाता था...माई, माई चिल्लाता जाता था और हर कोने में छुपा कर रखी हर चीज निकाल कर फेंकता जाता था सब चीजों के बीच वो बेंदा भी उसके हाथ आया जो पुलिस की कस्टडी से उसे वापस मिला था। वो उसे भी फेंकने वाला था कि उसके दिमाग़ के सारे तार अचानक झन्ना उठे... वो बेंदा लेकर वो जल्दी से अपने तलघर में चला गया जो उसकी तांत्रिक विधियों का कमरा था।

स्नेहा राहुल के पीछे-पीछे चल रही थी, अचानक उसके सामने आकर बोली, "मुझे भी दयान की थ्योरी ही सही लग रही है, हम सब मामूली से लोग उन आत्माओं का सामना कैसे कर सकते हैं, अब तो दयान भी हमारे साथ नहीं है। ले चलते हैं ना सबको यहाँ से राहुल।"

"और उसके बाद? राधौगढ़ को बर्बाद होने के लिए छोड़ जाऊं, सिर्फ अपनी ग़लती सुधारने के लिए जो मैंने तुम सब लोगों को यहाँ लाकर की है?"

"बचेगा तो वैसे भी कोई नहीं, हम पूरा कस्बा ही खाली करवा देते हैं।"

"बच्चों का खेल है क्या स्नेहा, 30000 से ज्यादा की आबादी वाला कस्बा कुछ मिनटों में खाली करवाना!" राहुल बोला।

"तो फिर क्या करें? हम सब तो कुछ जानते ही नहीं हैं, सही कह रहा था दयान, परसों शादी है और हम अब तक भूलभुलैया में हैं।"

राहुल ने स्नेहा का हाथ अपने हाथ में लेते हुए कहा, "हाँ, हम भूलभुलैया में ही हैं लेकिन मुझे लगता है कि अगर थोड़ा वक्त लेकर शांति से शुरू से लेकर आखिर तक सब चीजों को दोबारा सोचूँ, तो मुझे इस भूलभुलैया का रास्ता मिल जाएगा। भरोसा रखो स्नेहा, सबको मुसीबत में डाला है तो निकाल भी लूँगा वरना मेरी ग़लती की सजा सिर्फ मुझे मिलेगी और किसी को नहीं। तुम बस अपना ध्यान रखो, अभी पैलेस जाओ, शाम को मिलते हैं और हाँ, टेंशन वाली कोई बात नहीं है!" कहकर राहुल मुस्कुरा दिया।

स्नेहा थोड़ी देर के लिए चुप रह गई, फिर बोली, "शाम को सगाई पर क्या गिफ़्ट लेकर आऊँ मैं आपके लिए?"

"गिफ़्ट... ठीक है तुम मेरे लिए एक फ़ाइल तैयार करना।"

"ये कैसा गिफ्ट हुआ, मैं ठहरी साइंस की स्टूडेंट, कहाँ से आपके बिज़नेस की फ़ाइल बनाऊँगी?"

"ये बिल्ली जैसा मुँह न बनाओ। बिज़नेस की फ़ाइल नहीं बनानी, तुम्हें अपनी दीदी के बारे में एक फ़ाइल बनानी है। जितना तुम अभी तक उनके बारे में जानती हो, जितना आज शाम तक जान सकती हो।"

"पर किस बारे में, किस चीज से रिलेटेड?"

"सब कुछ उनकी पसन्द नापसंद, शौक। उनके साथ कभी कुछ बहुत अच्छा हुआ हो, कुछ बहुत बुरा हुआ हो। इस शादी को लेकर तुम्हारी दीदी के मन मे क्या है, नव्यम को लेकर क्या सोचती है वो, सबकुछ जो भी तुम पता लगा सको वो सब।"

"ये शादी वाला काम तो आपने नव्यम जीजू को दिया था न?"

"हाँ, और मुझे पूरा भरोसा है कि मेरे भाई ने अभी तक कल्पना से उसका हाल-चाल भी नहीं पूछा होगा, शादी के बारे में बात करना तो बहुत दूर की बात है।"

"ठीक है, मैं कर दूँगी, और मेरा गिफ़्ट?"

"कहो क्या चाहिए?"

"आप जो ये सबको बताते फिरते हैं ना कि मैं छुप-छुप के सबकी बातें सुनती हूँ, प्रॉमिस कीजिये कि आप हमारे बच्चों को ये सब नहीं बताएंगे।"

राहुल की आँखें नम हो गईं, स्नेहा का चेहरा अपने दोनों हाथों में लेकर थोड़ी देर उसे निहारता रहा फिर बोला, "वादा करता हूँ कुछ नहीं बताऊँगा, अगर दो दिन बाद तक मैंने सब ठीक कर लिया तो।"

"सब ठीक हो जाएगा। अब मैं कह रही हूँ, सब ठीक हो जाएगा, मैं हूँ न आपके साथ टेंशन वाली कोई बात नहीं है," कहकर स्नेहा राहुल के गले लग गई।

"माँ, माँ, कहाँ हो माँ? ये घर में इतना अँधेरा क्यों कर रखा है? माँ, आप ठीक तो हो, माँ!" घर में आते ही दिन में पसरे हुए अँधेरे को देख कर किसी अनिष्ट की आशंका से भयभीत राहुल सब तरफ़ अँधेरे में गिरता पड़ता अपनी माँ को आवाज़ लगाते हुए उनके कमरे की तरफ़ जाने की कोशिश कर रहा था। उनके कमरे की खिड़की खुली हुई थी जिससे थोड़ी सी रोशनी आ रही थी। वो उसी ओर आगे बढ़ने लगा कि किसी साये ने वो खिड़की भी बंद कर दी।

"कौन है वहाँ? माँ कहाँ है मेरी, खिड़की क्यों बन्द की तुमने?"

अपनी माँ के कमरे के दरवाजे पर खड़ा राहुल अँधेरे में चिल्लाते हुए बोला।

वो साया हल्की सी आवाज़ के साथ चलता हुआ राहुल के बिल्कुल करीब आकर खड़ा हो गया और उसके सिर पे हाथ फेरते हुए कहने लगा, "अरे मैं हूँ... तुम्हारा दद्दू, वो इतना अँधेरा था न तो मैंने सोचा ये खिड़की बन्द कर दूँ तो उसके अँधेरे से ये अँधेरा कम हो जाएगा।"

राहुल झुंझलाते हुए बोला, "क्या आप भी दद्दू, डरे हुए आदमी को और डरा रहे हो...और अँधेरे से अँधेरा कम नहीं होता, रोशनी से होता है। वैसे तो इतने प्रवचन देते हो और इतना भी नहीं जानते, रुको मैं लाइट ऑन करता हूँ।"

अंदर आकर अँधेरे में टटोलते हुए उसने लाइट का स्विच ऑन किया और पूरे कमरे में रोशनी हो गई। वो मुस्कुराते हुए अपने दद्दू की तरफ़ मुड़ा और बोला, "देखो दद्दू ऐसे हारता है अँधेरा, रोशनी से!"

दद्दू मुस्कुराते हुए उसके पास आये और बोले, "वो दयान भी इसी तरह अपनी नकारात्मक शक्तियों से उस बाबा की कई गुना ज्यादा नकारात्मक शक्तियों के साथ नहीं लड़ सकता, लेकिन तुम अपनी थोड़ी सी भी सकारात्मक ऊर्जा से उसे

परास्त कर सकते हो। अँधेरा कितना भी घना हो बस जरा सी ही रोशनी उसे खत्म कर सकती है।"

"वाह दद्दू, आप तो ग्रेट हो, मैं उस दयान को भी समझा दूँगा, लेकिन मेरे पास कोई शक्ति कहाँ है उन आत्माओं जैसी?" राहुल बोला।

"हे भगवान, इतना समझाया था उस दिन, अरे वो आत्माएं हैं तो तुम क्या हो? अरे तुम भी तो आत्मा हो जो इस शरीर में बैठी है। फर्क इतना है कि उन्हें अपनी शक्तियों का ज्ञान है और वो उसका ग़लत प्रयोग कर रही हैं, तुम अपनी शक्तियों का ज्ञान करके उन्हें सही प्रयोग में लगाओ, जीत तुम्हारी होगी।"

"अरे दद्दू पर लोगों को अपनी शक्तियां पहचानने में सदियां लग जाती हैं, कितनी तपस्या करनी पड़ती है और मेरे पास तो सिर्फ दो दिन हैं।"

"आत्मा की शक्तियां अनन्त हैं बेटा, जो पूरी तरह से निर्वाण अवस्था में ही प्रकट होती हैं लेकिन उस अवस्था तक जाने के रास्ते में धीरे-धीरे सब शक्तियाँ प्रकट होती जाती हैं। तुम भी अपनी आत्मा की कुछ शक्तियों से परिचित हो, बचपन में ही मैंने तुम्हें भावनाओं की ऊर्जा से ऊर्जा चक्र निर्मित करना सिखाया था, तुम्हारी भावनाएं ही तुम्हारी शक्ति हैं, और तुम्हारा सबसे बड़ा सहयोगी है तुम्हारा इंसानी दिमाग़। शांति से इस दिमाग़ को अवसर दो, ये तुम्हारी ही आत्म प्रेरणा से तुम्हें रास्ता दिखायेगा।"

"मैं कोशिश करता हूँ दद्दू, पर आप मेरे साथ रहना।"

"किस से साथ रहने को कह रहे हो राहुल?" दरवाजे पे नायक जी के साथ खड़ी रामायणी जी ने राहुल से पूछा।

"अरे स्नेहा से कहना होगा इसे साथ रहने को इसीलिए अकेले में प्रैक्टिस कर रहा है, मैंने भी तुम्हारी माँ को मनाने की बहुत प्रैक्टिस की थी अकेले में लेकिन फिर मुझसे कुछ हुआ नहीं तो घरवालों से ही बात करनी पड़ी, खैर तुम्हारी तो शाम को ही सगाई है तुम मत घबराओ," नायक जी ने राहुल के पास आकर उसके कंधे पे हाथ रखते हुए कहा।

"हाँ, वो मैं थोड़ा थक गया हूँ, आराम कर लेता हूँ," राहुल ने कहा और जाने लगा।

"अरे जा कहाँ रहे हो, हम दोनों के साथ खाना खाओ फिर तुम्हारे लिए कुछ कपड़े सेलेक्ट किये हैं उन्हें देख लो," रामायणी जी ने उसे रोकते हुए कहा।

"थोड़ी देर आराम कर लूँ माँ, प्लीज! खाना आप दोनों खा लो मैं बाद में खा लूँगा और अपने कपड़े भी सेलेक्ट कर लूँगा, ठीक है? टेंशन वाली कोई बात नहीं," राहुल ने कहा।

"अरे पर दयान, वो आएगा न या कहीं भेज दिया तुमने उसे?" रामायणी जी ने पूछा।

"मैं उससे बात करके अभी आपको बता दूँगा माँ।"

"ठीक है, जाओ," रामायणी जी ने कहा और राहुल अपने कमरे की तरफ़ चला गया।

"आप बैठिये, मैं अभी आती हूँ," रामायणी जी ने कहा।

"क्यों जाना कहाँ है, खाना तो आप हमारे साथ ही खाएंगी न रमा?" नायक जी ने पूछा।

"खाना बनाना भी तो है, अभी काफी कुछ बाकी है, ज्यादा देर नहीं लगेगी बस थोड़ी ही देर इंतजार करना पड़ेगा आपको।"

"इंतजार करने तो नहीं आया रमा, चलो साथ में बनाते हैं, इसी बहाने बातें भी कर लेंगे।"

"आपको खाना बनाना कबसे आ गया? चाय तो आपसे छानी नहीं जाती, रहने दीजिए मैं कर लूँगी," कहती हुई रामायणी जी अपनी रसोई में चली गईं।

नायक जी भी उनके पीछे-पीछे रसोई में चले आये, उनसे बातें करते जाते और काम भी करवाते जाते। रामायणी जी उनकी अद्‌भुत पाक कला देख कर चकित थीं।

"आपने कब सीखा इतना अच्छा खाना बनाना?" रामायणी जी ने खाना टेबल पर लगाते हुए पूछा।

"अरे नव्यम आने वाला था न तब, नीति कितनी देर में खाना बना पाती है ये तो सबको पता ही है, तो जब वो पेट में था तबसे ही मैंने सीखना शुरू किया और बनाते-बनाते सीख गया," नायक जी बोले।

रामायणी जी मुस्कुरा दीं, दोनों ने साथ खाना खाया।

"सोचा था कि तुमसे आज बात करके माफ़ी ले ही लूँगा, माफ़ी न मिली तो सजा ले कर ही जाऊँगा, पर खाली हाथ नहीं लौटूंगा। लेकिन तुम्हें देख कर समझ नहीं आता क्या करूँ, न तो तुम मुझसे नाराज हो, न ही वो पहले वाला स्नेह है

तुम्हारी आँखों में मेरे लिए। मेरी ग़लतफ़हमी की शायद यही सजा है कि न मैं तुमसे इज्जत मांग सकता हूँ, न बेइज्जती।"

नायक जी कमरे की खिड़की की तरफ़ खड़े कहे जा रहे थे।

रामायणी जी उनके पीछे ही खड़ी थीं, बोलीं, "मैंने सारी दुनिया से मोह छोड़कर सारा ध्यान आप पर केन्द्रित कर रखा था नायक, पर जब आपसे ठोकर मिली तो मेरा जीवन जीना भी दूभर हो रहा था। बहुत मानसिक वेदना, तपस्या और समय के बाद मैंने अपने आपको अपनी तरफ़ मोड़ लिया है। आपके पिताजी जो कहा करते थे उन्हीं बातों ने मुझे इतने समय तक संबल दिया, अब सच कहूँ तो मेरा जीवन राहुल पर भी केंद्रित नहीं है। जिसका संयोग हुआ है उसका वियोग तय है, इसलिए मैं जीवन के हर बंधन में सहज ही रह सकती हूँ, अब मैं अपने आप को छोड़कर किसी की तरफ़ नहीं मुड़ना चाहती नायक।"

"मतलब नव्यम की शादी के बाद आप मेरे साथ नहीं चलेंगी?"

"राहुल आपसे मिलने जाता रहेगा, जब जिसे मुझसे मिलना हो वो यहां चला आये, पर मैं दुबारा किसी भी तरह आपके जीवन में नहीं आ सकती।"

"मैं तो इसे अहंकार समझता हूँ रमा, तुम बदला ही लेना चाहती हो तो सबके सामने मेरी बेइज्जती कर दो, मैं सबके सामने माफ़ी मांगने को तैयार हूँ। कम से कम एक मौका तो दो मुझे प्रायश्चित का।"

"आपको पता है, जब मैं बिल्कुल अकेली थी, रावत भाई साहब ने उस समय मेरा बहुत ध्यान रखा लेकिन अपनी मानसिक वेदना कभी उनसे बांट नहीं पाई, सोचती थी कि उन्हें तकलीफ होगी। अंदर ही अंदर घुटा करती थी इसलिए नहीं कि आपने मेरा परित्याग कर दिया था, बल्कि इसलिए कि आप मुझपे भरोसा नहीं कर पाए जबकि मैंने कभी आपसे कुछ छुपाया ही नहीं। मैं अंदर से बहुत असहाय सा महसूस करती, आप सब सोचते थे मैंने आपको श्राप दिया होगा, पर सच कहूँ तो कभी-कभी मन में आता था कि सौ-सौ श्राप दूँ आपको और इस समाज को, फिर ससुर जी की बात याद आ जाती थी कि सती स्त्री का श्राप विफल नहीं होता। आपका अनिष्ट भी नहीं देख सकती थी, बहुत पीड़ित थी मानसिक रूप से। कभी-कभी आत्महत्या तक के विचार आते थे, फिर राहुल मेरी गोद में आया, मेरा सारा मानसिक संताप जाने कहाँ विलीन हो गया उसका चेहरा देख कर, लेकिन उस संताप का राहुल पर बहुत गहरा प्रभाव पड़ा था गर्भावस्था में, उसे बचपन

में ही हर चीज से डर लगता था। बच्चे नई चीज देखकर उसके बारे में जानने की कोशिश करते हैं वो हर नई चीज को देख घबरा जाता था, रातों में बहुत रोया करता, इलाज के बाद भी उसका मानसिक विकास सही से नहीं हो पा रहा था।"

"पर राहुल तो बहुत समझदार, बहुत होनहार है रमा। इतना बड़ा बिज़नेस संभाल रखा है उसने, उसे ये सब..."

"वो रोज़ मन्दिर जाता था बचपन में मेरे साथ, मैं पूजा में लगी रहती वो जाने कौन से दादाजी के साथ खेला करता था, कभी-कभी उसका पीछा किया तो मन्दिर के पीछे के आँगन में अकेला खेलता पाती थी उसे, लेकिन उसमें अच्छे परिवर्तन आने लगे थे। उसकी मानसिक अवस्था बेहतर हो रही थी, धीरे-धीरे उसके सब डर ख़त्म हो गए, शायद कोई दैवीय आत्मा ने मेरे बेटे की सहायता की हो, लेकिन अगर ऐसा नहीं होता, तो अपने बच्चे की उस हालत के लिए क्या मैं आपको कभी माफ़ कर सकती थी? संसार में सुख दिखते हैं नायक लेकिन सबके पीछे पीड़ादायक संताप हैं, मैं ये संताप दुबारा नहीं भुगतना चाहती इसलिए मैं अपने आप को छोड़कर फिर से सांसारिक सुखों की कामना में इन बन्धनों में नहीं बंध सकती।"

"मैं तुम्हारा अपराधी हूँ, राहुल का अपराधी हूँ, क्या सच में बिना सजा दिए जाने दोगी मुझे?"

"आप मेरी तरफ़ से निश्चिंत रहिये, मेरे मन में किसी के लिए मैल नहीं, कोई अहंकार नहीं। ये एकांत मेरा आत्म हित है जो मेरे लिए जरूरी है।"

"अब समझ आता है, गहनों के भार और कपड़ों की सजावट से कोई स्त्री बड़े घराने की बहू नहीं बनती, बल्कि अपने आत्मसम्मान के गुणों से ही उसका ससुराल बड़े घराने की संज्ञा पा जाता है। हमारा घर भी एक सामान्य सा ही घर है रमा, तुम जब चाहो तब आकर हमारे घर को उसका गर्व, उसकी श्री वापस दे सकती हो, अगर इस आध्यात्मिक साधना से तुम्हें शांति मिल रही है तो मेरे भी प्रायश्चित से सन्तप्त हृदय को शांति मिलनी चाहिए। कभी पिताजी समझाया करते थे तो सुनता नहीं था, तुम समझाओ तो शायद मैं भी खुद को समझ पाऊँ," नायक जी ने कहा और भारी क़दमों से उस घर से चले गए।

राहुल कमरे में अपने बेड पर बैठा शुरू से लेकर आखिर तक हर चीज एक बड़े से चार्ट पर नोट करता जा रहा था और उन सबको आपस में जोड़ने की कोशिश कर रहा था। जहाँ उसे समझ नहीं आता वहाँ, दद्दू की थ्योरी लगाने की कोशिश करता।

"दयान आया है, कह रहा है तुम्हारे ही साथ खायेगा, तुम बाहर आ रहे हो या मैं उसे ही भेज दूँ?" रामायणी जी ने कमरे में आकर पूछा।

"हाँ, माँ आप भेज दो, मेरा काम बाकी है अभी," राहुल ने कहा और काम में लग गया।

वो अभी अपने चार्ट में लगा ही हुआ था कि वही शापित बेंदा उस चार्ट के ऊपर आ गिरा। राहुल घबरा कर बेड से उछल गया, सामने देखा तो दयान खड़ा था। उसने चैन की सांस ली।

"वाह! तुम तो बड़ी-बड़ी बातें करके आये थे और एक बेंदा क्या देख लिया 10 फुट दूर उछल पड़े," दयान ने उसके पास आते हुए कहा।

"तुम सब ऐसे ही डरा-डरा कर मार डालो। पहले वो पैलेस, फिर दद्दू अब तुम..." खीझता हुआ राहुल वापस से अपने काम में लग गया।

"माई से कहा है मैंने 1 घण्टे बाद खाना लाएं, तब तक मुझे तुमसे कुछ जरूरी बात करनी है, मुझे लगता है मैं कुछ कर सकता..."

दयान बोल ही रहा था कि राहुल ने उसे टोक दिया, "तुम अपनी काली शक्तियों से कुछ नहीं कर सकते दयान, अँधेरे से अँधेरे को खत्म नहीं किया जा सकता... उसे सिर्फ रोशनी ही खत्म कर सकती है।"

"जानता हूँ, ये तो मैं भी तुम्हें बता चुका हूँ कि मैं उस बाबा को अपनी बुरी शक्तियों से हरा नहीं सकता, लेकिन अपने दिमाग़ का प्रयोग करके भी मैं काफ़ी कुछ कर सकता हूँ। हो सकता है कि जो मैं सोच रहा हूँ, अगर वो सही हो तो हमें उस बाबा की शक्ल भी न देखनी पड़े और सबकी जान बच जाए।"

राहुल हैरत से उसे देखने लगा, फिर बोला, "मुझे तो यकीन नहीं होता, सच बताओ... दिमाग़ है तुम्हारे पास?"

दयान हँसते हुए बोला, "कोई और वक्त होता तो जरूर बताता लेकिन अभी तो तुम वो सुनो जो मैंने सोचा है। मुझे लगता है जिस आत्मा का ये बेंदा है, वो उस बाबा के वश..."

"अरे क्या हुआ? बोलो न, सस्पेंस न रखो यार..." राहुल झुंझलाते हुए बोला।

दयान से कुछ बोला न गया उसने काँपते हाथ से राहुल के कमरे की आधी खुली खिड़की की तरफ़ इशारा किया जिसपे डले हुए पर्दे में कोई आधा इंसानी साया हिल रहा था।

"ओ तेरी..." चिल्लाते हुए राहुल दयान से चिपक गया।

उसके चिल्लाते ही बाकी की आधी खिड़की भी धड़ाक से खुल गई और...

उस पर्दे के साथ ही वो इंसानी साया भी कमरे में अंदर आ गिरा। पर्दे में लिपटा वो साया जमीन पर ही रेंगते हुए उन दोनों की तरफ़ बढ़ने लगा।

"कुछ कर दयान," राहुल ने मरी हुई आवाज़ में दयान से कहा।

दयान ने कुछ मन्त्र बड़बड़ाने शुरू किए लेकिन उनका कोई असर उस प्रेत पर नहीं हुआ।

"ये बहुत ताकतवर प्रेत है राहुल, तुम ही कुछ करो," दयान खुद को राहुल के पीछे सरकाता हुआ बोला।

अपनी पूरी हिम्मत बटोरकर राहुल ने ॐ कार का जाप करना शुरू किया लेकिन अद्भुत... इसका भी उस प्रेत पर कोई असर नहीं हुआ, वो उसी तरह पर्दे में जमीन पर रेंगता हुआ धीरे-धीरे उनके पास बढ़ता आ रहा था।

इस भरी दोपहर में इस प्रेत लीला को साक्षात् देख कर दोनों के दिल धड़कना ही भूल गए, दोनों की हालत कब्रिस्तान में पड़ी लाश जैसी हो गई थी जिसे दो लम्हों के बाद दफनाया ही जाना था।

अचानक उस साये की ख़ौफ़नाक फुसफुसाहट उन दोनों के दिमाग़ को सुन्न करती हुई उनके कानों के आर-पार हो रही थी।

"मदद करो मेरी, मदद करो।"

ये दोनों सारा दया धर्म भूले एक-दूसरे से ही सटे बैठे रहे। आख़िर कुछ मिनटों की जद्दोजहद के बाद उस साये ने अपने आपको उस पर्दे से आज़ाद कर ही लिया।

"स्नेहा...!!" दयान और राहुल दोनों एक साथ बोल पड़े।

"श्श्श्श्श्श्श...माँ सुन लेंगी, धीरे बोलो," अपनी कोहनी सहलाती हुई स्नेहा बोली।

वो दोनों भौंचक्के से आँखें फाड़कर एक-दूसरे को घूरे जा रहे थे।

"अरे मुझे आपकी वजह से इतनी चोट आई है और आप हैं कि एक-दूसरे को घूरे जा रहे हैं," स्नेहा वैसे ही फुसफुसाते हुए बोली।

"तुमको तो मैं..." राहुल का सारा डर गुस्से में बदल गया। उसी बेड से उठकर वो स्नेहा के पास आया।

"दिमाग़ खराब हो गया है तुम्हारा, घर में दरवाजा नहीं है? खिड़की से अंदर कौन आता है, और वो भी इस तरह... तुम सब मिलके न आज डरा-डरा कर ही मेरी जान ले लो," राहुल गुस्से में बोला।

"अरे वो माँ को पता चल जाता कि मैं सगाई की रस्में छोड़कर यहाँ आपसे मिलने आई हूँ तो वो परेशान हो जातीं इसलिए खिड़की से आई। मैं तो आराम से आ रही थी तभी आप चिल्लाए और मेरा बैलेंस बिगड़ गया और मैं गिर पड़ी। मुझे इतनी चोट आई और आप बरस भी मुझपे रहे हैं," बोलते हुए मायूस सा चेहरा बनाकर स्नेहा वहीं जमीन पे बैठ कर अपनी कोहनी सहलाने लगी।

"बहन, राहुल भी सही है, डर तो मैं भी गया था, खैर अब दवा लगा लो। राहुल दवा कहाँ रखी है?" दयान ने राहुल की तरफ़ देखते हुए पूछा।

राहुल दवा लेकर आया और चुपचाप स्नेहा की कोहनी पर लगाने लगा।

"गुस्सा क्यों हो? मैंने..." स्नेहा ने राहुल से पूछा।

"चुप, तुमसे सगाई के बाद फ़ाइल माँगी थी मैंने अभी इतनी जल्दी बना भी ली तुमने फ़ाइल और बात भी कर ली कल्पना से?" राहुल चिढ़ कर बोला।

"अरे इन सब में बहुत टाइम लग जाता और टाइम हमारे पास है नहीं इसलिए मैं दीदी की पर्सनल डायरी उठा लाई। इसमें वो सब लिखती हैं, क्यों दयान भैया, मैंने सही किया न?" स्नेहा ने शरारती अंदाज़ में पूछा।

दयान ने सहमति में सिर हिला दिया और राहुल से परे नजर फेर ली।

"अब तुम भी इसकी इन हरकतों का साथ दो, पहले से ही कम जासूस नहीं है ये," राहुल बोला।

"आप ये डायरी लीजिये और मुझे जाने दीजिए, डांट बाद में लगा लेना, वैसे अब दयान भैया भी हैं न आपके साथ," स्नेहा जल्दी से बोली।

"हाँ, मुझे कुछ नई बातें समझ में आई हैं, मैं चाहता हूं स्नेहा तुम भी वो सब सुनो," दयान बोला।

"मुझे भी कुछ दिक्कत आ रही है चार्ट के कुछ पॉइंट्स में, वो भी हम तीनों साथ ही डिसकस कर लेते हैं," राहुल ने जोड़ा।

सबने सहमति में सिर हिलाया और उस चार्ट को जमीन पर बीच में रख कर बैठ गए।

"पहले मैं कुछ बताता हूँ, गौर से सुनो, ये बेंदा जिस आत्मा का है वो उस तांत्रिक बाबा के वश में नहीं है, क्योंकि इसे मैंने शापित किया है। अगर वो आत्मा वशीभूत की गई होती तो उससे जुड़ी हर चीज मनहूस होती, खुद ही शापित होती। इसका मतलब वो तांत्रिक बाबा इतना शक्तिशाली नहीं है जितना हम समझ रहे थे लेकिन वो चालाक और धूर्त जरूर है, तभी उसने बिना वश में किये ही ये बेंदा उस आत्मा से हासिल कर लिया," दयान ने कहा।

"ओह! तो बाकी की आत्माएं उसके वश में हैं या नहीं?" राहुल ने पूछा।

"क्या मालूम, हो भी सकती हैं और नहीं भी।"

"तो मालूम कैसे चलेगा?" स्नेहा ने पूछा।

"इसके लिए दुबारा पैलेस के नीचे की 4 मंजिलों में जाना पड़ेगा, वो सब भुगतना पड़ेगा जो राहुल ने देखा सुना है, और आख़िरी चौथी मंजिल के उस काले पानी के तालाब का भी रहस्य पता लगाना होगा। शायद ये सारी बुरी शक्तियां उसी के कारण पैलेस में हों," दयान बोला।

"ये सही है, फिर आज रात ही चलते हैं," राहुल ने कहा।

"पर जाएंगे कैसे? राहुल तो गुमशुदा हो गए थे पिछली बार बीच रास्ते," स्नेहा बोली।

"अरे पर वापस तो आया न अपने केबिन से, उधर से कोई रास्ता होगा न नीचे जाने का।"

"पूरे पैलेस में तलघर तक जाने का कोई रास्ता नहीं है," स्नेहा बोल पड़ी।

"तुम्हें कैसे पता?" दयान ने पूछा।

"अरे जासूसी की देवी हैं ये, प्रणाम करो इन्हें। इतने बड़े खतरे को बिना जाने समझे इन्होंने पूरे पैलेस की खाक छान मारी," राहुल को गुस्से में देख स्नेहा चुप हो गई।

"तो फिर हम उन सब तक पहुंचेंगे कैसे? सच कैसे पता करेंगे?" दयान चिंता में बोला।

"वो आत्मा उस तांत्रिक के वश में नहीं है न, तो उससे बात करो। किसी विद्या से आह्वान करो उसका..." राहुल ने सुझाया।

"मुझे तो नहीं लगता वो कुछ बोलेगी। सभी आत्माओं ने आपको अपने दुख सुनाए और दिखाए, और बेंदा वाली ने तो अपना चेहरा तक नहीं दिखाया, न अपने बारे में कुछ बताया, फिर सबके बारे में कैसे बता देगी?" स्नेहा बीच में ही बोली।

"मगर उसने तुम्हें ये बेंदा दिखाया और अपनी आवाज़ सुनाई, इसका मतलब वो भी तुम तक पहुँचना चाहती है। अगर तुम कोशिश करो तो हम पैलेस के नीचे की चार मंजिलों का सच जान सकते हैं," दयान बोला।

"पर वो इन तक क्यों पहुँचना चाहती है?" स्नेहा थोड़ा खीजते हुए बोली।

"जलो मत स्नेहा, वो बुरी आत्मा है, उनका कोई न कोई बुरा मकसद ही होगा," दयान समझाते हुए बोला।

"मैं कहाँ जल रही हूँ?" स्नेहा सकपका गई।

राहुल मुस्कुराते हुए बोला, "वो तो तुम्हारे चेहरे से दिख रहा है स्नेहा। खैर, अब तय रहा आज रात मैं और दयान वापस से पैलेस में उन आत्माओं के बीच जाने की कोशिश करेंगे और सच पता करके ही लौटेंगे।"

"और मैं?" स्नेहा ने पूछा।

"तुम भी चलोगी तो हम वापस कैसे आएंगे, हम वहीं फँसे रह गए तो?" राहुल बोला।

"ठीक है, नहीं जाऊँगी। अब मैं चलती हूँ, मुझे शाम के लिए तैयार भी होना है।"

स्नेहा खिड़की की तरफ़ चल दी।

"अरे पागल हो क्या, दरवाजे से जाओ," राहुल ने उसके सामने आते हुए कहा।

"पहले सब खाना खा लो, फिर खिड़की, दरवाजे, छत, दीवारें, सुरंग जहाँ से जाना हो चली जाना," रामायणी जी मुस्कराते हुए कमरे में आती हुई बोलीं। बाकी सब भी उनकी बात पर मुस्कुरा दिए।

पैलेस जैसे शाम के साये में अपने अलग ही नूर में डूबा हुआ था। सब रस्मों की तैयारी में व्यस्त थे। सबसे अलग बगीचे में खड़े कल्पना और राहुल आपस में बात कर रहे थे।

एक डायरी कल्पना को देते हुए राहुल बोला, "ये आपकी डायरी है कल्पना, मैंने आपकी पूरी डायरी पढ़ ली है। माफ़ी चाहता हूँ लेकिन समय की जरूरत थी इसलिए सब पढ़ना पड़ा। मैं आपकी निजता का पूरा सम्मान करता हूँ लेकिन समय की कमी थी और इसके अलावा और कोई रास्ता नहीं था मेरे पास आपके बारे में जानने का, मेरा कोई ग़लत इरादा नहीं है, बस आप और हम सब एक मुसीबत में हैं। मैं उसी से निकलने की कोशिश कर रहा हूँ।"

कल्पना बोली, "मैंने देखा था स्नेहा को ये डायरी ले जाते हुए, ख़ैर क्या फ़र्क पड़ता है, मेरे मन की बात आप जान भी गए तो कोई बड़ी बात नहीं। मेरे माँ-पापा भी सब जानते हैं, लेकिन कोई समझना नहीं चाहता, इससे बड़ी और क्या मुसीबत हो सकती है।"

"देखिये जो भी दुविधा आपके मन में है वो नव्यम से बात करके हल कर सकती हैं। वो थोड़ा शर्मीला है, खुद से आपसे बात करने में शर्माता है। अगर आप लोग एक बार बात करें तो आपके मन की सभी शंकाएं खत्म हो जाएंगी," राहुल ने समझाने की कोशिश की।

"अभी तो सब रिश्तेदार हैं, मैं कोशिश करती हूँ कल सुबह उनसे बात करूँ," कहकर कल्पना ने अपनी डायरी ली और अपना गोल्डन लहँगा संभालते हुए पैलेस के अंदर चली गई।

"कुछ पूछना है, या मैं अंदर जाऊँ?" राहुल एक पेड़ के सामने खड़ा होकर बोला।

"आपको कैसे पता चला मैं यहाँ हूँ?" पेड़ के पीछे से स्नेहा ने बाहर निकलते हुए पूछा।

"क्योंकि आपके सुर्ख गुलाबी रंग के लहँगे की वजह से ये पेड़ भी हल्का गुलाबी हो गया था," राहुल ने मुस्कुराते हुए कहा।

"वैसे दीदू से क्या बात हुई, मुझे तो कुछ समझ ही नहीं आया और डायरी से क्या पता चला आपको?"

"कोई कह ही नहीं सकता, कल्पना ये शादी चाहती ही नहीं है। बाहर से देखने पर लगता है कि वो खुश है लेकिन उसके मन में हज़ारों शंकाएं हैं," राहुल ने स्नेहा को बताया।

"किस बात को लेकर? अरे शादी के खर्चे तक नव्यम जीजू और दीदू मिलकर हैंडल कर रहे हैं, दोनों की मर्जी से शादी हो रही है। जीजू को तो दीदू

के कपड़े के बिजनेस से भी प्रॉब्लम नहीं है, सारी बातें पहले ही हो चुकी हैं, अब कैसी शंका?" स्नेहा ने पूछा।

"नीति माँ को लेकर...वो जो नीति माँ ने सबको अपनी सच्चाई बताई थी उस दिन, तभी से उसके मन में बहुत कुछ चल रहा है। किसी से शेयर नहीं कर पा रही, मैंने नव्यम को समझाया है वो उससे बात करेगा, टेंशन वाली कोई बात नहीं है," राहुल ने उसे समझाया।

"आपका चार्ट पूरा हुआ?" स्नेहा ने पूछा।

"हाँ, हो गया, मुझे कुछ अजीब से फैक्ट समझ में आये हैं। सब चीजों को जोड़ने के बाद, मुझे लगता है रामायणी माँ और कल्पना से ज्यादा ये सब मुझसे कनेक्टेड हैं और वो बेंदा वाली..."

"देखो तो सही आजकल के बच्चे! अरे, यहीं बातें करके समय निकालना है या अंदर भी कुछ काम देखने हैं रस्मों के? सब मैं ही अकेली देखूँ, एक स्नेहा मेरा साथ दिया करती थी, इसकी भी सगाई करने वाला है जगदीश। अभी से मेरा असर कम हो रहा है इस पर, पता नहीं क्या सोचकर मेरी इतनी गुणी भतीजी इस मैनेजर के पल्ले बाँध रहा है," एकदम से आकर रेखा बुआ अपनी प्यारी स्नेहा के दूर जाने का सारा आक्रोश राहुल पर बरसाने लगीं।

"आप पर नेवी ब्लू कलर बहुत प्यारा लग रहा है बुआ, इसपे ये डार्क कलर की ज्वैलरी जँच नहीं रही। इसके लिए मैं आपको सिल्वर कलर की ज्वैलरी देती हूँ चलिए, फिर उसके बाद आपके साथ चलकर सारा काम देखती हूँ," अपनी बुआ को मनाकर स्नेहा अंदर ले आई।

"बोलने के मामले में भी बिल्कुल अपनी बुआ पे गई है," राहुल ने सोचा और मुस्कुरा दिया।

"स्नेहा को भी पता है, सब कुछ छोड़कर मेरे साथ यहाँ रह जाना पड़ेगा उसे शादी के बाद, फिर भी कितनी खुश है। चलो शादी तो दूर की बात है, अगर इन सब उलझनों के सारे सिरे मुझसे ही जुड़े हैं तो शायद इनको सुलझाते-सुलझाते मैं किसी और दुनिया में ही न खो जाऊँ, पता नहीं जिंदा भी बचूँ या नहीं, फिर भी स्नेहा मेरे साथ इस पवित्र बंधन में बंधने को तैयार है, जबकि उसे मुझसे मिले पूरे चार दिन भी नहीं हुए हैं। कितना बड़ा दिल होता है न एक लड़की का, इतना ज्यादा भरोसा करती है वो अपने जीवनसाथी पर। अपनी आँखों में सारी जिंदगी

की खुशियाँ समेटे रहती हैं...थैंक्यू भगवान, एक मेरी माँ जैसी जिंदगी आपने मुझे दी, और अब एक और जिंदगी स्नेहा के रूप में," सब सोचते हुए राहुल खुद को संभालता हुआ पैलेस के अंदर आ गया।

पैलेस की दूसरी मंजिल के उसी बड़े से हॉल में नव्यम के संगीत और मेहंदी की रस्मों के बाद राहुल और स्नेहा की सगाई की रस्म भी शुरू हो गई।

राहुल ने मुस्कुराते हुए अपना हाथ आगे कर दिया, स्नेहा ने भी मुस्कुराते हुए एक सुंदर सी अँगूठी राहुल को पहनाई और अँगूठी पहनाते ही हॉल की सारी रोशनी गायब हो गई।

हॉल में अफरा-तफरी मच गई, सब अपने मोबाइल की टॉर्च ऑन करने की कोशिश कर रहे थे लेकिन मोबाइल की फ़्लैश लाइट तक ऑन नहीं हो रही थी।

राहुल ने स्नेहा का हाथ पकड़ रखा था। उसका मोबाइल भी ऑन नहीं हो रहा था। सब चिल्ला रहे थे, इधर-उधर भाग रहे थे, ये भीड़ की खासियत है जब संयम की घड़ी आती है तो भीड़ बेक़ाबू हो जाती है। राहुल उसी भीड़ में स्नेहा को साथ लेकर हॉल की चीजों को टटोलते हुए स्विच बोर्ड तक पहुँच गया। राहुल ने सभी स्विच ऑन ऑफ करके देखे पर कुछ नहीं हुआ। गुस्से में उसने बोर्ड पर अपना हाथ पटक दिया लेकिन अगले ही पल एक तेज झन्नाटेदार करंट ने उसका हाथ परे झटक दिया।

राहुल को स्नेहा की तेज चीख़ सुनाई दी, वो उसी चीज़ को देखकर चीख़ी थी जिसे देखकर वो सुन्न हो गया था।

स्विच बोर्ड में से निकलता हुआ काली आँखों वाला चेहरा, राहुल को अच्छे से याद आया कि इसी चेहरे की औरत को उसने कल रात पैलेस की तीसरी मंजिल से कूदते हुए देखा था, जिसे अपनी माँ समझकर वो उसके पास जाकर रोया भी था।

इस अचानक मिले सदमे से दोनों उबरे भी नहीं थे कि उस काली आँखों वाले चेहरे ने एक और सदमा दे दिया...स्नेहा के चेहरे के बिल्कुल पास आकर उस चेहरे ने उसकी आँखों में अपनी काली आँखों से घूर कर देखा।

उसके काले ज़ख्मी होंठ हिल नहीं रहे थे, फिर भी उसके बोलने की आवाज़ उसके पूरे चेहरे से आ रही थी...

"अँगूठी वापस उतार..."

"अँगूठी वापस उतार..."

हॉल में सबकी आवाज़ें आना बंद हो चुकी थीं, सिर्फ वही एक रोंगटे खड़े कर देने वाली आवाज़ पूरे हॉल में गूंज रही थी। वो भयानक आवाज़ सुनकर स्नेहा जड़ हो चुकी थी।

राहुल ने तुरन्त अपने हाथ से वो अँगूठी निकालकर फेंक दी।

उस चेहरे ने मुड़कर राहुल की तरफ़ देखा, उसकी काली आँखों से एक काला आँसू निकला और झटके से वो वापस उसी स्विच बोर्ड में समा गया।

सारे हॉल की लाइट वापस आ गई।

स्नेहा अब भी सदमे में थी। राहुल ने पीछे मुड़कर देखा, हॉल में सब बेहोश पड़े थे, केवल रामायणी जी और कल्पना वहीं जड़ होकर खड़ी थीं मानो उन्होंने भी वो नजारा देखा हो।

राहुल सबको इस तरह बेहोश देख सकपका गया, उसने सबको होश में लाने की कोशिश की, सबको धीरे-धीरे होश आना शुरू हुआ। रामायणी जी कल्पना और स्नेहा को लेकर वापस उनके कमरे में चली आईं।

राहुल के कहने पर बाकी सब भी आराम करने चले गए।

सबके जाने के बाद राहुल ने उसी स्विच बोर्ड के पास अँगूठी ढूंढ़ना शुरू किया लेकिन वो उसे नहीं मिली। उसकी जगह उसे एक नग मिला, काला नग, वो शायद उस चेहरे के आँसू से बना था। राहुल ने सोचा मनहूस आत्मा से जुड़ा हुआ ये नग भी मनहूस होगा, इसलिए उसे वहीं पड़ा छोड़कर वो वापस आ गया।

उसने स्टाफ से कहकर खाना सबके कमरों तक पहुंचवा दिया और दयान को फोन करके सारी बात बताई।

राहुल बहुत डर गया था, अब वो यहाँ इतने लोगों को मुसीबत में छोड़कर अपने घर नहीं जा सकता था। उसने पैलेस में ही रुकने का मन बनाया।

आज स्नेहा को अपनी वजह से इतना डरा हुआ देखकर उसका दिल बहुत दुखी था।

"दयान सच कहता है, ये सारी आत्माएं बुरी हैं, बहुत बुरी हैं," वो खुद में बड़बड़ा रहा था।

दयान रात 1 बजे पैलेस में आने वाला था। अभी सिर्फ 12 बजे थे। पैलेस में सन्नाटा पसरा हुआ था। सब सो रहे थे। रामायणी जी भी कल्पना और स्नेहा के

कमरे में रुकी थीं क्योंकि वे दोनों बहुत डरी हुई थीं। रामायणी जी राहुल के लिए परेशान थीं लेकिन इन दोनों को भी छोड़ कर नहीं जा सकती थीं, किसी और को भी बताना अभी उचित नहीं था, न जाने और क्या मुसीबत आ जाये।

जब कल्पना और रामायणी जी गहरी नींद में सो गईं तब स्नेहा चुपके से उठी और राहुल के केबिन की तरफ़ चल दी।

रात में ये पैलेस सच में कितना भूतिया लग सकता है स्नेहा को आज ये महसूस हो रहा था। किसी तरह खुद को हिम्मत देते हुए वो राहुल के केबिन में पहुँची। राहुल गहरी सोच में डूबा हुआ, एक हाथ से अपना सिर सहला रहा था।

राहुल को इतना परेशान देख स्नेहा केबिन के दरवाजे से ही वापस लौट गई।

स्नेहा उस दूसरी मंजिल के हॉल में आ गई, जहाँ आज उसकी सबसे खुशी का दिन दहशत में बदल गया था।

वो उसी स्विच बोर्ड के सामने आकर खड़ी हो गई।

उसने उस स्विच बोर्ड को हाथ लगाना चाहा पर वो काली आँखों का चेहरा याद आते ही वो दो कदम पीछे हट गई और उसे महसूस हुआ कि उसका पैर किसी बिजली के नंगे तार पर रख गया हो, बिजली का एक जोरदार झटका उसे लगा और उसने तुरन्त अपना पैर हटा लिया, उसके पैर में झनझनाहट हो रही थी। उसने नीचे झुक कर देखा तो वहाँ एक काला नग था। उसको देखते ही स्नेहा को वो काली आँखों से गिरता काला पानी याद आ गया। उस चेहरे ने अँगूठी उतारने को कहा था और राहुल ने तुरन्त स्नेहा की पहनाई वो अँगूठी उतारकर फेंक दी थी। स्नेहा ने दर्द से आँखें बंद लीं, उसकी आँखों से निकला एक आँसू उस काले नग पर गिर गया।

खुद को संभालने के बाद स्नेहा ने आँखें खोलीं और वापस जाने के लिए खड़ी हो गई। लेकिन अपने आस-पास का नज़ारा देख उसके होश उड़ गये। शरीर में खौफ़ का लगातार कम्पन होने लगा, वो किसी छत पर थी, विशाल कब्रिस्तान सी छत, ऊपर गहरा काला आसमान, न कोई तारा, न कोई चाँद। उसने आगे बढ़कर डरते हुए नीचे देखा तो वो पैलेस का ही बगीचा था। वो पैलेस की ही छत पे खड़ी थी, उसे लग रहा था कि जैसे वो पैलेस की छत पर न खड़ी हो बल्कि मौत के सिर पर खड़ी हो।

अजीब बात है इतना अँधेरा है, फिर भी सब साफ़ दिख रहा है। कोई रोशनदान तक नहीं है, यहाँ से वापस कैसे जाऊँ, क्या करूँ?" वो परेशान सी सीढ़ियों की तरफ़ गई। दरवाजा खुला हुआ था, लेकिन जैसे ही वो सीढ़ियों से उतरने लगी उसे नीचे से किसी के आने का आभास हुआ, बहुत सारे कदमों की आवाज़ें आ रही थीं।

स्नेहा वापस लौट आई और छत के ही एक कोने में दुबक कर बैठ गई।

उसने देखा सीढ़ियों से दो औरतें एक औरत को लेकर ऊपर आईं और छत के किनारे ले गईं। वो औरत छटपटा रही थी, अपने प्राणों की भीख मांग रही थी, खुद को निर्दोष बता रही थी। उसका चेहरा स्नेहा को साफ़ समझ आ रहा था। ये वही चेहरा था जो उसने आज स्विच बोर्ड से निकलते हुए देखा था, उसके शरीर की बनावट बहुत कुछ रामायणी जी जैसी थी, उन दो औरतों के चेहरे स्नेहा को नहीं दिखे क्योंकि वो उनकी पीठ की तरफ़ छुपी हुई थी, स्नेहा काँपते हुए खड़ी हुई तभी सीढ़ियों से एक पतली रस्सी खींच कर लाते हुए वो आदमी ऊपर आया, काले कपड़ो में उस रात जैसे वो शैतान का दूसरा रूप था। उसने उन दोनों औरतों से जाने को कहा।

स्नेहा फिर दुबक कर बैठ गई। वो दोनों औरतें अपना लम्बा घूँघट लिए वापस नीचे चली गईं।

औरत हाथ जोड़े रो रोकर उस आदमी से माफ़ी मांग रही थी, उस आदमी की एक खौफ़नाक आवाज़ पूरी हवा में तैर गई।

"रो मत..." और कुछ मन्त्र बड़बड़ाते हुए उस आदमी ने उस रस्सी का सिरा, जो वो अपने साथ लाया था, उस औरत के सिर में चुभा दिया। वो रस्सी नहीं तार था, बिजली का तार...

वो औरत छटपटाती रही, वो आदमी कुछ मन्त्र बड़बड़ाता रहा। जब बिजली ने उस औरत का सारा खून जला कर काला कर दिया, आदमी ने उस औरत को छत से नीचे फेंक दिया। और बिजली का तार लेकर वापस नीचे जाने के लिए मुड़ गया।

गहरे डीम अँधेरे में उस आदमी की शक्ल साफ़ दिख रही थी स्नेहा को। उसे देखते ही स्नेहा सदमे से चिल्ला पड़ी...

"दद्दू..."

हमेशा प्यार से, स्नेह से समझाने वाले शांत, सौम्य और तेजस्वी दद्दू को इस कलुषित और अपराधी रूप में देख कर स्नेहा को शायद जिंदगी का सबसे बड़ा सदमा लगा था।

"ऐसा कैसे हो सकता है? ये क्या है, सच या छलावा?" स्नेहा सोच रही थी।

उस आदमी की शक्ल दद्दू जैसी थी लेकिन उस शक्ल में वो स्नेह, वो आत्मीयता बिल्कुल भी नहीं थी जो दद्दू के चेहरे से सहज ही झलका करती थी।

उस आदमी ने अपने दोनों हाथ ऊपर उठाये और अपनी भारी डरावनी आवाज़ में बुदबुदाया

"दुनिया में बुरा सबसे, एक इंसान होता है
दुनिया को लगता है, बुरा बस शैतान होता है"

उसकी आवाज़ उसके चेहरे से कहीं अधिक भयानक थी।

अपना शैतानी रूप समेटे एक कत्ल को अंजाम देने के बाद वो सीढ़ियों से नीचे उतर गया जैसे उसने स्नेहा को देखा ही नहीं।

स्नेहा ने खुद को हिम्मत दी और उन सीढ़ियों के नीचे दबे पैर उतर आई।

उस आदमी के ही पीछे चलने लगी। जल्दी ही उसे अहसास हुआ कि उसके छिपने का कोई मतलब नहीं, यहाँ कोई उसे देख नहीं पा रहा था, हर हॉल और कमरे का दरवाजा बन्द था, बस कहीं-कहीं रोबोट जैसी चलती-फिरती औरतें लम्बा घूँघट डाले दिख जाती थीं, जो आपस में भी बात नहीं कर रही थीं।

स्नेहा उस आदमी के पीछे-पीछे पैलेस के बगीचे तक पहुँच गई।

उस आदमी ने उस औरत की लाश उठाई और उस कमरे की ओर बढ़ चला जो वर्तमान में राहुल का केबिन था।

उस कमरे में चारों ओर दीये रखे हुए थे, बीच में एक लड़का बिल्कुल उस आदमी जैसी तांत्रिक वेशभूषा में बैठा हुआ था।

उस आदमी को आया देख, उस लड़के ने स्वयं उठकर उस लाश को अपने कंधे पे लिया।

उस आदमी ने फ़र्श के बीचोंबीच पैर रखकर एक मन्त्र बुदबुदाया और फ़र्श उस जगह से खुल गया, नीचे सीढ़ियाँ थीं, दोनों नीचे उतर गए।

स्नेहा भी नीचे उतरी, दोनों के पीछे-पीछे चलती रही।

वो किसी कमरे में उतरे, वहाँ एक बड़ी सी तस्वीर थी किसी लड़की की बिल्कुल किसी रानी महारानी जैसी, स्नेहा ने देखा उस तस्वीर में उसके माथे पर वही बेंदा था जो स्नेहा ने दयान के पास देखा था। वो समझ गई ये वही लड़की है जिसने राहुल को न अपना चेहरा दिखाया था, न अपनी कहानी बताई थी। पर उस तस्वीर में उसका चेहरा साफ़ दिख रहा था।

साँवले रंग के चेहरे पर अलग ही अलौकिक तेज था, तस्वीर बनाने वाले ने हर एक सुखद भावना को उसके चेहरे पर उकेरा था। प्रसन्नता की मूर्ति मालूम पड़ती थी वह लड़की।

उस आदमी ने उस तस्वीर को छुआ और कहा, "बस, अब 5 बलि और, 5 शक्तियाँ और...फिर तुम्हारा बलिदान सफल हो जाएगा, जो तुमने मेरे लिए किया था। तुमने मुझसे इतना प्रेम किया, मेरे घराने का इतना मान सम्मान बढ़ाया, अपना जीवन, मृत्यु, और मृत्यु के पश्चात भी तुम मेरे प्रति स्वामिभक्त बनी रहीं, मैं तुम्हारा ऋण कभी नहीं उतार पाऊँगा देवी, इसलिए मैं इसका व्यर्थ प्रयास भी नहीं करना चाहता। स्त्री की नियति ही यही है कि उसका जीवन पुरुष की सेवा में उत्सर्ग हो जाये।"

स्नेहा ये बातें सुनकर विश्वास ही नहीं कर पा रही थी कि ये आदमी दद्दू है।

उस कमरे से बाहर निकलकर वे लोग उस लाश को लेकर नीचे की चौथी मंजिल तक चले गए। स्नेहा भी उनके पीछे-पीछे चल रही थी। तीनों मंजिलों में उसे कमरे ही मिले जिनके दरवाजे बंद थे। चौथी मंजिल की सीढ़ियाँ उतर कर उसने देखा सब कुछ वैसा ही था जैसा राहुल ने बताया था।

वही बड़ा सा हॉल जिसमें वो जलाशय काले पानी से भरा हुआ और बेहद बदबूदार। अपने मुँह पर हाथ रखे स्नेहा सीढ़ियों से नीचे उतरी।

लड़के ने लाश को नीचे पटक दिया और हाथ आगे फैलाकर कुछ मन्त्र पढ़े। उस कुंड में से एक ख़ंजर निकला और उस लड़के के हाथ में आ गया, लड़के ने वो ख़ंजर उस आदमी को दे दिया।

उस आदमी ने कुछ अजीब सा बुदबुदाते हुए उस ख़ंजर से उस औरत के हाथ की एक उंगली को हल्का सा काट दिया। उस जरा से ज़ख्म में से बहुत सारा काला बदबूदार पानी उस कुंड में जाकर गिरने लगा। उस कुंड में काले पानी का स्तर बढ़ गया। कुंड में से एक तीव्रता की बिजली निकली और उसी कुंड में समा गई।

उसने लड़के से कहा, "इस लाश को इसके कमरे की दीवार में दफ़न कर दो, अब बिजली की समस्त शक्तियों के साथ इसकी आत्मा हमारी गुलाम है, बस अब दो बलि और... दो शक्तियाँ और फिर नरेंद्र राठौड़ होगा इस पूरी रियासत का मालिक, इस पूरी दुनिया का मालिक, इस पूरे ब्रह्मांड का मालिक। सारी शक्तियाँ मेरी गुलाम होंगी, बस दो सती और..."

उस भयानक दृश्य को उसके शैतानी अट्टहास ने और भी भयानक बना दिया था।

उस लड़के ने लाश ली और उसे उठाकर ऊपर की तरफ़ चला गया।

स्नेहा के लिए वहाँ साँस लेना मुश्किल हो रहा था। अब वो शैतानी हँसी उसके कानों को फाड़ कर उसके दिल को चीर रही थी।

वो वापस ऊपर चली आई, उसने देखा वो लड़का उस औरत को तीसरी मंजिल के किसी कमरे में ले जा रहा था।

अब कुछ और देखने और सुनने की अवस्था में वो नहीं थी। वो बेतहाशा भागती हुई उसी कमरे में आ पहुँची जहां उस बेंदा वाली लड़की की तस्वीर थी।

उसने कमरे में आकर दरवाजा बंद करना चाहा लेकिन वो दरवाजों को छू नहीं पाई। उसने जब नीचे देखा तो पाया कि उसके पैर भी जमीन से कुछ इंच ऊपर थे।

अब उसे और भी डर लगने लगा, वो वापस सीढ़ियों की तरफ़ दौड़ पड़ी। अचानक सीढ़ियाँ चढ़ते हुए उसे एक आवाज़ सुनाई दी, किसी लड़की की बेहद खौफ़नाक आवाज़... " वो सिर्फ मेरे हैं, तुम उन्हें एक अँगूठी पहनाकर अपना नहीं बना सकतीं, दुबारा ऐसी कोशिश भी की तो अपने प्राण खो बैठोगी और ये एक सती का वचन है..."

दहशत से काँपती हुई स्नेहा के पैर नहीं उठ रहे थे। पीछे मुड़ने की भी उसकी हिम्मत नहीं हो रही थी। अचानक उसे महसूस हुआ कि कोई लड़की अपनी पायलों को छनकाती हुई सीढ़ियों पर चढ़ रही है। उसके बिल्कुल पास आकर उसने स्नेहा के बालों में बड़े प्यार से हाथ फेरना शुरू कर दिया। स्नेहा जैसे जीते जी मर रही थी।

"इन सीढ़ियों को चढ़ने से मेरे स्वामी मुझसे अप्रसन्न होते हैं... पर अपने स्वामी के लिए ही मैंने पहली बार ये सीढ़ियाँ चढ़ी हैं और उन सीढ़ियों को पार कर मैं क्या-क्या कर सकती हूँ, ये तुम सोच भी नहीं सकतीं इसलिये दूर रहो उनसे।"

"जरा इधर देखो," उस लड़की ने कहा।

बड़ी हिम्मत जुटा कर आँखें मींचती हुई स्नेहा पीछे मुड़ी और आँखें खोलीं तो देखती ही रह गई।

इतना तेज, इतनी सौम्यता, इतनी भव्यता, बिल्कुल वैसी ही जैसी दद्दू को देखकर अनुभव होती है।

देखो तुम बुरी नहीं हो लेकिन हम अपने स्वामी को तुम्हें नहीं दे सकते वरना वे अपने लक्ष्य से विचलित हो जायेंगे, तुम जाओ, अब यहाँ मत आना," कहकर उस लड़की ने स्नेहा को एक जोरदार धक्का दिया।

स्नेहा चक्कर खाकर नीचे गिर पड़ी। उसके सिर में चोट आ गई, अपना सिर पकड़ कर जब वो उठी तो पाया कि वो दूसरी मंजिल के हॉल में थी और सामने खड़े दयान, रामायणी और राहुल उसे ही घूर रहे थे।

राहुल उसे संभालने के लिए उसके पास आया तो वो उससे दूर हो गई।

रामायणी जी के पास आकर बोली, "माँ, मैंने शैतान देखा।"

"कैसा शैतान? क्या कह रही हो स्नेहा, कौन है शैतान?" दयान ने घबराते हुए पूछा।

"दद्दू..." स्नेहा ने कहा और बेहोश हो गई।

बेहोशी के दौरान राहुल स्नेहा के पास ही बैठा रहा।

"अब कैसी हो स्नेहा?" राहुल ने प्यार से उसके सिर पर हाथ फेरते हुए कहा।

"आप दूर रहिये प्लीज़," स्नेहा ने उठते हुए कहा ।

स्नेहा का इस तरह का बर्ताव देखकर राहुल वहाँ से उठ गया और खिड़की के पास जाकर मायूस सा खड़ा हो गया।

"अब कैसा लग रहा है स्नेहा?" रामायणी जी ने उसके पास आते हुए कहा।

"मैं ठीक हूँ माँ... वो, मैंने कुछ देखा था कल रात," स्नेहा उनकी गोद में अपना सिर रखते हुए बोली।

"क्या देखा था? बताओ बहन," दयान बोला।

स्नेहा ने शुरू से आख़िर तक सब बता दिया।

"अजीब बात है, कितना कुछ अलग-अलग है तुम्हारे और राहुल के देखे हुए दृश्यों में," दयान चिंतित सा खड़ा था।

"काफी कुछ एक सा भी है दयान—वो बेंदा वाली लड़की, वो कमरे, वो चार मंजिल, वो काले पानी का कुंड—हाँ कुछ नई चीजें जरूर हैं, उस लड़की ने इस बार अपनी शक्ल दिखाई है, और दद्दू की शक्ल उस शैतान में स्नेहा ने देखी है," राहुल ने कहा।

"वो दद्दू हो ही नहीं सकते। नरेन्द्र राठौड़ तो दद्दू के पिताजी का नाम था, दद्दू का नाम तो विनायक राठौड़ था," रामायणी जी बोलीं।

"पर वो एकदम दद्दू जैसे थे दिखने में, क्या दद्दू के पिताजी दद्दू जैसे ही दिखते थे?" स्नेहा ने पूछा।

"मुझे इतना कुछ तो नहीं पता, रेखा दीदी को सब पता होगा क्योंकि जगदीश और नायक जी काफी पहले से दोस्त हैं और नीति को भी बहुत कुछ पता होगा क्योंकि वो इतने सालों से नायक जी के साथ रह रही है," रामायणी जी ने कहा।

"ठीक है, आज तिलक से पहले मैं बुआ जी को सब बता दूँगी और उनसे सब पूछ भी लूँगी," स्नेहा ने कहा।

"नहीं तुम अब इन सबसे बहुत दूर रहोगी। मैं बात कर लूँगा बुआ से, तुम बस आराम करो," राहुल ने कहा।

"आपकी रानी साहिबा ने सिर्फ आपसे दूर रहने को कहा है," स्नेहा ने मुँह बनाते हुए कहा।

"मेरी नहीं तुम्हारी रानी साहिबा, मुझे तो चेहरा भी नहीं दिखाया, तुम्हें तो चेहरा भी दिखाया, नाम भी बताया और प्यार भी बरसा दिया तभी तो उसकी बात मानकर मुझसे दूर हो रही हो," राहुल ने कहा।

"आपने भी तो उस काली आँखों वाली की बात मानकर मेरी पहनाई अँगूठी उतारकर फेंक दी थी," स्नेहा ने गुस्से में उठकर राहुल के सामने आते हुए कहा।

"चाहे वो काली आँखों वाली हो या तुम्हारी रानी साहिबा, मेरे लिए तो सभी बुरी आत्माएं हैं, बहुत बुरी। इनमें से किसी को नहीं छोड़ने वाला मैं, तब देखता हूँ कैसे दूर जाती हो मुझसे..." राहुल ने भी गुस्से में कहा।

"वो बुरी आत्माएं नहीं हैं, बुरा तो वो आदमी है जिसने उनको मारा है। रानी साहिबा को भी उसी ने मारा होगा," स्नेहा बोली।

"तुम्हारा दिमाग़ ख़राब हुआ है क्या स्नेहा? वो सब हमें इतना परेशान कर रही हैं, डरा रही हैं, एक-दूसरे से दूर कर रही हैं और तुम कह रही हो वो सब बुरी नहीं हैं, एक काम करो तुम भी उन्हीं में शामिल हो जाओ," राहुल बिल्कुल उबलते हुए बोला।

राहुल के चेहरे पर क्रोध और आक्रोश के ऐसे भाव देखकर स्नेहा को अभी कुछ समय पहले देखा हुआ उस शैतान का चेहरा याद आ गया। बिल्कुल वैसे ही भाव, वैसा ही क्रोध... और एक नए विचार ने स्नेहा के शरीर में कम्पन पैदा कर दिया।

अपने मनोभावों को छुपाने के लिए सबसे मुँह फेरकर स्नेहा कमरे की खिड़की पर जाकर खड़ी हो गई। इस नए विचार से पैदा हुए दर्द को अपने अंदर ज़ब्त कर पाना उसके लिए बहुत मुश्किल हो रहा था और वो फिर से बेहोश हो गई।

सुबह के सूरज में भी अजीब सी मनहूसियत थी, अजीब सा तनाव पसरा हुआ था, जैसे न सुबह उस पैलेस को देखकर खुश थी और न ही पैलेस सुबह की किरणों को आत्मसात करना चाहता था।

राहुल पैलेस में अपने कमरे में बैठा उस चार्ट को घूर रहा था।

"कब तक यूँ ही बैठे रहोगे राहुल? अब कुछ करने का वक्त है," दयान ने कमरे में आते हुए कहा।

"क्या करूँ मैं, दद्दू से बात करने की कोशिश कर रहा हूँ लेकिन वो आ ही नहीं रहे। सोच रहा हूँ मन्दिर चला जाता हूं, शायद वहाँ मिल जाएं," राहुल बोला।

"तुम्हारे दद्दू ने कहा था कि आधा सच जानलेवा होता है, मेरे खयाल से उन्हें परेशान करने की जगह माई की बात सुननी चाहिए। बुआ जी से बात करो, मैंने स्नेहा से बात की थी, मेरा शक बिल्कुल सही निकला, मुझे तांत्रिक बनाने वाले बाबा का इस पैलेस की आत्माओं के साथ कोई न कोई संबंध जरूर है। स्नेहा ने जो हुलिया मुझे बताया है उसके हिसाब से उस आदमी, जिसने अपना नाम नरेंद्र राठौड़ बताया था, उसके साथ जो लड़का था वो वही तांत्रिक है जिसने मेरी माई की आत्मा को वश किया था," दयान ने बताया।

"उसको पकड़ लिया जाये तो सब उगल देगा वो," राहुल बोला।

"मैंने एक विद्या को लगा रखा था दो दिन पहले उसका पता लगाने के लिए, आज शाम, काल के आखिरी पहर तक वो मुझे आकर उसका पता बताएगी, तब

तक हमें तुम्हारे खानदान और इस पैलेस के संबंधों का पता लगाना चाहिए और उस काले पानी के कुंड का भी," दयान ने कहा।

"हम्म... बुआ, जगदीश अंकल, रावत अंकल, पापा और नीति माँ, सबसे कह दिया है मैंने। वो थोड़ी ही देर में यहाँ आते होंगे, बस स्नेहा को इन सबसे दूर रखना है, कैसी है वो अब?" परेशान राहुल ने पूछा।

"तुम्हारे जाने के बाद बेहोश हो गई थी फिर रामायणी माई ने उसे संभाला। अभी सुबह-सुबह डॉक्टर आया था, बोल रहा था कि तनाव है बस, और कुछ नहीं। वैसे स्नेहा जिस तरह उस काले नग के जरिये उस औरत की मौत का कारण जान पाई तो उसी तरह उस बेंदा का प्रयोग करके उस रानी साहिबा का रहस्य हम जान सकते हैं, और इस बार ये प्रयोग मैं करूँगा ताकि और भी कई जानकारियां ले सकूँ," दयान ने सुझाया।

"तो देर क्यों करनी है, निकालो वो बेंदा और पता करो," राहुल झट से बोला।

"वही लेने तो मैं तुम्हारे पास आया हूँ," दयान ने बताया।

"मेरे पास कहाँ है? पुलिस कस्टडी से लेकर तुम्हें ही तो दिया था मैंने," राहुल बोला।

"क्या अजीब इंसान हो, कल ही तो डर गए थे उस बेंदा को देखकर। कल तुम्हारे घर में जब हम तीनों थे, तब वो बेंदा तुम्हारे ही इस चार्ट के ऊपर रखा था, भूल गए क्या?" दयान ने याद दिलाते हुए कहा।

"वो तो तुम अपने साथ ले गए थे न, मैंने तो चार्ट तुम्हारे ही सामने बन्द करके रखा था," राहुल बोला।

"मैं कहाँ ले गया? मैं जब चलने को हुआ तो मुझे दिखा नहीं, तो मैंने सोचा तुमने अपने पास रख लिया होगा," दयान ने बताया।

"मैं क्यों रखूँगा मनहूस चीजें अपने पास? कहीं स्नेहा तो नहीं ले गई?" राहुल झल्लाते हुए बोला।

"वो क्यों ले जाएगी, वो क्या शैतानी विधियाँ करेगी उससे?" दयान समझाते हुए बोला।

"अरे सब शैतानों की खाला है वो। उसके दिमाग़ में क्या चलता है वो न तुम जानते हो न मैं...चलो उसके कमरे में, कहीं ऐसा न हो कि वो पहले ही रानी

साहिबा की दुनिया में चली गई हो उस बेंदा का प्रयोग करके। मुँह क्या ताक रहे हो, चलो जल्दी..." राहुल बेचैनी से भागता हुआ कमरे से निकल गया, दयान वहीं पत्थर सा जम कर बैठा रह गया।

उसके दिमाग़ में स्नेहा के कहे शब्द गूंज रहे थे, रानी साहिबा ने बड़े प्यार से उससे कहा था कि यहाँ दुबारा मत आना...

"कल्पना भाभी, स्नेहा कहाँ है?" राहुल ने हाँफते हुए कल्पना से पूछा।

कमरे के बाहर निकलती हुई कल्पना इस तरह राहुल को हैरान परेशान देखकर चौंक गई।

"वो... वो तो गई," कल्पना बोली।

"क्या! उसको जाने क्यों दिया आपने, उसकी तबियत पहले से ही खराब है," राहुल कुछ डांटता सा बोला।

"अरे पर वो जिद कर रही थी तो मैंने जाने दिया। बुआ हैं उसके साथ, उसे कुछ नहीं होगा। इतनी टेंशन मत लो," कल्पना ने समझाने की कोशिश की।

"आपका दिमाग़... अरे बुआ क्या कोई भगवान हैं जो उसे बचा लेंगी? उल्टा उनकी भी जान खतरे में डाल दी आपने," राहुल का गुस्सा बढ़ गया।

"अरे, साँस तो लो, कुछ नहीं होगा किसी को, अभी आ जाएंगी दोनों, अरे बस यहीं मन्दिर..." कल्पना ने फिर समझाने की कोशिश की।

दयान भी राहुल के पीछे वहाँ पहुँच गया।

"क्या हुआ, स्नेहा कहाँ है?" दयान ने परेशान होकर पूछा।

"चली गई वो, बुआ को भी अपने साथ ले गई है। मेरे मना करने के बाद भी, कुछ नहीं करना मुझे, मुझे बस मेरी स्नेहा वापस चाहिए दयान," राहुल फफक-फफक कर रो पड़ा।

"तुम संभालो खुद को, मैं करता हूँ कुछ," कहकर दयान वापस जाने को मुड़ा और सदमे से लड़खड़ा कर राहुल के ही ऊपर गिर पड़ा।

सामने से स्नेहा हँसती खिलखिलाती रेखा बुआ के साथ वहीं आ रही थी, दोनों के हाथ में प्रसाद था।

लेकिन सामने की परिस्थिति देखकर दोनों हक्की-बक्की रह गईं।

"क्या हुआ दयान भाई, आप ऐसे क्यों गिरे पड़े हैं और राहुल आप रो क्यों रहे..." स्नेहा ने पूछा।

राहुल से कुछ बोला न गया, मुँह फेर कर अपने आँसू पोंछ डाले उसने।

"कहाँ गई थीं तुम बुआ जी के साथ?" दयान ने अपने सदमे से उबर कर पूछा।

"मन्दिर...प्रसाद भी लाई हूँ, लीजिये," स्नेहा ने प्रसाद उसी तरफ़ बढ़ाते हुए कहा।

"मन्दिर...आप पहले नहीं बता सकती थीं?" राहुल ने शिकायत भरी नजरों से कल्पना को देखते हुए कहा।

"बता तो रही थी, सुनी ही नहीं आपने। जब तक पूरा बोल पाती तब तक तो रो पड़े आप। अजीब हैं दोनों भाई बिल्कुल...एक से बोला नहीं जाता, दूसरा पूरी बात भी नहीं सुनता," कल्पना सफ़ाई देते हुए बोली।

"हो क्या रहा है, कोई बतायेगा मुझे?" बुआ बोलीं।

"कुछ नहीं, चलो दयान यहाँ से," दयान का हाथ पकड़ कर राहुल वहाँ से चल दिया।

"अरे रुको तो सही, स्नेहा...बहन वो बेंदा तुम्हारे पास है क्या?" दयान ने रुकते हुए पूछा।

"नहीं, मैंने तो उसे कल राहुल के ही कमरे में देखा था, वहीं होगा, मेरे पास नहीं है," स्नेहा ने कहा।

राहुल और दयान एक-दूसरे का मुँह ताकते रह गए कि आखिर वो बेंदा गया कहाँ।

"पिताजी तुमसे मिलने आये, लेकिन मुझसे नहीं मिले, शायद अब भी माफ़ नहीं किया उन्होंने मुझे। मैं इतने सालों से उन्हें ढूंढ़ रहा था, और अब जाकर मिली भी तो ये ख़बर कि वो स्वर्गवासी हो चुके हैं और मैं आज भी उनका अपराधी हूँ, तभी उन्हें मुखाग्नि भी न दे सका," नायक जी बड़े दुखी मन से बोल रहे थे, शब्द भी उनके गले में मानो फँस रहे थे। पश्चाताप की एक-एक फांस मन को चीरते हुए गले में घाव करती हुई शब्दों से बाहर निकल रही थी।

राहुल ने बड़ों के सामने जो 4 दिनों में घटित हुआ, सब कह दिया। दद्दू अब मनुष्य गति से देव गति को प्रस्थान कर चुके हैं, ये जानकर सब बहुत दुखी थे।

अब तक तो उम्मीद भी थी कि वे किसी दिन जरूर मिलेंगे किन्तु अब वो उम्मीद भी खत्म होने से सब दुखी थे।

"मेरे ही कारण आपको ये सजा मिली है, न मैं वो षड्यंत्र रचती, न आपके पिताजी आपको छोड़कर जाते और न ही उनकी मृत्यु..." नीति सिसकते हुए कह रही थीं।

"बीती बातों को कुरेदने से क्या प्राप्त हो सकता है? अरे मुझे तो प्रसन्नता है कि राहुल के दद्दू को स्वर्ग गति प्राप्त हुई। वहाँ वे निश्चिंत होकर अपनी आत्मा का ध्यान लगायेंगे, फिर से मनुष्य गति पाकर अपने पुरुषार्थ को बढ़ाकर निर्वाण प्राप्त करेंगे, हम सब अपने स्वार्थ के लिए दुखी हो रहे हैं, अपने मोह के लिए, बल्कि ये पता चलने के बाद हमें खुश होना चाहिए। दद्दू की तरह ही अपनी ग़लतियाँ सुधार कर अपनी आत्मा की मुक्ति के उपाय करने चाहिए," रामायणी जी सबको संबोधन देते हुए बोलीं।

उनकी बातों से वातावरण बहुत सहज हुआ।

"हम में से कोई नहीं जानता कि दद्दू की मृत्यु कैसे हुई, लेकिन उनकी धर्मपत्नी, उनके पिताजी, उनकी माताजी इन सबकी मृत्यु कैसे हुई, ये आप सबको पता होगा," दयान ने सबकी तरफ़ देखते हुए कहा।

"मैंने अपनी माँ को कभी देखा ही नहीं। पिताजी कहते थे कि जब मैं 7 महीने का था, तभी उनकी मृत्यु बिजली का करंट लगने से हुई थी। दादा-दादी मैंने कभी नहीं देखे, उनके बारे में पिताजी ने कभी कोई बात भी नहीं की," राहुल बिजली के करंट की बात सुनकर एकदम सकते में आ गया।

"आपके पास दादी की कोई तस्वीर है क्या पापा?" राहुल ने पूछा।

"हाँ, नव्यम के मोबाइल में है। हमारे परिवार का फैमिली ट्री बनाया था इसने, उसमें सब तस्वीरें हैं।"

नव्यम ने तुरन्त अपने मोबाइल में से दादी की तस्वीर राहुल को दिखाई। तस्वीर देख कर राहुल के दिमाग़ में कई बिजली के तार एकदम झनझना उठे। ये वही औरत थी जिसे बिजली के करंट से उस आदमी ने मार कर पैलेस की तीसरी मंजिल से नीचे फेंक दिया था। उसने सबको बताया, सबके दिमाग़ सुन्न पड़ गए।

"अगर तुम लोगों के देखे दृश्य सच्चे हैं, तो माताजी यहाँ राधौगढ़ में क्यों आईं? मैं तो हमेशा से ही मुम्बई में पला-बढ़ा, इस जगह का तो मैंने कभी नाम भी नहीं सुना पिताजी से," नायक जी असमंजस में बोले।

"कुछ न कुछ तो होगा ही, क्या ऐसा कोई नहीं जिससे हमें अपने पुरखों के बारे में पता लग सके, इस जगह के बारे में पता लग सके? आप लोग पांच दिन पहले यहाँ आये हैं, मैं और राहुल लगभग एक साल पहले। यहाँ के बारे में हम कुछ नहीं जानते और आज तक ऐसा कुछ हुआ भी नहीं, जो अब हो रहा है, बल्कि मैंने तो कई बार यहाँ पूजा करवाई है।" रामायणी जी बोलीं।

"नहीं रमा, ऐसा कोई नहीं जो हमारे पुरखों के बारे में पूरी जानकारी रखता हो," नायक जी ने बताया।

"जिससे मैंने ये पैलेस खरीदा था, उससे बात करके देखते हैं, शायद उसे पैलेस के बारे में कुछ पता हो," रावत जी ने कहा।

"मैं तो ये सोच के हैरान हूँ कि दद्दू मेरे सामने थे। मेरे साथ, इस पैलेस में आये जब मैंने उन्हें पहली बार राहुल से मिलवाया था। तब मैं क्यों न पहचान सकी उन्हें," रेखा बुआ बोलीं।

"क्योंकि आपकी याद्दाश्त कम हो गई है दीदी।" जगदीश जी बोले, "सबसे ज्यादा दद्दू के प्रवचन रेखा दीदी ही सुना करती थीं और ये ही उन्हें पहचान नहीं पाईं, हैरानी की बात तो है, पर दरअसल आप उस समय बहुत खौफ़ में थीं इसलिए आप पहचान नहीं पाई होंगी।"

"तो अब पता कैसे चलेगा? कल शादी है, सबकी जान खतरे में है, क्या करें? वो बेंदा भी गायब है, वरना दयान उससे कुछ पता लगा सकता था," राहुल ने सबको बताया।

"वो बेंदा तो मेरे पास है..." रामायणी जी बोलीं।

सब रामायणी जी की तरफ़ देखने लगे। राहुल भी हैरान था।

"वो कल तुम्हारे कमरे में उसे देख कर मुझे कुछ अजीब सा लगा इसलिए मैं ले गई थी। रुको मैं अभी लाती हूँ," कहकर रामायणी जी उठीं और पैलेस के एक कमरे में चली गईं जहाँ वो रुकी हुई थीं।

थोड़ी देर बाद रामायणी जी एक बड़े और सुंदर से लाल बॉक्स के साथ राहुल के कमरे में आईं...

"ये तो राहुल की दादी के गहनों का बक्सा है ना रमा..." रेखा बुआ ने कहा।

"दीदी कभी भी गहनों के बारे में कुछ नहीं भूल सकतीं," जगदीश जी ने कहा।

"हाँ दीदी, ये वही बक्सा है," रामायणी जी ने कहा और सबके सामने बक्सा खोलकर रख दिया।

"ये सब तो एक ही सेट के गहने हैं माँ," राहुल ने उन सब गहनों को देखते हुए कहा। दयान भी एक-एक गहने को बारीकी से देख रहा था।

"ये गहने मुझे दद्दू ने ही दिए थे रामायणी को देने के लिए। ये हमारे खानदान का रिवाज है, शादी के बाद इस सेट में से एक गहना नई दुल्हन के नाम से पूजा करके पति के हाथों से उसे दिया जाता है और सेट के बाकी के गहने उसे संभालने के लिए दिए जाते हैं," नायक जी ने बताया।

"हां पर ये सेट अधूरा है, इसमें नौ गहने थे, जिसमें से मुझे बाजूबंद मिला था और मेरी बहू के लिए अँगूठी संभालने के लिए मिली थी, मेरी सास के कंगन सँभालने के लिए मिले थे, बाकी के गहने इस सेट में नहीं थे। जब मैंने ये बेंदा देखा तो मुझे इसकी डिजाइन जानी पहचानी लगी, ये देखो," रामायणी जी ने सबके सामने गहने रख दिए।

सबने गौर से देखा, बेंदा की डिज़ाइन और उसके नग बाकी के गहनों से बिल्कुल मिल रहे थे।

"दद्दू कहा करते थे कि नौ गहनों का खानदानी सेट था ये, नौ पीढ़ियों की एक परम्परा पूरी करनी है, जिसमें से आठवां गहना तुम्हारी माँ को मिला है, एक आखिरी गहना तुम्हारी पत्नी को मिलेगा और फिर इन तीन गहनों—बाजूबंद, कंगन और अँगूठी को देवी के चरणों में रखकर, आख़िर की दो बहुओं यानी तुम्हारी माँ और पत्नी को 1008 बार ॐ कार का जाप करना होगा तब बाकी के छह गहने स्वयं प्रकट होंगे और फिर उन सबको गला कर देवी माँ की सोने की पवित्र मूर्ति बनेगी और घर में स्थापित होगी, इससे तुम्हारे खानदान का कोई बड़ा श्राप है वो कट जाएगा," रेखा दीदी ने सबको याद दिलाया।

"पर चिंता की बात ये है कि ये बेंदा उस रानी साहिबा की आत्मा का है और ये बिल्कुल हमारे खानदानी सेट से मिलता है, इसका मतलब तो ये हुआ कि वो भी हमारे ही घराने की कोई बहू हैं," रामायणी जी बोलीं।

रामायणी जी की बात सुनकर सब सोच में पड़ गये।

"क्या बुआ, आपको इतना कुछ याद है और दद्दू की शक्ल कैसे भूल गईं आप, तभी बता देतीं कि वो दद्दू हैं तो सब पूछ लेता उनसे," राहुल परेशान होता हुआ बोला।

"हर चीज की एक वजह होती है बेटे, इसके पीछे भी कोई वजह रही होगी," नायक जी उसे समझाते हुए बोले।

"अभी हम क्या कर सकते हैं? मुसीबत बड़ी है, परिणाम कुछ भी हो सकते हैं। बिना जानकारी के हम क्या कर सकते हैं?" जगदीश जी बोले।

"हाँ, अगर कल शादी तक कुछ नहीं हुआ तो हो सकता है हम अपनी बेटी खो दें, क्या यहाँ से वापस नहीं जा सकते?" कविता जी घबराते हुए बोलीं।

"जा सकते हैं, आज शाम को ही अगर हमें उन आत्माओं और इस पैलेस के इतिहास के बारे में जानकारी नहीं मिलती है तो मैं भ्रम जाल बनाकर आप सबको यहाँ से निकाल सकता हूँ," दयान ने कहा।

"फिर ठीक है, शाम को तिलक होने देते हैं, उसके बाद सब यहीं बैठकर दुबारा बात करेंगे कि आगे क्या करना है," नायक जी ने कहा।

"कहिये अंकल, क्या जानकारी मिली आपको?" राहुल ने कमरे में आते हुए रावत अंकल से पूछा, बाकी सब बड़े भी वहीं बैठे हुए थे। शाम को तिलक के बाद सभी राहुल के कमरे में आ बैठे थे। नव्यम और कल्पना भी वहीं थे।

"हम लोगों ने ये पैलेस जिस आदमी से खरीदा था उसने ये पैलेस किसी और से खरीदा था। उसका इस पैलेस से कोई लेना देना नहीं है, उसने ये पैलेस जिस आदमी से खरीदा था उसका नाम विनायक राठौड़ है, मतलब कि तुम्हारे दद्दू और उसने ये भी बताया था कि विनायक राठौड़ ने उससे वादा लिया था कि ये पैलेस कभी भी वापस उनके परिवार को न बेचा जाए," रावत जी ने बताया।

"तब तो माँ का शक बहुत हद तक सही लग रहा है मुझे कि वो आत्माएं हमारे ही खानदान से जुड़ी हो सकती हैं। दयान, तुम्हारे तांत्रिक बाबा का कुछ पता चला क्या?" राहुल ने पूछा।

"हाँ, मेरी विद्या के अनुसार वो राधौगढ़ के जंगलों में ही है, जंगल की उत्तर दिशा में एक गुप्त गुफा है, वहीं उसका ठिकाना है, मेरी विद्या ने उसके साथ एक लड़की को भी देखा है जो हम सब में से ही कोई एक है," दयान ने बताया।

"ये क्या कह रहे हो दयान, हम में से कौन उस तांत्रिक का साथ देगा?" रामायणी जी ने हैरान होते हुए पूछा।

"माई, विद्याएँ कभी झूठ नहीं बोला करतीं। उस तांत्रिक को हमारे बारे में सब पता है। बुरी ताकतों के ज़रिये उससे लड़ा नहीं जा सकता, और वो गुफा भी मायावी है। मेरी विद्या को उस गुफा को पार करने में दो दिन लग गए, तो हम लोग कल तक क्या कर पाएँगे भला! मुझे लगता है सबको यहाँ से ले चलने में ही भलाई है।" दयान ने सुझाया।

"अगर सबको ले भी गए, तो भी तुम बचा नहीं पाओगे किसी को," एक स्त्री की आवाज़ कमरे में गूँजी। सब घबरा कर इधर-उधर देखने लगे तभी स्नेहा दरवाजा खोलकर कमरे में आई।

दयान की आँखें नम हो गईं, उसने अपने हाथ फैला लिए और जमीन पर घुटनों के बल बैठ गया।

"माई, सामने आ, माई! मैं तेरा दयान, तेरा अपराधी हूँ मैं, मुझे सजा दे माई। इन सबको जाने दे," दयान ने रोते हुए कहा।

अपने आँचल से दयान के आँसू पोंछती हुई एक स्त्री की धुँधली छाया कमरे में प्रकट हुई। राहुल पहचान गया कि ये दयान की माई है ।

"रोते नहीं दयान, ये विधि का लिखा है, होकर रहेगा। मैं, तुम या कोई और क्या कर सकता है? पीछे हट जाना कोई समाधान नहीं। अगर युद्ध तय है तो वो जरूर होगा, उसे रोकना किसी के बस में नहीं। युद्ध में तो बस लड़कर ही जीता जा सकता है, भागकर नहीं," वो स्त्री बोली।

दयान ने सिर झुकाते हुए कहा, "मैं कैसे लड़ूँगा माई, मैं तो तुम्हें भी आज़ाद न करा पाया।"

"मैं आज़ाद हूँ मेरे बच्चे। हाँ, मैं सच कह रही हूँ, तुम मुझे आज़ाद न करा सके क्योंकि वो तुम्हारे संयोग में नहीं था। इस लड़की का संयोग था मुझसे, इसने आज़ाद कराया है मुझे," उस स्त्री छाया ने उँगली से स्नेहा की तरफ़ इशारा करते हुए बताया।

"मेरा तुमसे कुछ वक्त का संयोग बाकी था मेरे बच्चे, इसलिए आज़ाद होने के बाद भी मेरी आत्मा तुम्हारे पास आ सकी है। थोड़े ही समय बाद मेरी आत्मा को उस गति में जाना होगा जिसका मैंने बंध बांधा होगा अपने मनुष्य रूप में," स्त्री ने दयान के सिर पर हाथ फेरते हुए कहा।

"माई, अब छोड़ कर मत जाओ माई, मैं बिल्कुल अकेला हूँ यहाँ, मैं कैसे लड़ूँगा माई?" दयान रोते हुए बोला।

"ये मोह बहुत बुरा है बेटा, अंधकार है, मोह के इसी पर्दे के कारण ही मैं मरने के बाद भी भटक रही थी। मोह के इसी सांकल से उस तांत्रिक ने मेरी आत्मा को बांध रखा था, वरना बताओ, आत्मा को कोई बांध सकता है क्या? आत्मा खुद ही अपने भावों से संसार में कर्म बन्ध करती है और उन कर्मों को भोगती हुई संसार में भटकती रहती है। मुझे अब भी ये ज्ञान न होता तो मैं कभी मुक्त न हो सकती थी। तुम्हें यही करना है अब, सभी आत्माएं जो इस पैलेस में बंधक हैं उन्हें उनके झूठ ने बाँध रखा है। तुम लोगों को उन्हें सत्य दिखाना है, वे मुक्त हो जायेंगी। अपना ध्यान रखना बच्चे," कहकर वो स्त्री छाया अदृश्य हो गई।

दयान बच्चों की तरह बिलख-बिलख कर रोने लगा। रामायणी जी ने उसके सिर पर हाथ रखा और उसे समझाया, "तुम्हारी माई ने सच कहा है, जिससे जिसका जितना संयोग है उतना उसे निभाना ही होता है और वियोग का समय आते ही अलग हो जाना पड़ता है, यही संसार है बेटा।"

"दद्दू ने कहा था, आत्मा अपने ॐ कार स्वरूप से हटकर संसार में अपनी भाव ऊर्जा लगाती है तो उसे कर्मों का बन्ध होता है और चौरासी लाख योनियों में उसे भटकना पड़ता है। ये चक्र तब तक नहीं रुक सकता जब तक आत्मा अपनी भाव ऊर्जा वापस अपने ॐकार स्वरूप में न लगाए, तुम्हारी माई को सत्य का ज्ञान हुआ है यही सबसे बड़ी बात है। अगर उनकी आत्मा अपने ॐ कार स्वरूप को पा लेगी तो जैसे वो तांत्रिक की कैद से मुक्त हुई हैं, इस संसार से भी मुक्त हो जाएंगी," राहुल ने दयान को समझाते हुए कहा।

"मैं जीवन भर तुम्हारा ऋणी रहूँगा बहन, तुमने माई को मुक्त करके मुझपे उपकार किया है," दयान ने हाथ जोड़कर स्नेहा से कहा।

"बहन का तो काम ही यही होता है न दयान भाई...भाई की ग़लतियां सुधारना, आप तो खुश होइए कि अब आपकी माई उस दर्द के जंजाल से मुक्त हैं। सच उनके साथ है, सच्चाई का ज्ञान लेकर आत्मा किसी भी गति में जाये, उसे संसार से मुक्ति का मार्ग जरूर मिलता है," स्नेहा ने कहा ।

"ये सब तो ठीक है बेटा पर तुम्हें इतना ज्ञान कहाँ से आया और अकेले कैसे किया तुमने? मुझे तो बड़ी चिंता हो रही है, बताओ बेटा," बुआ जी स्नेहा के सिर पर हाथ फेरते हुए बोलीं।

सब स्नेहा की ओर देखने लगे।

"वो मैं...मैंने उस तांत्रिक को अपने वश में कर लिया।"

स्नेहा ने कहा तो सब के सब सदमे से मुँह फाड़े उसे देखते ही रह गए और राहुल उसे गुस्से में घूरने लगा और अपनी माँ से बोला, "माँ, ये लड़की क्या है, कुछ भी हो पर इंसान तो बिल्कुल नहीं है।"

रामायणी जी उसके सिर पर हल्के से मारते हुए बोलीं, "बहू है वो मेरी! उसने इतना अच्छा काम किया है, तुम्हें तो उसकी तारीफ करनी चाहिए।"

"मज़ाक तो मत करो बहन सच बताओ, क्या किया है तुमने? क्या तुम उसकी गुफा में गई थीं?" दयान ने स्नेहा से गम्भीरता से पूछा।

स्नेहा ने राहुल की तरफ़ देखा, उसके गुस्से का अंदाजा लगाया और बाकी सब भी थोड़ा गुस्से में थे, "बाद में बताऊँ भाई?" स्नेहा ने अपनी प्यारी सी आँखों मे दुनियाभर का ख़ौफ़ भरकर कहा।

"बताओ, बेटा, कोई कुछ नहीं कहेगा। सबको तुम्हारी फिक्र है इसलिए सब नाराज़ हैं, लेकिन अभी जो भी हुआ है उसके बारे में जानना भी जरूरी है," नायक जी ने कहा।

राहुल गुस्से में दरवाजे के पास जाकर मुँह फेरकर खड़ा हो गया जैसे उसे कोई फ़र्क ही नहीं पड़ता कि स्नेहा ने क्या किया या उसके साथ क्या हुआ।

स्नेहा ने बताना शुरू किया, "वो कल रात में मेरे साथ जो भी हुआ उससे मुझे लगा कि अगर हम ऐसी किसी चीज से भावनात्मक रूप से जुड़ जाएँ जिससे कोई आत्मा भी भावनात्मक रूप से जुड़ी हुई है तो उस चीज के जरिये वो आत्मा हमें अपनी कहानी दिखाती है। जिस दर्द से वो गुजरी है उसी का अहसास हमें करवाती है, इसलिए मैंने सोचा कि मैं रानी साहिबा की कहानी भी जान सकती हूँ लेकिन वो बेंदा कहाँ था, मुझे पता नहीं था; दद्दू से जुड़ी हुई कोई भी चीज मेरे पास नहीं थी, तो मैं दयान के घर गई। मैंने देखा था कि वहाँ उसकी माई से जुड़ी हुई कुछ चीजें थीं, मैं वहाँ गई तो मुझे..."

"इनसे पूछिए माँ, ये शक्तिमान हैं, सोनपरी हैं, कौन हैं ये देवी जी? क्यों गई थीं अकेले, किसी को साथ नहीं ले जा सकती थीं?" राहुल बीच में ही उसकी बात काटते हुए बोला।

रामायणी जी मुस्कुराते हुए बोलीं, "हाँ बताओ स्नेहा, मेरे बेटे को साथ क्यों नहीं ले गईं तुम? तुम्हें पता है ना उसे तुम्हारी कितनी फिक्र है और शक्तिमान और सोनपरी का आशीर्वाद भी है मेरे बेटे पर।"

"वो मैंने कॉल किया था पर इन्होंने उठाया ही नहीं तो मैं अकेले ही चली गई। इतना टाइम भी नहीं था कि किसी और को जगाती, मगर फिर मैं रात में नहीं गई थी, आज दिन में गई," स्नेहा ने कहा।

"तुम मेरे घर गईं, उसके बाद क्या हुआ स्नेहा?" दयान ने पूछा।

स्नेहा ने फिर बताना शुरू किया, "वहाँ मुझे वही तस्वीर मिली, उसे देख कर मैंने वही सब याद किया जो राहुल ने उनके बारे में देखा था। थोड़ी ही देर में मुझे वही सब कुछ होते हुए दिखने लगा, तुम्हारे ही घर में उनका मारा जाना, मैं सब देख रही थी लेकिन उन्हें छू नहीं सकती थी, उनकी मदद नहीं कर सकती थी, उनका दर्द ही महसूस कर सकती थी। बाद में उनकी आत्मा का भटकना, दयान भाई ने उनका आह्वान किया लेकिन उस दौरान उस तांत्रिक ने दयान भाई को बेहोश कर दिया और उनकी माई की आत्मा को भड़काना शुरू कर दिया।"

"उसने मेरी माई को वश में किया था स्नेहा?" दयान बीच में ही बोल पड़ा।

स्नेहा बोली, "वश में करना क्या होता है भाई? किसी कम ताकतवर को अपनी ज्यादा ताकतों का डर दिखा कर गुलाम बना कर रखना, यही सब हम जानते हैं, लेकिन सिर्फ ऐसा नहीं है। उस तांत्रिक ने आपको आत्मायें वश में करना नहीं सिखाया क्योंकि ऐसा हो ही नहीं सकता, आपकी माई एक पवित्र आत्मा हैं, किसी तंत्र-मंत्र से उन्हें वश में नहीं किया जा सकता था इसलिए उस तांत्रिक ने दूसरा रास्ता अपनाया—छल का रास्ता—उसने आपकी माँ को ये बताया कि उनके पति ने उनके बेटे यानी कि आपकी हत्या कर दी है, और अब आपकी माई ही आपका प्रतिशोध ले सकती हैं।"

"लेकिन मैं तो बेहोश था, माँ ने मुझे मरा हुआ कैसे मान लिया वो तो अपनी शक्तियों से जान सकती थीं न," दयान बोला।

"तुम्हीं ने तो कहा था, जब तक आत्माओं को उनकी शक्ति सिद्ध करके न दिखाई जाए उन्हें उसका ज्ञान नहीं होता, तो तब हो सकता है तुम्हारी माँ को अपनी शक्तियों के बारे में पता ही न हो," अब राहुल बोला।

"हाँ, वो तो आपके मोह में थीं, उन्होंने उस तांत्रिक के कहने पर अपनी दफ़न हुई लाश के बारे में बता दिया और उस तांत्रिक ने उस लाश को पैलेस की जमीन के नीचे की मंजिल में एक कमरे की दीवार में दफ़ना दिया और आपकी माई की आत्मा उस कमरे में रोज़ अपने साथ हुए अत्याचारों को याद करती और अपनी पीड़ा को रोज़ दोहराती थीं," स्नेहा ने बताया।

"पर इससे क्या हासिल हो जाएगा उस तांत्रिक को?" रामायणी जी ने सवाल किया।

"इससे उस काले कुंड की शक्ति बढ़ेगी और शायद शक्तियाँ ही हासिल करना चाहता है वो तांत्रिक," राहुल को कुछ-कुछ समझ आने लगा।

स्नेहा ने भी हामी भरी, "हाँ इसीलिए उस तांत्रिक ने कई आत्माओं को इसी तरह प्रतिशोध की आग में जला रखा है।"

"ताकत के दम पर किसी को वश में रखना समझ आता है लेकिन इस तरह छल से आखिर कब तक किसी को वश में रखा जा सकता है? और अब तो उन आत्माओं को अपनी शक्ति का ज्ञान भी है तभी तो उन्होंने राहुल को वो सब दिखाया जो उनके साथ घटित हुआ, तो क्या उस तांत्रिक के छल को वो समझ नहीं पा रहीं? ये बात मेरी समझ नहीं आ रही," नायक जी ने समझना चाहा।

स्नेहा ने बताया, "उनके साथ जो अत्याचार हुए वे छल नहीं थे, सत्य थे। उनकी उस मानसिक और शारीरिक पीड़ा का अंश भर भी हम झेल नहीं सकते। पापा, उनकी पीड़ा झूठी नहीं है...स्त्रियां क्या कुछ नहीं झेलती आई हैं इस पुरुष प्रधान समाज में, लेकिन हमेशा चुप रहीं। जब उन्होंने खुद अपने हक में आवाज़ उठाई तो दुनिया को नारी शक्ति का अहसास हुआ। लेकिन वही ताकतें जो बल से नारी को दबाती आई हैं जब उन्होंने देखा कि उनका बल नारी की इच्छाशक्ति के आगे कुछ भी नहीं कर सकता, तो उन्होंने उसी नारी शक्ति को छलना शुरू कर दिया।"

"इसीलिए उसने हर उस स्त्री की आत्मा को अपने छल में बाँध रखा है जिसके साथ कभी न कभी, कोई न कोई अन्याय हुआ है, उनकी पीड़ा का ग़लत उपयोग कर रहा है वो तांत्रिक," राहुल ने जोड़ा।

"तो आखिर वो आत्माएं चाहती क्या हैं? किस तरह का प्रतिशोध चाहिए उन्हें? दयान की माँ के तो दोनों हत्यारों की बलि चढ़ा दी थी दयान ने, फिर उनका कैसा बदला बाकी रह गया था जिसका ग़लत उपयोग करके उस तांत्रिक ने उन्हें छल में बाँध लिया?" नायक जी ने पूछा।

"वो आत्मायें क्या चाहती हैं, मैं नहीं जानती लेकिन मैंने जब दयान की माई की आत्मा को तड़पते हुए देखा, उन्होंने मुझे अपनी पूरी पीड़ा बताई, तो मैंने उन्हें सच बताया कि उनका दयान जिंदा है और जिन्होंने उनके साथ ग़लत किया, उन्हें उसका दण्ड मिल चुका है। जब तक आप ऐसे ही तड़पती रहेंगी, दयान कभी सामान्य जीवन नहीं जी सकेगा, और वो सब समझाया जो दद्दू ने मुझे और राहुल को समझाया था, उनकी पीड़ा कम हुई। मैंने उन्हें ॐकार का जाप करवाया, इससे उनकी पीड़ा का लगातार चल रहा चक्र भंग हुआ, उनकी भाव ऊर्जा जो लगातार उनकी पीड़ा और प्रतिशोध में जी रही थी वो वापस मुड़ कर उनके खुद के ॐ कार स्वरूप की ओर मुड़ी और वो उस दर्द के और प्रतिशोध के छल से आज़ाद हो गईं। फिर मेरे साथ यहाँ आईं," स्नेहा ने बताया।

"जब मैं उन सबकी पीड़ा देख रहा था तो मैं खुद उस पीड़ा में बह रहा था, अगर मैं भी उन्हें सच बताने की कोशिश करता तो उन्हें उस दर्द और प्रतिशोध के छल से आज़ाद कर सकता था?" राहुल ने पूछा।

"शायद हाँ," स्नेहा बोली।

"लेकिन तुमने कहा कि तुमने उस तांत्रिक को अपने वश में किया था!" दयान ने पूछा।

स्नेहा (मुस्कुराते हुए) बोली, "हाँ, वो लौटते समय मुझे जंगल में ही मिला था। मैं उसे पहचान गई, वो शायद किसी परेशान और पीड़ित लड़की की ही तलाश में जंगल में घूम रहा था। वो मुझे पहचानता था, हम सबको पहचानता है वो! मैं रोने लगी, मैंने कहा कि मेरी जिससे सगाई होनी थी वो टूट गई, राहुल ने मुझसे रिश्ता तोड़ लिया इसलिए मैं आत्महत्या करने जा रही हूँ।"

सब एक-दूसरे का मुंह देख रहे थे। बुआ उठकर आईं और स्नेहा को अपने गले से लगा लिया और गर्व से बोलीं, "देख दयान, बड़ा तांत्रिक बनता है ना तू, और उस बाबा से लड़ने से डर रहा था। मेरी बेटी ने कैसे उसका सामना किया, अक्ल में भी बिल्कुल मुझपे गई है मेरी स्नेहा।"

राहुल (गुस्से में) बोला, "आप ही की हौसला अफजाई की वजह से ये ऐसे काम किया करती है। आप को पता भी है वो बाबा कितना ख़तरनाक है? अगर स्नेहा को कुछ हो जाता तो! आप इसे डांट लगाने की जगह और बढ़ावा दे रही हैं?"

"हाँ तो, दूँगी बढ़ावा! मेरी बच्ची किसी से कम है क्या? जब तक खतरों में पड़ेगी नहीं तब तक उनसे लड़ना कैसे सीखेगी? अरे कविता की भी हिम्मत नहीं जो मेरे और स्नेहा के बीच कुछ बोले, देखो तब से चुप बैठी है, फिर तुम होते कौन हो हम दोनों के बीच बोलने वाले?" बुआ तमतमा कर बोलीं।

राहुल भी तपाक से बोला, "मैं इसका होने वाला..." पर आगे के शब्द उसके गले में ही घुट के रह गए। राहुल को समझ ही नहीं आया आगे क्या बोले, बात बदलकर बोला, "ठीक है मैं कुछ नहीं लगता, कल अगर इसे कुछ हो जाये तब रोइयेगा अपने बढ़ावे के नाम पर।"

"नहीं रोऊँगी बेटा, नहीं रोऊँगी, अगर सच के लिए लड़ते हुए, किसी की मदद करते हुए मेरी बच्ची को कुछ होता भी है तो भी नहीं रोऊँगी। मरते सब हैं बेटा मौत से डर-डरके, मेरी बेटी कायर की तरह नहीं योद्धा की तरह मर भी जाये तो मैं खुश होऊँगी," बुआ पूरे रोष में बोल रही थीं।

"माफ़ी चाहता हूँ लेकिन मैं नहीं होऊंगा खुश, अगर स्नेहा को कुछ भी हुआ क्योंकि उसकी ग़लती नहीं है, ग़लती मेरी है। मैं यहाँ सबको लेके आया हूँ। इन सबसे लड़ने की जिम्मेदारी भी मेरी है," राहुल बुआ जी के सामने हाथ जोड़कर बोला।

"ठीक है, मैं कुछ नहीं करूँगी आगे से। ये लीजिये ये उस तांत्रिक ने दिया है मुझे, उसने कहा है कि मुझे इसकी मिलती हुई डिज़ाइन के एक बेंदा, एक बाजूबन्द, कंगन और एक अँगूठी माँ से चुरा कर उसे देनी है," स्नेहा ने एक हार अपने पर्स में से निकाल कर राहुल की तरफ़ बढ़ाते हुए कहा।

सब फटी आँखों से उस हार को देख रहे थे जो कि डिज़ाइन और नग के रंगों के हिसाब से रामायणी जी के सेट से बिल्कुल मिल रहा था, जैसे उसी सेट का एक गहना हो।

"लेकिन ये सब करने को क्यों कहा उसने तुमसे?" राहुल ने हार लेते हुए पूछा।

"उसने मुझे भी भड़काया कि मुझे आत्महत्या करने की जगह तुम्हारी हत्या करनी चाहिए और इसमें वो मेरी मदद करेगा अगर इस हार से मिलते हुए गहने मैं ले जाकर उसे कल सुबह तक दे दूँ क्योंकि कल रात उसे बहुत बड़ा काम पूरा करना है और उसके बारे में वो मुझे कल सुबह ही बताएगा। लेकिन आप टेंशन न लें, मैं नहीं जाने वाली, मैं इन सबसे बहुत दूर रहूँगी। ज्यादा से ज्यादा क्या होगा हम सब यहाँ से भ्रम जाल के जरिये निकल जाएंगे, बाकी पीछे से उन आत्माओं का कुछ भी होता रहे हमें क्या। जब हम जिंदा औरतों के लिए कुछ नहीं कर सकते तो उनकी आत्माओं के लिए तो कुछ भी नहीं कर सकते, है ना?" स्नेहा ने राहुल से कहा तो राहुल की आँखें नम हो गईं।

राहुल रुँधे हुए गले से बोला, "तुम जाना सुबह उसके पास, लेकिन वादा करो तुम्हें जरा सा भी खतरा महसूस हो तो तुम वापस लौट आओगी।"

"वादा मैनेजर साहब, कहो तो एग्रीमेंट साइन कर दूँ?" स्नेहा ने उसके आँसू पोंछते हुए कहा।

"मेरे ख़्याल से आज रात ही सभी रिश्तेदारों को बाहर दूसरे होटल में डिनर के बहाने भ्रम जाल का उपयोग करके यहाँ से निकाल देना चाहिए, और इस गहनों के सेट में से इस हार और कंगन का प्रयोग करके इनसे जुड़ी हुई आत्माओं के बारे में जान लेना चाहिए और अगर संभव हो तो उन्हें आज़ाद करने की भी कोशिश करनी चाहिए। अब तक हम अपनी जान के लिए लड़ रहे थे, लेकिन अब हम इन पवित्र आत्माओं के लिए हर जोखिम उठाएंगे ताकि इनकी पीड़ा का अंत हो सके," दयान ने कहा।

सबने सिर हिलाकर सहमति प्रकट की।

नायक जी उठकर रामायणी जी के पास आये और उनके हाथों को अपने हाथों में थामकर बोले, "रमा, मैंने तुम्हें जो पीड़ा और अपमान दिया उसे मैं वापस नहीं ले सकता लेकिन वादा करता हूँ, इन सभी पवित्र आत्माओं को इनकी पीड़ा से मुक्त करने की हर कोशिश करूँगा, मैं सबसे आगे रहूँगा और बच्चे मेरे पीछे।"

सबने इतने दिनों में पहली बार रामायणी जी के आँखों से बहते आँसू में नायक जी के लिए प्रेम और सम्मान के भाव देखे।

रात के 10 बज रहे थे, राहुल के केबिन में नायक जी, रामायणी जी, नीति, राहुल और दयान बैठे हुए थे। सभी रिश्तेदारों के साथ-साथ कविता जी, जगदीश

जी, स्नेहा, नव्यम और कल्पना को भी समझा बुझाकर नायक जी ने राधौगढ़ से बाहर निकलवा दिया। राहुल ने रावत जी को खास तौर पर स्नेहा पर नजर रखने के लिए भेजा था, उसे डर था कि सबको चकमा देकर कहीं स्नेहा वापस पैलेस न आ जाये। राहुल भूत-प्रेतों से हजारों तरह के डर दिखा के नव्यम को वहाँ से जाने के लिए मना पाया था और नीति किसी की भी न सुनकर वहीं रुकी रहीं।

केबिन के बीचों बीच से टेबल हटा कर घेरा बनाकर सभी बैठे हुए थे।

"बहुत देर हो गई, दयान और कितना वक्त चाहिए होगा?" राहुल ने पूछा।

"कोशिश तो कर रहा हूँ लेकिन पहले की ही तरह मेरी विद्याओं को यहाँ प्रवेश नहीं मिल रहा। अब या तो ये गहने हमें उन आत्माओं तक पहुंचा सकते हैं या फिर वो आत्माएं खुद हमें उनकी दुनिया में प्रवेश दें।" दयान ने जवाब दिया।

"वे हमें अपनी इच्छा से प्रवेश क्यों देंगी और इन गहनों के साथ हम एक घण्टे से भावनात्मक रूप से जुड़ने की कोशिश कर रहे हैं लेकिन कुछ नहीं हो रहा, कोई और रास्ता नहीं है क्या दयान? इस तरह तो पूरी रात निकल जायेगी," राहुल बोला।

"तुम्हें उन आत्माओं ने अपनी इच्छा से प्रवेश दिया था और स्नेहा उनसे जुड़ी हुई चीजों के जरिये उन तक पहुँची है, इसके अलावा सिर्फ तंत्र का तरीका है और उस तंत्र के लिए यहाँ मेरी किसी भी सिद्ध की हुई विद्या को अंदर आने की अनुमति नहीं मिल रही," दयान मायूस था।

"हम अगर उनकी दुनिया में चले भी गए तो इससे कोई फ़ायदा नहीं है, हम सिर्फ़ उनकी मौतें देख सकते हैं जैसे कि राहुल ने देखीं, लेकिन वो कुछ नहीं कर पाया। उसकी आवाज़ तक उन आत्माओं ने नहीं सुनी, अगर हम भी इसी तरह जाकर वापस आ भी गए तो भी कुछ नहीं कर पाएंगे," नायक जी बोले।

रामायणी ने समझाया, "राहुल को उन्होंने शायद डराने के लिए प्रवेश दिया था, क्योंकि वापस वो स्नेहा की वजह से आया था। स्नेहा तो संयोगवश उस काले नग से भावनात्मक रूप से जुड़ गई थी और तुम्हारी माई से तो वो पहले से ही काफ़ी लगाव रखती है, जबसे उसे तुम्हारे बारे में पता चला है तबसे ही।"

"शायद इसीलिए स्नेहा को दोनों बार उन आत्माओं ने ही वापस भेजा था और वो माई से बात भी कर पाई थी। उन्हें अपनी बातों से समझा भी पाई थी, हमें कुछ भी करके इन गहनों के साथ अपनी भाव ऊर्जा का संयोग करना

ही होगा वरना समय इसी तरह निकल जायेगा और ये आखिरी मौका भी हम खो देंगे," दयान बोला।

"लेकिन भावों का संयोग एक सहज प्रक्रिया है, हम सहज रूप से उसी से जुड़ सकते हैं जिसे हम जानते हैं। और जिनके ये गहने हैं, उनके तो हम नाम भी नहीं जानते," राहुल बोला।

"लेकिन दद्दू का नाम तो हम सब जानते हैं ना, सबसे ग्रेट हमारे दद्दू—विनायक सिंह राठौड़!" दरवाजे की तरफ़ से आवाज़ आई।

सबने मुड़कर देखा तो एक हाथ कमर पे रखे और दूसरा हाथ हवा में उठाकर शक्तिमान जैसी मुद्रा में खड़ी स्नेहा दिखाई दी।

राहुल ने अपना सिर पीट लिया।

"क्या हुआ? आप सब ऐसे क्यों देख रहे हैं? अरे मेरे पास बहुत बढ़िया योजना है, हम सब न सबसे पहले..." स्नेहा बोल ही रही थी कि पीछे से एक और आवाज आई।

"सबसे पहले दद्दू से जुड़ने की कोशिश करेंगे," स्नेहा के पीछे से नव्यम ने कहा।

नायक बोले, "मुझे पता था तुम नहीं मानोगी बेटा, पर नव्यम की क्या जरूरत थी?"

"मैं भी आपका बेटा हूँ, अगर आप किसी मुसीबत से लड़ रहे हैं तो मेरा आपके साथ होना जरूरी है ना पापा," नव्यम बोला।

"लेकिन स्नेहा का यहाँ होना बिल्कुल जरूरी नहीं था, जाओ अभी के अभी..." राहुल गुस्से में बोला।

"क्या योजना है तुम्हारी, बताओ स्नेहा... राहुल, अब हमारे पास समय बहुत कम है सब कुछ जानने के लिए और फिर ठीक करने के लिए बहुत कुछ बाकी है," दयान ने राहुल को शांत करते हुए कहा।

"वो मैं ये कह रही थी कि हम दद्दू से बेहद आसानी से जुड़ सकते हैं इसके जरिए..." स्नेहा ने एक कागज पे बना हुआ ॐ सबको दिखाया।

"ये दद्दू का है?" राहुल ने चौंककर पूछा।

"नहीं, लेकिन दद्दू ने ही हमें ॐ का मतलब समझाया था। इसके जरिये उन पलों को याद करेंगे जब हम उनके साथ थे, तो हम बहुत आसानी से उनसे जुड़ जाएंगे," स्नेहा बोली।

"उनकी मौत जानकर हम क्या कर लेंगे, उसका इन आत्माओं से क्या संबंध?" दयान ने पूछा।

"मौत नहीं, जीवन। जीवन जान सकते हैं हम उनका। दद्दू एक पवित्र आत्मा हैं, उनके अंतस में उनकी मृत्यु का कोई रोष, कोई पीड़ा नहीं है। उन्होंने जीवन की तरह ही मृत्यु को स्वीकार किया है," राहुल ने समझाया।

स्नेहा बोली, "बिल्कुल सही, यही बात दिमाग़ में आते ही मैं दौड़ी चली आई। उनके जीवन में कहीं न कहीं उनकी माँ और पत्नी का जिक्र होगा ही, और हो सकता है ये गहने उनमें से किसी से जुड़े हों, तब हमारे लिए उन तक पहुंचना बहुत आसान हो जायेगा।"

"तो फिर देर किस बात की है, बैठिये सब एक साथ और लगाइए अपनी ऊर्जा इस ॐ में," दयान तुरंत बोला।

दयान ने बड़े सम्मान पूर्वक उस ॐ को एक चौकी पर रखा। सब उसके चारों ओर घेरा बनाकर बैठ गए।

राहुल बोला, "सब एक-दूसरे के हाथ पकड़ लें ताकि अगर कोई एक भी दद्दू के जीवन काल से जुड़ सके तो बाकी सब भी उसमें प्रवेश पा सकते हैं।"

"ये कौन सी विधि है राहुल और ऐसा कैसे हो सकता है?" दयान ने पूछा।

"हर व्यक्ति का अपना आभामंडल होता है, जो आत्मिक ऊर्जा के कारण प्रकट होता है। जो अपनी आत्मा से जितना जुड़ता जाता है उसका आभामंडल उतना ही शक्तिशाली और प्रभावशाली होता जाता है।

यदि आप किसी ग़लत मानसिकता के व्यक्ति के स्पर्श में आते हैं तो आपका आभामंडल क्षीण होता है, यदि अच्छी मानसिकता के व्यक्ति के स्पर्श में आते हैं तो हमारा आभामंडल अधिक दैदीप्यमान होता है, इसीलिए हमारी संस्कृति में अनजान लोगों का हाथ जोड़कर अभिवादन किया जाता है और बड़े बुजुर्गों, गुरुओं, माता के चरण स्पर्श किये जाते हैं।" राहुल ने समझाया।

इस पर नव्यम ने पूछा, "ये आपको दद्दू ने बताया?"

राहुल ने हामी भरी, "हाँ, बचपन में बताया करते थे, तब बस सिर हिलाया करता था, अब अच्छे से समझ गया हूँ।"

"मैं तो उनसे यही शिकायत करूँगा, मुझे ये सब क्यूँ नहीं सिखाया?" नव्यम बोला।

नीति ने समझाते हुए कहा, "उनसे तुम्हारा कोई संयोग न रहा होगा, लेकिन बड़ा भाई है ना, उससे सीखो तुम।"

दयान बोला, "मतलब इससे हम सबकी ऊर्जा आपस में भी जुड़ जाएगी। ठीक है, लेकिन फिर वापस आते समय भी हमें इस बात का ध्यान रखना होगा कि किसी का हाथ न छूटे, वरना वो हम सबके ऊर्जा तंत्र से अलग हो जाएगा और शायद वापस न आ पाए।"

सभी ने एक साथ ॐ का उच्चारण किया, और दद्दू से जुड़ी अपनी-अपनी यादों से दोबारा जुड़ने का प्रयास किया।

राहुल, स्नेहा, दयान, नायक जी, नीति जी, रामायणी जी और नव्यम पैलेस के दूसरी मंजिल के एक कमरे में थे, एक गहरे नीले रंग का चक्र उन सबको घेरे हुए था जो उनकी ऊर्जा चक्र के कारण निर्मित हुआ था।

"ये क्या समय है घर आने का, राधौगढ़ के बड़े घराने के छोटे मालिक अब तक कहाँ थे?" नरेंद्र सिंह राठौड़ की धर्मपत्नी मणिप्रभा अपने महल (पैलेस) के एक कमरे में खड़े अपने बेटे विनायक से पूछ रही थीं।

उन्हें देखते ही राहुल और स्नेहा समझ गए कि यही रानी साहिबा हैं। उनके चेहरे पर वही तस्वीर जैसा तेज था, माथे पर वही बेंदा, ममता का अथाह सागर तो उनकी आँखों के स्नेह से ही बना हो, वेशभूषा से ही कुलीनता और शालीनता का परिचय हो रहा था। उनका मौन ही उनके चरित्र की पवित्रता का बखान करता हो और वाणी बस ममता को शब्दों का रूप देने के लिए मिली हो।

"क्षमा चाहता हूँ माँ, गुरु जी ध्यान करवा रहे थे। संध्या से कब रात्रि हुई पता ही नहीं चला," 8 वर्षीय बालक विनायक सिंह राठौड़ बड़ी मासूमियत से अपनी माता के आगे अपने कान पकड़ कर बोला।

तभी कमरे में सफ़ेद धोती कुर्ते में नरेंद्र सिंह राठौड़ आये और बहुत ही प्यार से बोले, "क्या करोगे इतना ध्यान करके? पाठशाला से घर आने के बाद आप कहीं मत जाया करो, मन्दिर में बैठकर घण्टों ध्यान करने से कुछ प्राप्त नहीं होगा बेटे।"

विनायक बोला, "गुरु जी ने कहा है कि अगर मैं ईश्वर की आराधना करूँगा तो मुझे मेरी आत्मा के दर्शन होंगे, मैं अपने आप से मिलने के लिए ध्यान सीख रहा हूँ पिताजी।"

"ओह! तो यह बात है। ठीक है, तब मैं तुम्हें नहीं रोकूँगा। अभी चलो भोजन के लिए वैसे ही बहुत देर हो चुकी है। तुम्हें भूख भी लगी होगी, चलो आओ मेरे साथ," नरेंद्र जी बोले।

विनायक ने कहा, "मैं तो रात में खाने का त्याग करके आया हूँ पिताजी, संध्या समय के बाद सूरज ढल जाता है, वातावरण में ऊष्मा कम हो जाती है, सूक्ष्म जीवों की संख्या कई गुना बढ़ जाती है। छोटे-मोटे कीड़े-मकोड़े भी निकल आते हैं, रात्रि में भोजन बनाने और खाने से इनकी हत्या होगी और वो भोजन माँस के समान हो जाएगा, इसलिए मैंने गुरुजी के कहने पर रात में भोजन का त्याग कर दिया है।"

नरेंद्र अपनी खीज दबाते हुए बोले, "तुम्हारे गुरु जी ने कहा होगा कि ऐसा करने से भी तुम्हें तुम्हारी आत्मा के दर्शन हो सकेंगे।"

"जी नहीं पिता जी, सभी जीवों पर दया भाव रखना मेरा कर्तव्य है, उनकी आत्मा और मेरी आत्मा एक जैसी है। जैसे मुझे दुख होता है, वैसे ही उन्हें भी दुख होता है। अन्य जीव को दुख देकर मैं सुखी होने की कल्पना भी नहीं कर सकता हूँ," विनायक ने मासूमियत से कहा।

"तो क्या अब तुम भूखे ही सो जाओगे? तुम्हारी माता को इससे बहुत दुख होगा और सूक्ष्म जीवों को भी दुख न देने वाला मेरा बेटा, अपनी माँ को दुखी नहीं कर सकता, इसलिए आओ मेरे साथ," नरेंद्र जी ने समझाया।

"अरे पिताजी आप फ़िक्र न करें, मैं तो अपनी माता का प्यारा बेटा हूँ, मैं उन्हें दुख नहीं दे सकता। मैंने तो पाठशाला से आकर ही भोजन कर लिया था, उसके बाद ही मैं मन्दिर गया था।"

मणिप्रभा मुस्कुरा दीं।

"अच्छा, चलो अब अपना आज का पाठ याद करो और फिर सो जाना," नरेंद्र जी ने कहा।

अपने बेटे के सिर पर स्नेह से हाथ फेरकर नरेंद्र ने उसका माथा चूम लिया और कमरे से बाहर चले गए।

मणिप्रभा उसे सुलाकर कमरे से बाहर चली गईं, थोड़ी देर लेटे रहने के बाद विनायक उठकर खिड़की के पास आकर खड़ा हो गया।

"आप सोए नहीं छोटे मालिक?" कमरे में आती हुई एक स्त्री ने कहा जिसका चेहरा घूँघट से ढका हुआ था।

"काकी मुझे छोटे मालिक मत कहा करो, विनायक बेटा कहा करो।"

"आप हमारे मालिक हैं, बेटे तो आप हमारी देवी जैसी मालकिन के हैं। इतनी महान देवी के बेटे को मैं दासी होकर अपना बेटा कैसे कह सकती हूँ भला?" वो स्त्री विनायक के पास आकर बोली।

"आपको पता है काकी, मैं बहुत जल्द अपने आप से मिलने वाला हूँ!"

"क्या... कौन मिलवाएगा आपको आपसे?"

"मेरे गुरुजी ने मुझसे वादा किया है वो ध्यान के जरिये मुझे मुझसे मिलवाएँगे।"

"आप की बातें तो मुझे समझ नहीं आतीं छोटे मालिक, आप सो जाइये। बड़े मालिक ने कहा था कि मैं देखकर आऊँ आप सोए हैं या नहीं, पर आप तो जाग रहे हैं। अच्छा मैं आपको कहानी सुनाऊँ?"

"नहीं, पिताजी कहाँ हैं अभी, अपने कमरे में?"

"हाँ, अब आप सो जाइये, मैं चलती हूँ।"

कहकर वो स्त्री कमरे से चली गई।

विनायक उस स्त्री के सामने तो बिस्तर पर लेट गया था लेकिन उसके जाते ही पुनः उठ खड़ा हुआ। उसके दिमाग़ में कुछ चल रहा था।

वो उठकर कमरे से बाहर आ गया, सबसे छुपते-छुपाते वो उसी कमरे में आ गया जो वर्तमान में राहुल का केबिन है।

कमरे में नीचे जाने के लिए सीढ़ियाँ खुली हुई थीं। विनायक नीचे उतर गया, उसकी माँ के कमरे में कोई नहीं था, दरवाजे खुले हुए थे।

चौथी मंजिल की सीढियों पर छुप के बैठा विनायक अपने माता-पिता की बातें सुन रहा था, वे दोनों एक कुंड के पास खड़े थे, काले रंग के पत्थर उस कुंड के आधे तक भरे हुए थे और उनमें से अधिकतर चूर्ण हो रहे थे। नरेंद्र अपनी पत्नी पर कुपित हो रहे थे और वे सिर झुकाए खड़ी थीं।

"देखिये इस कुंड को रानी साहिबा, दिनों दिन इन पत्थरों का चूर्ण बनता जा रहा है। कुछ ही समय बाद ये सब मिट्टी हो जाएंगे और मिट्टी हो जाएगी हमारे पूर्वजों की परम्परा, हमारी माँ और दादियों के बलिदान! और ये सब होगा आपकी

लापरवाही के कारण, क्या इसी तरह हमारे इस बड़े घराने की बहू होने का कर्तव्य निभा रही हैं आप?"

"मैं विनायक को समझाऊँगी, वो मेरी बात जरूर समझेगा। उसे हमारे घराने के नियम, परंपराएं, बलिदान और उसके कर्तव्य का बहुत ही जल्दी बोध हो जाएगा स्वामी।"

"लेकिन कब? कब होगा ये सब? विनायक तो किसी गुरु के चक्कर में पड़कर जाने कैसी-कैसी बातें सीख रहा है। आप विनायक को समझा सकें, उसे हमारे जैसा बना सकें, इसीलिए आपके कमरे से आपको एक बार बाहर आने की अनुमति दी हमने। इतने वर्षों से उस महान कार्य को रोक रखा है जो विनायक के जन्म के पश्चात् ही हो जाना चाहिए था।"

"मैं जानती हूँ, विनायक को हमारे घराने के संस्कार देना ही मेरा पहला कर्तव्य है, किन्तु वो अभी बालक है, इतनी सी अवस्था में उसे..."

"बस रानी साहिबा! इतनी सी अवस्था? तो आप क्या चाहती हैं हम विनायक के किशोर होने का इंतजार करें और तब तक हमारे घराने की वर्षों की तपस्या मिट्टी हो जाये? नहीं, अगले महीने के कृष्ण पक्ष की चौदस की रात ही हमें इस कुंड के पत्थरों को तुम्हारे जीवन अश्रु का आधार देना होगा।"

मणिप्रभा का पूरा शरीर काँप गया, उसी काँपती हुई आवाज़ में वे बोलीं, "स्वामी, विनायक अभी समझ नहीं पायेगा, विचलित हो जाएगा उसका मन। क्या कुछ समय और..."

"लगता है तुम्हारे मन में तुम्हारे कर्तव्य से अधिक अपने बेटे का मोह है। इससे पहले कि ये मोह इतना बढ़ जाये और तुम्हें इस घराने की बहू होने का मान भी न रहे, इस मोह को अंतिम आहुति बनाकर स्वाहा करना होगा तुम्हें। अब मुझे तुम्हारी कर्तव्य निष्ठा और स्वामिभक्ति पर शंका हो रही है, अब मैं और देर नहीं कर सकता।"

मणिप्रभा के चेहरे पर संसार भर का ताप पीड़ा बनकर उभर आया, उसी पीड़ा से आहत होकर वे बोलीं, "मेरी निष्ठा पर शंका! इतना त्याग और बलिदान देने के बाद मेरे स्वामी को मुझ पर शंका हो गई। आज तक इस घराने की बहू होने के हर कर्तव्य का पालन किया है मैंने, इतने वर्षों की तपस्या, मेरे सारे सपनों की हत्या, मेरी ममता का दमन, क्या इन सब पर शंका है मेरे स्वामी को?"

नरेंद्र (क्रोध से तमतमाते हुए) बोले, "ये तुम्हारा कर्तव्य है मणिप्रभा, जो कि अनिवार्य है, इस प्रकार उपकार बनाकर गिनाने का ये व्यवहार ही इस बात का प्रमाण है कि तुम अपने कर्यव्य पथ से विचलित हो रही हो।"

"तो मेरे नाथ को मेरी कर्तव्य निष्ठा का प्रमाण भी मिलना चाहिए...तैयारी करिए स्वामी, मैं आहुति के लिए तैयार हूँ।"

विनायक सब सुन रहा था, अपनी माता को सीढ़ियों की तरफ़ आता देख वो वापस अपनी माँ के कमरे में आकर उनके पलंग के पीछे छुप गया।

मणिप्रभा अपने हृदय में अपमान और आँखों में दृढ़ संकल्प की ज्वाला समाये अपने कमरे में आ गईं। अंदर आकर उन्होंने दरवाजा बंद कर लिया और अपने विशाल पलंग के सहारे ज़मीन पर बैठ गईं।

वो दोनों हाथों से अपना चेहरा ढाँके सिसक रही थीं।

"क्या पाप किया है मैंने देवता, क्यों मेरी ये परीक्षा, क्यों मेरे बलिदान और मेरे त्याग को अनिवार्य समझा जाता है? तुम तो कहते हो कोई तुम्हारे साथ अच्छा करे तो तुम उसके साथ अच्छा करो, फिर मुझे देवी कहकर मेरे साथ अन्याय क्यों?

क्यों मुझे मेरे त्याग का प्रतिफल प्राप्त नहीं होगा? क्या एक बड़े घराने में जन्म लेने की, एक बड़े घराने में बहू बनकर आने की यही सजा है कि हर बार मेरे उत्सर्ग के लिये यही शब्द मिलते हैं मुझे कि मेरे बलिदानों का ऋण कभी चुकाया नहीं जा सकता।

क्यों दैवव ये अन्याय क्यों? पर मैं हार नहीं मानूँगी दैव, शायद कभी भविष्य में मेरे उत्सर्गों का मोल लगाया जाये, मुझे देवी से अधिक एक मनुष्य समझा जाए।"

विनायक की आँखें अपनी माँ को यूँ दुखी देख कर नम हो गईं। वो पलंग के दूसरी तरफ़ से निकल कर आया और अपनी माँ के सामने आकर बैठ गया और अपने हाथों से माँ के हाथों को उनके चेहरे से हटा कर उनके आँसू पोंछने लगा।

"तुम यहाँ क्या कर रहे हो बेटा? पिताजी गुस्सा होंगे, आपको यहाँ आने की इजाजत नहीं है न, जल्दी से जाओ अपने कमरे में," मणिप्रभा व्याकुल होते हुए बोलीं।

"माँ, दरवाजा तो बन्द है, कोई नहीं देखेगा कि मैं आपके कमरे में आया हूँ, आप रोइये मत, मैं बहुत अच्छा बेटा बनूँगा," विनायक उनकी गोद में सिमटते हुए बोला।

मणिप्रभा ने अपने बेटे को अपने सीने से लगा लिया और बोलीं, "हाँ, बहुत अच्छे बेटे बनना, अपने पिता और घराने के मान के लिए कुछ भी बलिदान करना पड़े तो पीछे मत हटना बेटा, उनकी हर बात मानना।"

"मैं आपके लिए कुछ भी करूँगा माँ, आप जो कहोगी सब करूँगा, बस आप मुस्कुराती रहा करो, रोया मत करो..." अपने छोटे-छोटे हाथों से बड़े स्नेह से अपनी माँ के दोनों गालों को खींचता हुआ विनायक बोला।

मणिप्रभा मुस्कुरा दीं, फिर अगले ही पल वो मुस्कुराहट पीड़ा के किसी अनन्त गर्त में समा गई।

अपने बेटे को हृदय से लगाकर धीरे से बुदबुदाईं, "मेरे अश्रु तो सदा से अनिवार्य हैं पुत्र।"

ऊर्जा चक्र में भी सबकी आँखें नम हो गई थीं। आँखों में आँसू के कण धुँधलापन पैदा कर रहे थे। पलकें झपकते ही धुँधलापन हट गया और एक अलग ही नजारा साफ़-साफ़ दिखने लगा।

उस बड़े से कुंड के पास एक और व्यक्ति खड़ा था जिसका नाम मानिक था और उम्र कुछ 22 या 24 वर्ष के आस-पास थी।

नरेंद्र ने कुंड की तरफ़ इशारा करते हुए कहा, "ये कुंड हमारी माँ, दादियों और हमारी पत्नी के बलिदान का साक्षी है। हमारे इस बड़े घराने की पाँच पीढ़ियों की वधुओं की मृत्यु ही नहीं बल्कि जीवन का भी बलिदान लिया है इस कुंड ने, समग्र विश्व की स्त्री जाति के उद्धार के लिए हमने अपनी माँ को अपने जन्म के दस महीने बाद ही खो दिया, अपनी पत्नी का बलिदान करके अपने बेटे से उसके हक की ममता छीन ली।"

मानिक बोला, "ये सारे बलिदान व्यर्थ नहीं होंगे गुरुदेव, तंत्र की काली विद्या बलिदान माँगती ही है, लेकिन इसी काली विद्या के जरिये हम दुनिया की हर एक पीड़ित स्त्री को न्याय देंगे। आप ही ने कहा था कि बड़े वरदान के लिए बलिदान भी बड़ा करना पड़ता है।"

"हमने अपना हृदय बड़ा कठोर रखा है मानिक, हमें पूरा भरोसा है कि विनायक आज जब विलायत से अपनी पढ़ाई पूरी करके आये होंगे तो वे भी हमारी तरह कठोर हो चुके होंगे, मन्दिर के गुरुजी का भूत उनके सिर से उतर चुका होगा।"

"ऐसा ही होगा गुरुदेव, छोटे मालिक को आठ वर्ष की उम्र में ही आपने विलायत भेज दिया ताकि रानी साहिबा अपने जीवन अश्रु की आहुति से इस कुंड के पत्थरों को आधार दे सकें। छोटे मालिक के साथ आपने जिस तरह के बालकों को उनकी संगति के लिये साथ भेजा था, उनके साथ रहकर छोटे मालिक की प्रवृत्ति तामसी हो चुकी होगी। इन सत्रह वर्षों में वे सभी आदतें सीख चुके होंगे जो तंत्र विद्या के लिए जरूरी हैं। वे भी आपकी परम्परा को आगे जरूर बढ़ाएंगे।"

"बढ़ाना ही होगा उसे, हमारे घराने की छह कुलवधुओं का समर्पण व्यर्थ नहीं हो सकता मानिक! आज भी उनकी आत्माएं अनंत पीड़ाएँ सह रही हैं, इस तंत्र को मजबूत करने के लिए कितनी ही अन्य पीड़ित स्त्रियों की आत्माएं इस महल में बंधक हैं, विनायक को पुत्र प्राप्ति के पश्चात अपनी पत्नी की भी आहुति देनी ही होगी।"

"छोटे मालिक कभी अपने घराने की परम्परा का अपमान नहीं सहेंगे लेकिन हम रानी साहिबा जैसी बड़े घराने की बहू बनने लायक कन्या कहाँ से लाएंगें जो इस परम्परा की सातवीं कड़ी बनेगी? आज़ाद भारत में स्त्री समाज इन परम्परा और संस्कारों को बेड़ी की संज्ञा देने लगा है।"

"मेरे एक मित्र हैं, जमींदार हैं, उन्हीं की बेटी है पद्मा देवी। भारत वर्ष में स्त्री समाज की नियति कभी बदल नहीं सकती मानिक, चाहे कितने ही आंदोलन चलाये जाएं। पद्मा देवी भी हमारी रानी साहिबा की तरह राधौगढ़ के इस बड़े घराने की बहू होने का कर्तव्य निभाने के लायक है। बस इंतजार हमें अपने बेटे से मिलने और उसके विवाह का है।"

"जहाँ तक मुझे याद है, छोटी मालकिन को ख़ानदानी गहनों में से कंगन शगुन में दिए जाएँगे।"

"हाँ, वे कंगन पूरी विधि पूर्वक नव वधू को शगुन में दिए जायेंगे, सातवीं आहुति के प्रमाण बनेंगे ये कंगन।"

"कैसी आहुति पिताजी?" सीढ़ियों से उतरते हुए युवा विनायक जी ने कहा जो कि शक्ल और शारीरिक बनावट में हूबहू अपने पिता के समान लग रहे थे, बस चेहरे का तेज उनकी माता के समान ही था।

"विनायक... तुम कब आये?" नरेंद्र जी ने चौंक कर कहा।

"बस अभी ही आता जा रहा हूँ। आप ऊपर दिखे नहीं तो मैं नीचे चला आया, आपसे मिलने की अधीरता से मेरा मन व्याकुल हो रहा था," कहकर विनायक ने नरेंद्र के पाँव छुए और मानिक की तरफ़ देखने लगा।

"प्रणाम स्वीकार कीजिये छोटे मालिक," मानिक ने सिर झुकाकर हाथ जोड़कर कहा।

"ये मानिक है, हमारी सारी जमीन और खेती का लेखा-जोखा रखता है," नरेंद्र ने उसका परिचय करवाते हुए कहा।

"तो ये भी मुझे छोटे मालिक कहेगा, विनायक भाई कहो तभी तुम्हारा प्रणाम स्वीकार करूँगा," विनायक बोला।

"मैं अपनी सीमा जानता हूँ छोटे मालिक, इससे आगे बढ़कर आपको कुछ भी कहना मेरे लिए अपराध है," मानिक ने कहा।

"चलो ऊपर चलो, वहीं बैठकर बहुत सारी बातें करनी है तुमसे," नरेंद्र विनायक का हाथ पकड़कर के ऊपर ले जाने लगे।

"पिताजी, इस कुंड का रहस्य अभी भी नहीं बतायेंगे आप मुझे? जिस कुंड के कारण मेरी माता की मृत्यु हो गई और मैं उनके अंतिम दर्शन तक न कर सका, उस कुंड के बारे में जानने का अधिकार है ना मुझे?" विनायक ने उन्हें रोकते हुए कहा।

"तुम जानते हो कि तुम्हारी माता की मृत्यु बीमारी की वजह से हुई थी विनायक। तब तुम छोटे थे, विलायत में अपने मामा के पास पढ़ने भेजा था तुम्हें, तुम्हें वापस न बुलाया जाए यही तुम्हारी माता की आख़िरी इच्छा थी, और ये बस एक साधारण कुंड है जिसका पानी मैला हो चुका है," नरेंद्र ने कठोरता से कहा।

"जी पिताजी," विनायक ने निराश होते हुए कहा।

नरेंद्र विनायक को अपने साथ ऊपर ले गए। वापस जाते हुए विनायक ने एक दृष्टि उस कुंड की तरफ़ डाली और फिर दृष्टि फेर ली। वो जानते थे कि उनके पिताजी उनसे असत्य कह रहे थे। लेकिन फिर सत्य क्या था, यही उन्हें जानना था।

"छोटी मालकिन को बेटा हुए दो महीने हो चुके हैं गुरुदेव, आख़िर कब तक आप छोटे मालिक से सच छुपाते रहेंगे? आहुति का मुहूर्त अब ज्यादा दिन दूर नहीं है," मानिक ने चिंतित स्वर में नरेंद्र से कहा।

"अगर विनायक के दिमाग़ से बचपन के फ़िजूल निकल गए होते तो उसे ये परम्परा समझाना बहुत आसान था, लेकिन वो तो वैसा ही है। उसे अब भी यही लगता है कि सभी जीवात्माएं समान हैं, सबको जीने का हक है। कैसे समझाऊँ उसे कि दोयम दर्जे की इंसान है स्त्री, बलि चढ़ना ही उसकी नियति है," नरेंद्र परेशान होते हुए बोले।

"पर ये बलि किसी निजी स्वार्थ के लिए नहीं है, बल्कि स्त्री समाज के कल्याण के लिए ही है। छोटे मालिक को इस तंत्र में सम्मिलित होना ही होगा। क्या उन मित्रों का उन पर कोई प्रभाव नहीं हुआ जो आपने भेजे थे उनके साथ विलायत?"

"प्रभाव! पता किया था हमने, अच्छा प्रभाव पड़ा है विनायक का उन लड़कों पर। सब के सब शिष्य हो गए उसके, कोई विलायती शौक नहीं, कोई व्यसन नहीं, कोई दुराचार नहीं। तामसी प्रवृत्ति का कोई चिह्न भी नहीं आ पाया है विनायक में, वो इस तंत्र के योग्य नहीं है।"

"लेकिन फिर छोटी मालकिन को कौन तैयार करेगा आहुति के लिए?"

"अगर आहुति स्वेच्छा से न मिले तो बल का प्रयोग करना होगा, बल नहीं काम आया तो छल से कार्य सिद्धि करनी होगी।"

"मतलब, जिस तरह छोटे मालिक की अनुपस्थिति में रानी साहिबा की आहुति हुई थी, उसी तरह छोटी मालकिन की भी..."

"वो दिन कभी नहीं आएगा," क्रोध के ताप से तमतमाते हुए विनायक जी ने कहा।

उन्हें इस तरह अचानक आया देखकर नरेंद्र और मानिक दोनों सकपका गए।

"विनायक, बेटा... मेरी बात सुनो, हम सब..."

"बस पिताजी बस! आप एक पिता नहीं हैं, एक पति नहीं हैं, आप बस एक तांत्रिक हैं। और ये मानिक आपका शिष्य है, इसी तंत्र की बलि चढ़ाया था न आपने मेरी माँ को?" दहाड़ते हुए सिंह सा विनायक अपने पिता के सामने आ

खड़ा हुआ था। जाने कितने संयम का जोर लगा रखा था उसने जो उसके हाथ अब भी उसके काबू में थे।

"यही परम्परा है बड़े घराने की। पुत्र प्राप्ति के बाद बड़े घराने की हर बहू को अपने जीवन और मृत्यु की आहुति देनी ही होती है, ये अनिवार्य है," नरेंद्र जी ने भी क्रोध का आकंठ पान कर रखा था।

"लेकिन क्यों? किस ने अधिकार दिया आपको निर्दोषों की हत्या का? हत्यारे हैं आप मेरी माँ के! इस ढोंग की बलि नहीं चढ़ने दूँगा मैं पद्मा को, न अपने अबोध बालक के बचपन को।"

"हत्यारा हूँ तो हूँ विनायक, तुम्हें क्या लगता है मुझे मेरी पत्नी से प्रेम नहीं था? तुम्हें आठ वर्षों तक अपनी माँ की गोद मिली, मैं दस महीने के आयु में अपनी माँ को खो चुका था। ढोंग कहते हो तुम इस परम्परा को? देखो इस कुंड को, जगत की अनगिनत पीड़ित स्त्री समाज की आत्माओं का दर्द और प्रतिशोध है इसमें। हमारे घराने को इन आत्माओं के उद्धार का वरदान मिला है, इन सभी पीड़ित आत्माओं को देवी का दर्जा मिलेगा हमारे इस अनुष्ठान के पूर्ण होने पर, और इसके लिए बलिदान अनिवार्य है। अगर अपने देश और समाज के लिए बलिदान करने वाला हत्यारा होता है तो हूँ मैं हत्यारा।"

"इस पाखंड से किसी आत्मा का कोई भला नहीं हो सकता पिताजी, भला एक स्त्री का जीवन बर्बाद करके उसे उसके पति, बच्चे और परिवार से दूर करके मौत देने से किसका भला हो सकता है? साथ में इन अनगिनत आत्माओं को पीड़ा और बदले के बन्धन में बांध देने से इनका उद्धार नहीं हो सकता। ये सभी आत्माएं स्वयं सिद्ध ॐ कार स्वरूपी भगवान हैं, इन्हें देवी का दर्जा पाने के लिए पीड़ा सहने की कोई आवश्यकता नहीं।"

"पीड़ा से ही नव सृजन होता है विनायक। स्त्री समाज के साथ सदैव अन्याय होता आया है, अपराध होते आये हैं, कुदरत के आशीर्वाद और हमारे घराने की बहू, स्वर्गीय श्री नागेंद्र सिंह राठौड़ की पत्नी जगदम्बा देवी के प्रथम बलिदान से हमारे घराने को सदैव पुत्र प्राप्ति का वरदान मिला है और वरदान मिला है दुनिया की सभी स्त्रियों के उद्धार का, जिनके साथ कोई न कोई अन्याय हुआ है पुरुष समाज के द्वारा। हमारे घराने के पुरुषों को ये काली विद्या और तंत्र की सहायता से इस घराने की वधुओं का बलिदान देना ही पड़ता है, क्योंकि सम्पूर्ण विश्व के

स्त्री समाज के उद्धार करने का वरदान मिला है। यही हमारा कर्तव्य भी है और दायित्व भी, तुम्हारी इन शास्त्र की बातों से किसी का उद्धार नहीं हो सकता।"

"आप या मैं किसी का उद्धार नहीं कर सकते, स्त्री समाज के साथ अन्याय होता आया है क्योंकि उन्होंने अपने आपको इंसान नहीं बल्कि स्त्री ही समझ रखा है जिसकी नियति ही है पुरुष की आश्रिता बनकर जीना। जब तक स्त्री समाज खुद को इस मानसिकता से मुक्त नहीं कर लेता तब तक कोई उनका उद्धार नहीं कर सकता। उन्हें समझना होगा कि वे भी पुरुष की ही तरह इंसान हैं, उनके अंदर भी भगवान आत्मा विराजमान है, और सभी आत्माएं बराबर हैं।"

इस बार मानिक बोला, "आत्माएं बराबर होती हैं छोटे मालिक, चौरासी लाख योनियाँ बराबर नहीं होतीं। हर छोटी और कमजोर प्रजाति सदैव से बड़ी और बलशाली प्रजाति के भोजन और भोग का साधन बनती रही है, जिन सूक्ष्म जीवों की आप परवाह करते हो, अरे इनका तो जन्म ही मरने के लिए होता है। जानवरों का माँस खाना कोई पाप नहीं है, बल्कि ये तो खाद्य श्रृंखला है। इनकी नियति यही है कि ये मानव के हित के लिए जियें और मरें, उसी प्रकार स्त्री की नियति ही बलिदान है, वो पुरुष की बराबरी नहीं कर सकती। अगर उसके साथ अन्याय या अपराध हुआ है तो उसे न्याय भी पुरुष ही दिला सकता है, हम सब भी वही कर रहे हैं। आपको भी अब समझ जाना चाहिए और छोटी मालकिन को भी समझा देना चाहिए।"

विनायक ने कहा, "मूर्ख हो तुम, और मूर्ख है वह समाज जो अपने स्वार्थ सिद्धि के लिए ऐसी परिभाषाएं गढ़ता है। सत्य तो इससे बिल्कुल अलग है, जीव अपने उत्तम भावों और कर्मों से मनुष्य योनि पाता है जहाँ उसे धर्म और तपस्या के उत्तम साधन और शरीर मिलता है। अन्य पशु, पक्षी, जानवर, सभी मानव के अनुगामी हैं, मनुष्य योनि का कर्तव्य है कि इन जीवों के प्रति दया के भाव रखे, उन्हें धर्मोपदेश दे, उनका पालन करे, बदले में ये सब भी मनुष्य को क्या कुछ नहीं देते। हम सब इसी प्रकृति का हिस्सा हैं।

लेकिन उन्हें कमजोर समझ कर उनपे अत्याचार करना, उन्हें अपने समान आत्मा स्वीकार करने की जगह अपने भोजन और भोग का साधन मानना अपराध है, और इसका दंड प्रकृति में मिलता है। ऐसे मनुष्य को भी उन्हीं गतियों में जाकर

जन्म लेकर वे सब दुख सहने होते हैं जो उसने उन जीवों को अपने मनुष्य रूप में दिए थे। स्त्री भी मनुष्य योनि की जीव है और पुरुष भी, आत्माएं समान हैं, शक्तियाँ समान हैं। शरीर अलग हैं क्योंकि उसे उसके कर्मों के फल स्वरूप जननी बनने का महान उत्तर दायित्व प्राप्त हुआ है, इसलिए इस अन्तर को अपनी हीनता समझता है पुरुष, और उसका अहंकार आजीवन स्त्री को अपनी आश्रिता बनाकर रखना चाहता है। उसके प्रेम और त्याग से उसे देवी पद की लालसा दिखाता है ताकि उसके इंसानी ख़्वाब को उसी देवी की मूर्ति के नीचे दफ़ना सके। ये है सत्य..."

यह सुनकर नरेंद्र बोले, "मैं तुम्हारी बातें समझता हूँ, लेकिन मेरे लिए ये बातें किसी और जन्म में मान्य होंगी, अभी तो राधौगढ़ के बड़े घराने की परंपरा का निर्वहन ही मेरे लिए सबसे ज्यादा जरूरी है, मेरी माँ से भी ज्यादा, मेरी पत्नी से भी ज्यादा, मेरी पुत्रवधू से भी ज्यादा और तुम्हारी आध्यात्मिक ज्ञान की बातों से भी ज्यादा। सबसे ज्यादा जरूरी यही परम्परा है मेरे लिए। सिर्फ तीन आहुति और, नौवीं आहुति पूरी होते ही पांच पीढ़ियों से चली आ रही इस परंपरा का अनुष्ठान सम्पूर्ण होगा और पूरा होगा मेरा कर्तव्य।"

"अब भी मेरी बातों का आप पर कोई असर नहीं हो रहा तो ठीक है, मैं आज और अभी इस जगह से अपनी पत्नी और बेटे को लेकर चला जाऊँगा। जब आपको इन तंत्र, मंत्र और परंपराओं के जाल से मुक्ति मिले, अपने किये का जरा भी पश्चाताप हो तो आप भी मेरे साथ चल सकते हैं।"

विनायक उसी दिन अपनी पत्नी और बेटे को लेकर वहाँ से चला आया। विनायक ने निश्चय किया कि वो अपने बेटे को अपने जैसे ही सत्य के संस्कार देंगे ताकि वो कभी भी ऐसी किसी परम्परा पर विश्वास न करे। उन्हें लगा कि राधौगढ़ छोड़ देने पर वे सुरक्षित रहेंगे, लेकिन नरेन्द्र ने अपनी तांत्रिक माया से भ्रमजाल रचा, विनायक को बुलाकर दिखाया कि कुंड सूख चुका है, सभी आत्माएं आज़ाद हैं और वो तंत्र छोड़ चुका है। लेकिन जब विनायक अपनी पत्नी और बेटे को लेकर उस पैलेस में वापस आये तो अपना एक प्रेत सिद्ध करके नरेंद्र ने पद्मा देवी को मानसिक रूप से विक्षिप्त कर दिया। पद्मा देवी को हर जगह भूत-प्रेत और काले साये दिखा करते थे। विनायक सब कोशिशें करके हार गए लेकिन इस माया से पार नहीं पा सके। उनके सरल हृदय में पिता के इस तरह के माया और छल का विचार भी न आया और एक रात नरेंद्र ने बिजली के झटकों

से पद्मा देवी की जान ले ली और उन्हें पैलेस की छत से नीचे फेंक दिया, और मानिक की मदद से पद्मा की आहुति उस कुंड में दे दी।

विनायक को अपनी पत्नी की मृत देह भी न मिली, बहुत समय तक वो अपनी पत्नी की खोज करते रहे और नरेंद्र अपने पौत्र नायक को अपने जैसा बनाने का प्रयास करते रहे।

एक दिन जब अपनी पत्नी के कंगनों को हाथ में पकड़े हुए विनायक उनके शोक में डूबे हुए थे, तब एक आँसू की बूंद उन कंगनों पर पड़ी और उनकी पत्नी की मृत्यु का दृश्य उन्हें दिखाई दिया। सच मालूम चलते ही विनायक को अपने पिता और उस पैलेस से घृणा हो गई, अपने बेटे को साथ लेकर वे वहाँ से चले आये, और आगे ऐसा अन्याय न हो इसलिए बाकी के दो गहने भी अपनी पत्नी के कंगनों के साथ ले आये।

लौटकर कभी भी विनायक राधौगढ़ नहीं गए। वे हर तरह के ध्यान और तपस्या से कोशिश कर रहे थे कि अपनी पत्नी, माँ और हर स्त्री की पीड़ित आत्मा को उस पैलेस से आज़ाद करवा सकें लेकिन उन्हें कोई मार्ग नहीं मिल रहा था।

फिर भी उन्होंने धर्म का मार्ग नहीं छोड़ा। जब रामायणी उनके घर बहू बनके आई तो उन्हें लगा कि इस मनहूस परंपरा का अंत अब निश्चित ही है, इसलिए उन्होंने गहने रामायणी को दे दिए और स्वयं ॐकार के ध्यान से आत्मा की विशुद्धि बढ़ाने की तपस्या में लग गए। वे ज्यादातर समय शान्त और कम भीड़ भाड़ वाले मन्दिरों में ही रहा करते थे। उनका मानना था कि स्वयं की आत्मा ही सर्व शक्तिमान है, आनंद और सुख का स्रोत है। अपनी आत्मा की आराधना से ही उन्हें उस काले कुंड का तोड़ मिल सकता था और उन पीड़ित आत्माओं की शांति का मार्ग भी।

लेकिन कुछ ही समय बाद जब उन्हें पता चला कि नायक ने गोदभराई के दिन ही रामायणी को घर से अपमानित करके निकाल दिया है तो उन्होंने नायक से बात भी न की और तुरन्त ही रामायणी के मुँह बोले भाई मुकेश रावत से सम्पर्क किया, इस उम्मीद में कि शायद वो उसके साथ हो लेकिन मुकेश को उस समय इन सब के बारे में पता ही न था।

मुकेश ने आनन-फानन सब जगह ढूंढ़ा तो उन्हें एक स्वयंसेवी संस्था में रामायणी जी मिल गईं लेकिन फिर बहुत ढूंढ़ने पर भी विनायक(दद्दू) उन्हें न

मिले। सबके लिए वो भी लापता हो गए थे। पर असल में कहीं भी रामायणी के न मिलने पर विनायक दद्दू वापस राधौगढ़ पैलेस में आये थे। उन्हें शक था कि शायद उनके पिता ने मानिक के साथ मिलकर उनकी पुत्रवधू का अपहरण किया होगा।

"कहाँ है मेरी बेटी?" विनायक ने पूछा, उस समय उनकी आँखों में क्रोध और व्याकुलता चरम सीमा पे थी।

"बेटी? हाहाहा... हमारे घराने में बेटियाँ पैदा ही नहीं होती विनायक, फिर किस बेटी की बात कर रहे हो," नरेंद्र राठौड़ ने अपनी सफ़ेद दाढ़ी सहलाते हुए कहा।

"मैं अपने बेटे, नायक की पत्नी रामायणी की बात कर रहा हूँ। अभी इसी समय उसे मेरे सामने लेकर आइये, उसे आपके कुंड की बलि नहीं चढ़ने दूँगा मैं, चाहे आज मुझे आपकी ही बलि क्यों न देनी पड़े," तमतमाते हुए विनायक के चेहरे का तेज देखकर कइयों की जान लेने वाले नरेंद्र और मानिक दोनों तांत्रिक सहम गये।

वे तीनों उस समय पैलेस की तीसरी मंजिल के एक हॉल में थे जिसमें नरेंद्र कुछ अलग-अलग गहनों और तांत्रिक विधि का सामान लिए कुछ कर रहा था और मानिक उस समय कहीं से कुछ मादा जानवर लेकर आया था और ख़ंजर से उनके खून अलग-अलग मात्रा में अलग-अलग पात्रों में रख रहा था।

एक दासी से पूछकर विनायक सीधा उसी हॉल में चले आये थे। दरवाजा बंद था जो कि उनके पैर के आघात से खुल गया था या उनके क्रोध से, ये बता पाना कठिन था ।

"बेफिक्र रहो विनायक, अभी समय नहीं आया है आहुति का, जब पुत्र का जन्म हो जाएगा तो इसी ख़ंजर से उस देवी की आहुति दूँगा, उस काले कुंड में अपने हाथों से," उस ख़ंजर को मानिक से लेकर नरेंद्र ने विनायक को दिखाते हुए कहा।

ऐसी कुत्सित बात को सुनकर विनायक से रहा न गया। उन्होंने पलक झपकते ही वो ख़ंजर नरेंद्र के हाथों से छीन लिया और अगले ही पल... वो ख़ंजर नरेंद्र के सीने के आर-पार हो चुका था। ख़ंजर विनायक के हाथों में था और विनायक का हाथ मानिक के हाथ में था, दरअसल विनायक के हाथ मे ख़ंजर लेते ही मानिक ने उसका हाथ पकड़ कर वो ख़ंजर नरेंद्र के सीने में घोंप दिया था। विनायक सदमे से जड़वत हो गया।

पलक झपकते ही नरेंद्र का शरीर हवा में विलीन हो गया।

"माया है माया, मानिक की माया!"

शैतानी हँसी हँसते हुए मानिक ने मौके का फ़ायदा उठाया और विनायक के पेट में दाईं तरफ़ पूरा ख़ंजर उतार दिया। विनायक तड़पते हुए जमीन पर गिर पड़े।

उनकी आँखों में रक्त उतर आया था। धिक्कारते हुए उन्होंने मानिक से कहा, "अपने गुरु की...हत्या कैसे...कैसे कर सकते हो तुम...तुम विश्वास...घाती हो!"

उस तांत्रिक का शैतानी अट्टहास उस बड़े से हॉल में गूँज रहा था, "ये मेरे गुरु हैं, लेकिन इनकी तो मृत्यु सात महीने पहले ही हो चुकी है! ये तो भरम था, ये पूरा कमरा मेरे भ्रमजाल से कैद है। यहाँ क्या होता है, कोई मनुष्य तो क्या, कोई आत्मा भी नहीं जान सकती।"

"मेरी बहू कहाँ है...छोड़ दो उसे।"

"हाहाहा... वो तो खुद अपनी मौत को अपने पेट में पाल रही है विनायक, नहीं बचा सकते तुम उसे।"

"ये... ये क्या कह रहे हो तुम?"

"उसकी कोख में तुम्हारा पिता है, मेरा गुरु है, वो शैतान है, जिसने ये परम्परा श्राप रूप में दी है तुम्हारे खानदान को, जिसे भुगत रही है तुम्हारी हर पीढ़ी।"

"कौ...कौन है...तुम्हा...रा गुरु?"

"महा तांत्रिक तमस! जानते हो तुम्हारी पुत्रवधू किसे जन्म देने वाली है... महा तांत्रिक तमस को। हाहाहा...क्या हुआ और जानना चाहते हो? तो सुनो, मेरे गुरु ने जब पहली आहुति दी थी तभी संकल्प लिया था कि जब भी तुम्हारे घराने में कोई सद्पुरुष जन्म लेगा और इस तंत्र को रोकना चाहेगा तो आहुति देने वो खुद आयेंगे तुम्हारे खानदान में। अब इस तंत्र को पूरा होने से कोई नहीं रोक सकता, अपनी माँ और पत्नी की आहुति इस बार भी वो खुद देंगे और इस तंत्र को पूरा करके विश्व के सबसे शक्तिशाली तांत्रिक बन जायेंगे, और अनन्त काल के लिए पीड़ा के अनन्त सागर में डूब जायेंगी ये सभी आत्माएं और साथ ही इस घराने की हर वधू की आत्मा जलती रहेगी पीड़ा और प्रतिशोध की अग्नि में, यही नियति है इनकी, यही औकात है इन सबकी। क्या हुआ तुम मरे नहीं अभी तक?"

विनायक के शरीर का रक्त वेग से बह रहा था। उनमें न उठने की शक्ति रह गई थी और न बोलने की, उनके अंतिम शब्द उनके गले से नहीं उनकी आत्मा से प्रस्फुटित हुए, "मैं संकल्प करता हूँ, प्रतिशोध का ये तंत्र कभी पूरा नहीं होगा...आध्यात्म और धर्म से इस प्रतिशोध को जरूर समाप्ति मिलेगी... ॐ...ॐ...ॐ..."

"वो जड़ हो गया है, उसे समझाइये, कुछ करिए नायक! मेरा बच्चा कुछ बोल ही नहीं रहा। कबसे कोशिश कर रहे हैं, वो तो हिल भी नहीं रहा," रामायणी रोते हुए नायक से कह रही थीं।

ऊर्जा चक्र विलीन होते ही सभी नम आँखों के साथ दद्दू के जीवन से वापस आ गए थे। सबसे अधिक विचलित राहुल था, तत्काल ही घेरे से उठकर एक कोने में आकर बैठ गया वो, दोनों घुटनों में अपना सिर छिपा के बहुत देर तक बैठा रहा। सबने बहुत कोशिश की लेकिन कोई भी उसे हिला तक न सका। बची हुई रात भी निकल गई। सुबह के सूर्य ने जीवन का जयघोष किया और अंधकार मृत्यु को अपने साथ लेकर चला गया। सब उस केबिन में बैठे राहुल में किसी एक हलचल का इंतजार कर रहे थे।

नायक जी तभी डॉक्टर को बुलाना चाहते थे पर दयान ने कहा कि उसे समय देना चाहिए अपना सत्य स्वीकार करने के लिए, उसकी पीड़ा से उसे ही पार निकलना होगा ।

सुबह होने के थोड़ी ही देर बाद राहुल ने अपना सिर उठाया और पास बैठी रामायणी की गोद में सिर रख कर सुबकने लगा। उसकी सिसकियों से पूरा पैलेस करुणा में डूबा जा रहा था।

रामायणी जी उसे समझाती जा रही थीं कि व्यक्ति के अतीत के कर्मों को बदला नहीं जा सकता, बस वर्तमान के भावों को संभाल कर भविष्य में होने वाले कर्मों को सही दिशा दी जा सकती है।

"कमजोर मत पड़िये राहुल। आपने ये सब शुरू किया है, आप खत्म भी कर सकते हैं," स्नेहा ने कहा।

"मैं कुछ नहीं कर सकता, हाँ, मैं कुछ नहीं कर सकता," राहुल ने कहा।

सब स्तब्ध हो गए।

"जब इस सबकी शुरुआत हुई तब भी मैं एक जरिया था, आज भी मैं बस एक जरिया हूँ," राहुल ने सबकी ओर देखते हुए कहा।

"पहेलियाँ मत बुझाओ राहुल...साफ़-साफ़ कहो, वक्त बहुत कम है," दयान ने उसके पास आकर उसका हाथ पकड़ते हुए कहा।

"वो तांत्रिक सच कह रहा था। मैं ही वो पापी हूँ, जिसने ये सब शुरू किया। जानती हो स्नेहा तुम दयान की माई से बातें कर पाई थीं क्योंकि तुम उनकी स्मृति में गई थीं, तुमने रानी साहिबा से बात की क्योंकि उस कमरे में तुम तस्वीर के जरिये उनसे जुड़ गई थीं, तुम मेरी दादी पद्मा देवी से भी बात कर सकती थीं क्योंकि तुम उस काले नग के जरिये उनकी स्मृति में गई थीं। हम सिर्फ उसी से बात कर सकते हैं जिसकी स्मृति में जाते हैं उसकी मृत्यु और जीवन देखते हैं, मैं किसी से बात नहीं कर सका क्योंकि वो मेरी ही स्मृति थी," राहुल ने कहा तो सब आश्चर्य से उसे देखने लगे।

"हाँ, उस रात मुझे किसी ने डराया नहीं था, बल्कि मैं खुद अपने पिछले जन्म की स्मृति में था। जिन्हें मेरे प्रतिशोध और झूठे अहंकार की वजह से कष्ट मिले, वही सब मुझे दिख रहे थे और मैं उस दर्द को खुद महसूस करके रो रहा था। मैं ही हूँ वो पापी तमस जिसने ये सब शुरू किया।"

नव्यम ने डरते हुए पूछा, "तो क्या अब आपको सब याद आ गया है? अब आप फिर से..."

सबने घूरकर नव्यम को देखा तो वो चुप हो गया।

राहुल मुस्कुराते हुए अपने आँसू पोंछकर खड़ा हुआ और नव्यम के पास आकर उसे गले लगाते हुए बोला, "नहीं भाई, अब मैं अपने दद्दू का राहुल हूँ। अब जो मेरी वजह से शुरू हुआ था, वो मेरी ही वजह से खत्म भी होगा। उन सभी आत्माओं की सोच को उन्हें खुद बदलना होगा, तभी वो खुद को मुक्त कर पाएंगी।"

"तो तुम्हें उन सबको बुलाकर सच बताना चाहिए न राहुल, तभी वो आज़ाद होंगी," नीति ने कहा।

राहुल बोला, "नहीं नीति माँ, मैं नहीं बता सकता। मैं बताऊँगा भी तो उन्हें मेरी ये महानता लगेगी। उनका सच उन्हें उनके जैसे को ही बताना होगा—स्नेहा,

रामायणी माँ और आपको, आप तीनों को सच का आईना दिखाना होगा उन्हें, तभी मेरा प्रायश्चित हो सकेगा।"

"पर तुम्हारा जन्म तो आखिरी आहुति देने के लिए हुआ है, मैं अब तुमपे भरोसा कैसे करूँ? हो सकता है ये भी कोई छल हो तुम्हारा," दयान एकाएक बोला।

"नहीं, मेरी आत्मा में सत्य के संस्कारों के बीज तभी पड़ चुके थे जब मेरे दद्दू ने मुझे समझाया था। जब मैं नरेंद्र सिंह राठौड़ था, और उस सत्य को सम्पूर्ण ॐ का आकार इस जन्म में मिला है, वो भी दद्दू की वजह से। उन्होंने आध्यात्म और धर्म के जरिये मेरी आत्मा का सच मुझे दिखाकर मेरी आत्मा का उद्धार किया है, मैं अब हर उस प्रतिशोध और अहंकार से आज़ाद हूँ। इसी धर्म और आध्यात्म के जरिये स्नेहा और मेरी दोनों माँएँ उन आत्माओं को सच दिखा सकती हैं।"

"कैसा प्रतिशोध? किस चीज़ का प्रतिशोध? क्या हुआ था जिसकी वजह से तुमने इतने बड़े तंत्र को जन्म देकर इतनी आत्माओं को कष्ट दिया?" दयान ने फिर सवाल किया।

"मुझे भी इस ऊर्जा चक्र से बाहर निकलने के बाद सब याद आया है। मैं इसी राधौगढ़ का एक तांत्रिक था जिसका नाम तमस था, नागेंद्र सिंह राठौड़ एक साधारण गृहस्थ था जिसका जीवन खेती से चलता था। उसी की पत्नी थी जगदम्बा देवी, उनकी दो पुत्रियाँ हुईं, पुत्र एक भी नहीं था, नागेंद्र मेरे पास आया कि मैं उसे आशीर्वाद दूँ पुत्र का। मैंने उससे कहा कि आशीर्वाद उसकी पत्नी को मिलेगा, वो अपनी पत्नी को लेकर आया, मैंने नागेंद्र को नशीली वस्तु प्रसाद में देकर सुला दिया और बन्द कमरे में विधि का ढोंग करके जगदम्बा देवी के साथ जबरदस्ती करने की कोशिश की, प्रलोभन दिए, हर तरह से प्रयास किया लेकिन वो नहीं मानीं। अपने चरित्र पर अडिग उस स्त्री को जब मैंने जबरन छूने की कोशिश की तो उसने मुझे एक जोरदार थप्पड़ मारा और मेरी जटाओं को घसीटते हुए पूरी बस्ती में घुमाया। सबको मेरे बारे में बताकर मेरी बेइज्जती कर दी, पर वाह रे समाज! इसका दोष भी उसी के मत्थे आया। लोग उसे ही ग़लत समझने लगे, उसका खुद का पति भी। मैंने चुपचाप अपने अपमान का बदला लेने के लिए लोगों को और भड़काना शुरू किया। सब उसे कुल्टा और अपशकुनी समझने लगे और एक दिन उसे चुड़ैल और डायन का तमगा पहनाकर

सबने उसकी झोपड़ी के पीछे एक पेड़ से बाँध कर जिंदा जला दिया। उसकी दोनों बेटियाँ भी उसी आग में उससे लिपटकर जल गईं। नागेंद्र अपनी पत्नी और बच्चियों को बचाने घर से बाहर भी नहीं आया, इसका फल ये हुआ कि उसके घराने में उस दिन से कभी किसी बेटी का जन्म ही नहीं हुआ।"

दयान बोला, "तो किस्सा यहीं क्यों खत्म नहीं हुआ, ये तंत्र क्यों जन्मा?"

राहुल ने जवाब दिया, "मेरे अंदर का पुरुष, जो समाज ने मेरे अंदर कूट-कूट कर भर रखा था, उसे ये सहन नहीं हो रहा था कि एक स्त्री ने मुझे मना कर दिया और मेरा अपमान भी किया, मैं उसकी आत्मा को मरने के बाद भी उसी आग में जलाना चाहता था। जब नागेंद्र ने दूसरी शादी की तब मैंने उससे कहा कि उसकी पत्नी पर जगदम्बा की आत्मा का बुरा साया है और उससे जगदम्बा का हार ले लिया जिसे वो पहना करती थी, और उसे शापित करके मैंने इस पैलेस में उसकी आत्मा का आह्वान किया। उसे छल से अपने वश में किया, उसे समझाया कि उसके पति ने उसे जलवाया है और मैं उसे न्याय दिलवाऊंगा। उसकी पीड़ा को कई गुना बढ़ा दिया था मैंने। ये महल उस समय खाली नहीं था, राजपरिवार यहीं रहा करता था, लेकिन अंग्रेजों का भी पूरा प्रकोप था राज्य पर, उस पर शैतानी गतिविधियों के भी शुरू हो जाने से उनका परिवार राधौगढ़ छोड़ कर ही चला गया, तब नागेंद्र को मैंने इस पैलेस पर कब्जा दिला दिया। किसी ने मेरा विरोध नहीं किया क्योंकि सब अंधविश्वासी थे। अंग्रेज अधिकारी से भी साँठ-गाँठ हो गई, अब मेरे अंदर बदले की ये भूख बढ़ने लगी, जब भी जगदम्बा की रूह को तड़पता देखता तो मुझे बहुत सुकून मिलता कि मैंने इसे इसकी औकात दिखा दी। अब मैं चाहता था कि इस घराने की हर ब्याहता का यही हाल हो, पूरे विश्व की हर स्त्री का यही हाल हो, इन्हें इनकी औकात में रहने को मजबूर कर दूँ मैं... और जो भी सिर उठाये उसकी आत्मा को अनन्त काल के लिए इस पीड़ा के गर्त में झोंक दूँ।

मैंने इस पैलेस में जमीन में चार मजिलें और बनवाईं, आख़िरी मंजिल में एक विशाल कुंड का निर्माण करवाया। मैंने उसी हार जैसे आठ गहने और बनवाये नागेंद्र से। धन और सत्ता के लालच में उसने भी मुझसे तंत्र विद्या सीखी, और एक बेटा होने के बाद अपनी पत्नी की हत्या कर दी। उसकी दूसरी पत्नी ने मुझे मरते वक्त श्राप दिया कि इसी घराने की किसी बहू की संतान मुझे मेरे किये का

दंड देगी। मैंने उसी वक्त एक तंत्र चक्र का निर्माण किया और संकल्प लिया कि इस घराने की नौ वधुओं की आहुति देकर अनन्त काल के लिए इनकी आत्माओं को पीड़ा के चक्र में बांध दूँगा और जब भी इस खानदान में कोई दिव्य आत्मा जन्म लेगी तो किसी न किसी पीढ़ी में जन्म लेकर सारी आहुतियाँ मैं खुद दूँगा।

मैंने आगे की दो पीढ़ियों की वधुओं की आहुति उसी तांत्रिक रूप में दी, फिर मेरी मृत्यु हुई और चौथी पीढ़ी में नरेंद्र बनकर मेरा जन्म हुआ। अपनी दादी के गहने देखकर मुझे मेरी पिछले जन्म की स्मृति आई और मैंने अपनी माँ की भी आहुति दी। तंत्र अब भी कमजोर था, आहुति देने के बाद महल के नीचे की चौथी मंजिल के कुंड में बलि के शरीर का काला रक्त पत्थर के रूप में जमा हो रहा था, लेकिन समय के साथ वो मिट्टी होता जा रहा था। उस काले रक्त को स्थायी रूप देने के लिए मैंने अपनी पत्नी मणिप्रभा को बहुत कष्ट दिए, वो सहती रही, अपनी नियति समझकर, रोती रही, उसकी ममता को भी मैंने बन्धनों में बांध रखा था। उसी कमरे में उसे रखा जहां से सीढ़ियाँ ऊपर जाती थीं, लेकिन उसे ऊपर जाने की इजाजत नहीं थी। सिर्फ एक बार वो ऊपर जाती थी ताकि अपनी नियति को अपने बेटे को भी समझा सके। वो भी यही समझती रही कि उसका ये बलिदान सम्पूर्ण स्त्री समाज के उद्धार के लिए है।

उसका पूरा जीवन ही पीड़ा का एक आँसू बन गया था। उसकी आहुति देकर उसके शरीर के काले रक्त ने सभी पत्थरों को स्थायी रूप दिया, एक काला जलाशय बन गया, और भी स्त्रियाँ जिनके साथ अन्याय होते थे, उनकी आत्माओं को भी मैंने इस चक्र में शामिल कर लिया ताकि ये और बलवान हो सके। बस विनाश की ही धुन, विनाश का ही नशा मेरे सिर पर सवार था, मैंने मानिक नाम का एक शिष्य भी बनाया, उसने मेरी बहुत मदद की...

मगर मैं अपने बेटे विनायक के ही विचारों से अंदर ही अंदर घुलता जा रहा था, पर अवचेतन मन के परिवर्तन इतनी जल्दी नहीं दिखते। मैं सब नजरअंदाज करके अपने तंत्र को मजबूत बनाता रहा, अपने बेटे की पत्नी को भी मैंने बलि चढ़ा दिया, और अपने संकल्प के अनुसार दुबारा जन्म लिया ताकि इस तंत्र को पूरा कर सकूँ।

पर अब तस्वीर अलग है, जिस झूठ के दम पर इस तंत्र का निर्माण हुआ उसे अब सामने आना होगा। इस तंत्र को खत्म करना होगा और ये उन आत्माओं के

ही द्वारा हो सकता है। वे खुद इस पीड़ा के गर्त में आई हैं, मैंने तो सिर्फ उन्हें भटकाया था, उन्हें बन्धन में रखना कभी मेरे वश में था ही नहीं। वे स्वयं के सच को नहीं जानती इसलिए बंधी हैं, उन्हें सच दिखाना होगा अब। बस आज ही की रात, सब करना होगा हमें।"

"क्या तुम्हारा सच जानकर उन आत्माओं की पीड़ा और नहीं बढ़ जाएगी? वो तुम्हें क्षमा नहीं कर पाएंगी बेटा," रामायणी जी बोलीं।

"जानता हूँ, लेकिन अपने प्रायश्चित के लिए मुझे उनका कोप स्वीकार है। मृत्यु भी मिलेगी तो भी मंजूर है, लेकिन सच को अब सामने लाना ही होगा, आज ही।"

"आज ही कैसे? हम हर एक आत्मा की स्मृति में जाकर उसे समझायें इतना वक्त नहीं है हमारे पास और सारी आत्माओं को एक साथ हम कैसे बुला सकते हैं? पूरे गहने भी नहीं हैं हमारे पास," स्नेहा ने पूछा।

"दद्दू से या मुझसे ये कार्य होना होता तो कब का हो चुका होता, एक स्त्री ही स्त्री को समझा सकती है और समझ सकती है। वैसे भी मेरा सच जानने के बाद मेरी बात तो शायद ही कोई आत्मा सुने, इसलिए आप तीनों को ही सब करना होगा, उनका आह्वान करना होगा एक साथ, उस कुंड के जरिये..." राहुल बोला।

"उस काले पानी के कुंड के जरिये...?" स्नेहा चौंकी।

"हाँ..." राहुल बोला।

"ये लीजिये बाबा, हार और ये बाकी के गहने," स्नेहा ने एक पोटली तांत्रिक मानिक को देते हुए कहा। वो तय समय के मुताबिक सुबह उस जंगल में मानिक को बाकी के गहने देने आई थी।

"मुझे पता था तुम जरूर मेरा साथ दोगी... उस राहुल के आने का कितना इंतजार किया मैंने, लेकिन उसके अंदर का तांत्रिक तमस तो मर ही गया है, पर कोई बात नहीं अब मानिक बनेगा महातांत्रिक... मैं करूँगा ये तंत्र पूरा," मानिक ने वो पोटली लेकर हँसते हुए कहा।

"पर बाबा, उसके लिए तो दो बलि और चाहिए, मेरी या मेरी दीदी की शादी तो उस घर में हुई ही नहीं है," स्नेहा ने तांत्रिक से कहा।

"हाँ, अब होगी भी नहीं, क्योंकि राहुल से तुम्हारी शादी करवाना रानी साहिबा की आत्मा को नाराज करना है, और इससे पूरा तंत्र नष्ट हो सकता है। कल्पना की भी शादी नहीं हो सकती क्योंकि उसे और बाकी सब को उस दयान ने भ्रम जाल की मदद से बाहर भेज दिया है, है ना!" मानिक ने कुटिल मुस्कुराहट के साथ कहा।

स्नेहा दो पलों के लिए स्तब्ध रह गई फिर दुनिया भर का आश्चर्य अपने चेहरे पर बिखेर कर बोली, "आपको कैसे पता? वाह बाबा, आप तो अंतर्यामी हैं! आप ही उस राहुल से मेरा बदला लेने में मेरी मदद कर सकते हैं। मुझे आपके चरणों की धूल लेने दीजिये बाबा," कहकर वो बाबा के पैर छूने के लिए झुकी।

"हाहाहा... अरे तुम देखती जाओ, ये बूढ़ा तांत्रिक इस तंत्र के पूरा होते ही अनन्त शक्तियों का स्वामी हो जाएगा और वो भ्रमजाल की अवधि तो तीन पहर पहले ही समाप्त हो चुकी है।"

"ओह! तब तो आपको ये भी पता होगा कि उन सब लोगों ने दद्दू..."

"उन सब लोगों ने नहीं, तुम सब लोगों ने... तुम सब लोगों ने देखा था उस विनायक का जीवन, है न!" मानिक ने उसी कुटिलता के साथ पूछा।

"हाँ, वो मैं भी थी साथ, मैं नहीं साथ आती तो उन लोगों को मुझपे शक हो जाता न इसलिए," स्नेहा ने सहज दिखते हुए कहा।

"ओह्ह! कोई बात नहीं, वे लोग न पहले कुछ कर पाए न अब कुछ कर सकते हैं। सारे गहने मेरे पास हैं और मेरी दोनों आहुति भी। रामायणी और नीति दोनों ही उस घर की बहू हैं, बस इंतजार आज रात का है।"

"पर वो सब लोग वहीं हैं, नायक अंकल, दयान, नव्यम, राहुल इन सबके रहते विधि कैसे होगी?"

"हाहाहा... तुझे अभी कुछ नहीं पता है लड़की! अरे आहुति की रात वो महल खुद पिशाच बन जाता है, और ये तो आखिरी आहुति है...सारी आत्माएं अपने क्रोध और प्रतिशोध की आग में पूरी तरह जल रही होंगी। संसार की सारी काली शक्तियाँ इस महा तंत्र की साक्षी बनने आएंगी। इतने भयावह वातावरण में उनमें से कोई जीवित ही नहीं बचेगा, मौत के तांडव में कोई न कोई शक्ति उन्हें अपने क्रोध का ग्रास बना ही लेगी। हम आराम से उस कुंड में दोनों आहुतियाँ देंगे, और

तुम्हारा भी बलिदान किया जाएगा और तुम्हें अपना बदला लेने के लिए क्या करना है ये तुम अच्छी तरह जानती हो।"

"जी बाबा, जैसा आपने बताया था, मैं वैसा ही करूँगी। आप फिक्र मत करिए, बस ऐसा कुछ कर दीजिए कि वो लोग दिन में कहीं भाग न जाएँ।"

"अब तो उनका महल से निकलना ही असम्भव है। उनका भ्रमजाल खत्म हो चुका है और ऊर्जाचक्र दुबारा बना सकने की सकारात्मक शक्ति अब उनके अंदर बचेगी ही नहीं क्योंकि इन गहनों के मिलने के बाद मैं उन सबको बेहोश कर दूँगा, उन्हें होश अब सिर्फ आहुति के वक्त आएगा।"

"माफ़ करना बाबा, रात को मेरी भी आहुति चढ़ जाएगी, पर उससे पहले मैं जानना चाहती हूँ कि ये तंत्र इन आत्माओं को न्याय कैसे दिला पायेगा?"

"उस काले रक्त के कुंड में आखिरी आहुति का काला रक्त मिलते ही सभी आत्माएं राठौड़ घराने की बहुओं की आत्माओं के साथ अनन्त शक्तियों को प्राप्त करके उन सबका नाश करेंगी जिन्होंने उनके साथ अन्याय किये हैं। और कुछ जानना है?"

"जी बाबा, आपको शक्तियाँ कैसे मिलेंगी?"

"जो पुरुष इतनी स्त्रियों की आत्माओं का उद्धार करेगा, उसे तो सहज ही शक्ति प्राप्त होगी। अब जाओ और जाकर उन दोनों को आहुति के लिए मनाओ। अगर उनके अंदर भी तुम्हारी तरह एक औरत जिंदा होगी तो वो भी इस महान तंत्र का हिस्सा बनने को तैयार हो जाएंगी वरना हमें फिर मजबूरन बल का ही प्रयोग करना होगा।"

स्नेहा जी बाबा कहकर वहां से निकल आई।

सबको लगा था कि उस तांत्रिक की योजना स्नेहा से पता करवाके वो सब उसका तोड़ निकाल लेंगे लेकिन गहने मिलते ही सब उल्टा हो गया था। नायक, नव्यम, दयान और राहुल चारों ही बगल के कमरे में बेहोश पड़े थे।

"जब तक इन सबको होश नहीं आता, तब तक हम कुछ नहीं कर सकते, और जब तक इन्हें होश आएगा तब तक हम सब भी भूत बन चुके होंगे," नीति ने रोते हुए कहा।

"कुछ न कुछ रास्ता जरूर निकलेगा नीति, शांत हो जाओ। सबको होश आ जाएगा जल्द ही, मेरा मन कहता है राहुल के दद्दू जरूर आएंगे सब कुछ ठीक करने," नीति को समझाते हुए रामायणी ने कहा।

"आखिर कब आएंगे दद्दू, शाम तो हो चुकी है, रात होने ही वाली है। अब कब आएंगे दद्दू, जब सब खत्म हो चुका होगा?" नीति क्रोध में बोलीं।

"अब हम किसी का इंतजार नहीं कर सकते...लड़ाई हमारी है, हमें ही लड़नी है। किसी और का इंतजार क्यों करना अब, अगर अब देर की तो बहुत देर हो जाएगी," स्नेहा ने मुड़ते हुए कहा।

नीति बोलीं, "पर हम अकेले कैसे लड़ पाएंगे बेटा उस तांत्रिक से, वो तो बहुत शक्तिशाली है।"

"उसके पास अगर काली विद्या की शक्ति है तो हमारे पास सत्य स्वरूपी ॐकार की शक्ति है। हम हार नहीं सकते, चलो स्नेहा, अब इंतजार बहुत हुआ। हमें खुद ही नीचे की मंजिलों में जाकर उन आत्माओं का आह्वान करके उनसे बात करनी होगी," रामायणी जी ने कहा।

स्नेहा ने आगे बढ़कर कमरे का दरवाजा खोल दिया और जो उसने बाहर देखा वो देख कर उसका शरीर ठंडा पड़ गया, दरवाजा बंद करने तक की भी शक्ति नहीं रह गई उसमें।

स्नेहा को तुरन्त पीछे खींचकर रामायणी ने दरवाजा बंद कर दिया।

"क्या हुआ रमा, क्या है बाहर, क्या हुआ स्नेहा को?" हड़बड़ाई सी नीति ने दरवाजे के पास आते हुए कहा।

"ये सब क्या है माँ! इतने... इतने सारे, क्या हैं वो, वो..." स्नेहा ने डरते हुए कहा।

"पता नहीं, शायद आहुति की रात यहाँ और भी बुरी शक्तियां आती हों, इसीलिए ये सब आये हों और पूरे पैलेस में भटक रहे हों," रामायणी ने उसके हाथ मलते हुए कहा।

नीति को कुछ समझ नहीं आया, उसने हल्के से दरवाजा खोलकर उसमें से बाहर झाँका तो कई सारे काले साये उस गलियारे में घूम रहे थे और तभी एक साये ने मुड़कर नीति की तरफ़ देखा। उसके धुएँ जैसे चेहरे की बिल्कुल सफ़ेद आँखों ने नीति को घूरा तो नीति ने झट से दरवाजा बंद करके मुँह फेर लिया।

"रमा, अगर इन काली आत्माओं ने हमें मार डाला तो! या फिर वो बगल के कमरे में चली गईं तो! वो सब तो बेहोश पड़े हैं..." नीति ने रामायणी के पास आकर कहा।

"टक, टक....." दरवाजे पे किसी चीज के टकराने की हल्की सी आवाज़ हुई और तीनों सहम कर एक दूसरे के नजदीक आ गईं।

"आआहो... उच्छ खड़ नादि," एक फुसफुसाती सी आवाज़ दरवाजे के उस पार से आई जिसके शब्द एकदम मनहूस थे जैसे किसी कब्र में कोई बड़बड़ा रहा हो।

दरवाजे के दोनों हैंडल टूट कर जमीन पर गिर पड़े।

एक गोलाकर चीज़ काले कपड़े से ढकी हुई उस दरवाजे के आर-पार निकल आई, वे तीनों कई कदम पीछे हो गईं। वो गोल चीज़ पूरी तरह तीन बार घूम गई। फ़र्श पर कुछ पानी सा टपका और वो काला कपड़ा उस पर से हटकर हवा हो गया और जो सामने आया उसे देखकर उन तीनों की दिल दहला देने वाली चीख़ निकल गई।

सामने एक बेहद डरावना चेहरा था जैसे किसी मुर्दे का हो। उसके कटे फटे चेहरे से हरे रंग का द्रव बह रहा था। उसकी आँखें खाली थीं, उसका माथा कटा हुआ था जिसमें से काला लाल रक्त बूँद-बूँद करके कमरे के फ़र्श पर टपक रहा था। उन तीनों को देखकर उस चेहरे ने अपने मुँह से एक लंबी काली ज़ुबान बाहर निकाल कर अपने होंठों पर फेरी और उस जुबान को उन तीनों पर फेंक कर उन्हें उसमें जकड़ लिया।

उस काली बदबूदार जीभ की जकड़ से उन तीनों की साँस घुटने लगी और जगह-जगह शरीर पर घाव भी हो गये। वो उस जीभ से उस मुँह में जातीं, तभी भड़ाक से कमरे का दरवाजा खुला और एक मन्त्र पढ़ते हुए मानिक ने एक ख़ंजर उस जीभ पर चला दिया।

वो काला चेहरा अब फिर से काले कपड़े में था, उसकी जीभ से वो तीनों आज़ाद होकर एक तरफ़ खड़ी हो गईं। उनके शरीर पे हुए घावों से खून के साथ-साथ खौफ़ भी बह रहा था।

"तुम सबकी दावत ऊपर की मंजिलों पर है, वहाँ जाओ, बहुत कुछ लज़ीज़ है वहाँ, ये तीनों आज की आहुति हैं और अंतिम आहुति हैं। इनके रक्त का स्वाद तुम नहीं ले सकते, जाओ," मानिक ने गरजते हुए कहा।

वो चेहरा भी काला साया बनकर बाकी सब सायों के साथ शामिल हो गया।

"डरने की जरूरत नहीं है, ये शैतानी ताकतें हैं, हर आहुति पर आती हैं। आज तो अंतिम आहुति है इसलिए बहुत सारी ऐसी शक्तियाँ देखने को मिलेंगी, पर तुम लोगों का ये कुछ नहीं कर सकतीं। अब आओ मेरे साथ, आहुति की विधि आरम्भ करनी है, तुम दोनों तैयार तो हो न?" मानिक ने अपने ख़ंजर पर लगे काले लाल रक्त को अपनी सफ़ेद हुई दाढ़ी से पोंछते हुए कहा।

रामायणी और नीति दोनों ने हाँ में सिर हिला दिया और तांत्रिक का इशारा पाकर तीनों उसके पीछे चल दीं।

गलियारे से लेकर हॉल और नीचे केबिन तक के कमरे में वो साये उन्हें ऊपर जाते हुए दिख रहे थे।

सीढ़ियाँ उतरते हुए नीति ने बड़ी हिम्मत करके तांत्रिक से पूछा, "ये भूत हमारे बच्चों, दयान और हमारे पति को तो कुछ नहीं करेंगे न बाबा?"

मानिक ने एक शैतानी हँसी हँसते हुए कहा, "प्रेत, आत्माएं, पिशाच, भूत, चुड़ैल, डाकिनी, पिशाचिनी, माया, विद्या, डायन, अर्द्ध मुर्दे, असुर, तंत्र, श्राप—कोई भी काली शक्ति हो, एक सोते हुए मानव पर अपना असर नहीं कर सकती। फिक्र मत करो, वो सब तभी मरेंगे जब होश में आयेंगे, हाहाहा..."

नीचे के कमरे में उतर कर उन तीनों ने देखा कि रानी साहिबा वहीं खड़ी थीं, नीति और रामायणी को देखकर वे मुस्करा दीं। उनका चेहरा आँसुओं से भीगा हुआ था, कमरे में से उन तीनों के बाहर निकलते ही वो भी उनके पीछे ही चलने लगीं। हर कमरे से एक-एक करके सभी आत्माएं उनके पीछे चली आ रही थीं।

वे तीनों गौर से एक-एक को उस कमरे से निकलते हुए देखती जा रही थीं, किसी कमरे से बिल्कुल जली हुई कोई स्त्री निकल रही थी तो कोई तेजाब से गली हुई थी। किसी के शरीर पर अनगिनत घाव थे, किसी का शरीर बिजली के करंट से काला पड़ चुका था; किसी का गला कटा हुआ था, तो किसी के सीने में ख़ंजर घोंपा हुआ था; किसी के लंबे घूँघट में कुछ दिखता ही न था, बस रक्त से उस घूँघट का रंग लाल हुआ जाता था।

चौथी मंजिल तक आते-आते स्नेहा, रामायणी और नीति के अंदर खौफ़ की जगह दर्द और सहानुभूति ने ले ली थी। उनकी आँखों से क्रोध और पीड़ा के आँसू

बहे जा रहे थे और उनके पीछे राठौड़ घराने की छह पीढ़ियों की सात बहुओं के साथ-साथ और भी अनगिनत आत्माएँ इकट्ठा हो चुकी थीं और उन सबके आगे चल रहा था तांत्रिक मानिक, जो अब उन सभी की पीड़ा को अपने छल से अनन्त पीड़ा में बदलने वाला था।

"कबसे सोया पड़ा हूँ मैं! मैं सोया कैसे! ये क्या... ये रात कैसे हो गई? भाई... पापा... दयान...अरे कोई तो उठो! रात हो गई और हम सब सोए पड़े हैं यहाँ, उठो भाई..."

एकदम होश में आया नव्यम हड़बड़ाते हुए बाकी सबको होश में लाने की कोशिश कर रहा था।

धीरे-धीरे सभी होश में आ गए थे।

"माँ कहाँ हैं नव्यम? स्नेहा कहाँ हैं? हम सब बेहोश कैसे हो गए? चलो जल्दी यहाँ से," राहुल ने सबसे कहा और दरवाजा खोल दिया।

दरवाजा खुलते ही उसके प्राण उसके गले में आकर सूख गए। बाकी तीनों ने भी वो भयानक नजारा देखा।

दयान ने झट से दरवाजे को बंद कर लिया।

"ये सब क्या है...?" राहुल ने सदमे से कहा।

"ये सब वो हैं जिनका हम भोजन बनने वाले हैं," दयान ने मरी हुई आवाज़ में कहा।

"क्या? इन सबने माँ और स्नेहा के साथ तो कुछ..." राहुल ने डरते हुए कहा, इस आशंका से नायक और नव्यम भी बुरी तरह हिल गए।

दयान बोला, "नहीं, वो आहुति हैं, उन्हें ये छू भी नहीं सकते लेकिन हम तो इस कमरे में भी सुरक्षित नहीं हैं। हम होश में आ गए हैं, कभी भी हमारी इंसानी गन्ध इन तक पहुँच जायेगी और हम बच नहीं पायेंगे।"

"फिर हम माँ और स्नेहा को कैसे बचाएंगे? हम तो उन आत्माओं का उद्धार करने निकले थे, अब अपनी आत्मा ही संकट में आ गई," कहकर नव्यम अपने दोनों हाथ अपने सिर पर रख कर जमीन पर बैठ गया।

नायक जी ने राहुल के पास आकर कहा, "इतना बड़ा महल है ये राहुल बेटा, तुम तो कबसे यहाँ हो, क्या यहाँ कोई मन्दिर नहीं देखा तुमने? अगर यहाँ

राजघराना रहता था तो कोई मन्दिर भी होना चाहिए, अगर यहाँ मन्दिर हो तो वहाँ हम सब सुरक्षित रह सकते हैं और तुम्हारी माँ और स्नेहा को भी ढूंढ़ कर वहाँ सुरक्षित कर सकते हैं।"

दयान ने बताया, "नहीं काका जी, अगर यहाँ कोई मन्दिर होता तो इतना बड़ा काला तंत्र स्थापित ही नहीं होता।"

"हाँ पापा, मेरी स्मृति के हिसाब से उस राजघराने के लोग अपने ईष्ट देवता की मूर्ति भी साथ ही ले गए थे," राहुल ने कहा।

"वो मूर्ति रखी कहाँ थी, वो जगह याद करो। जहाँ देवता की प्राण प्रतिष्ठा होती है वो स्थान भी पवित्र और सकारात्मक हो जाता है ऐसा तुम्हारे दद्दू कहते थे बेटा, याद करो कुछ..." नायक जी बोले।

"ऐसी तो कोई जगह मुझे याद नहीं पापा और अगर होगी भी तो अब तक इतने तंत्र-मंत्र और बुरी आत्माओं के प्रभाव से नकारात्मक हो चुकी होगी," राहुल ने जवाब दिया।

नव्यम अचानक से उठ खड़ा हुआ और बोला, "राहुल भैया, आपकी बीवी... वो रानी साहिबा, वो तो बहुत अच्छी थीं न तो वो कुछ पूजा-पाठ करती होंगी न, क्यों न उनके कमरे में ही चलें?"

"रानी साहिबा का कमरा..." राहुल को कुछ याद आया और उसके दिमाग़ में उम्मीदों के कई दीये जगमगा उठे।

"अगर रानी साहिबा के कमरे तक सही सलामत पहुँच जाएँ तो फिर उस कुंड तक पहुंचना आसान होगा। रानी साहिबा के कमरे में ये बुरी शक्तियाँ प्रवेश नहीं कर सकतीं," राहुल ने कहा।

"वो भी तो आत्मा ही हैं! जैसी ये, वैसी वो..." नव्यम ने निराशा से कहा।

"नहीं नव्यम, अपनी स्वयं की पीड़ा में जल रही वो आत्माएं आज तक किसी निर्दोष का अहित नहीं कर सकी हैं, वे आज भी पवित्र हैं। उन्हें छला जा रहा है, वे खुद बुरी नहीं हैं," नायक ने उसे उसे समझाते हुए कहा।

"मैं मन्त्र बोलता हुआ सबको साथ लेकर चलूँगा। मन्त्र के प्रभाव से उन्हें हम भी उनके जैसे प्रेत ही लगेंगे। वो हमें हानि नहीं पहुँचा सकते, लेकिन छू सकते हैं इसलिए डरना नहीं है," अपने माथे पर से पसीना पोंछते हुए दयान ने कहा तो नव्यम ने उसकी पीठ थपथपा दी।

आखिर में किसी तरह दयान के मन्त्रों के बल पर दूसरी मंजिल से उतर कर नीचे केबिन से होकर रानी साहिबा के कमरे तक पहुँचने की योजना बनाई गई और बड़ी हिम्मत करके जान जोखिम में लेकर नायक जी कमरे से बाहर निकले। चारों एक पंक्ति में एक-दूसरे का हाथ पकड़े चल रहे थे, अपने चारों ओर मौजूद काले सायों से बचकर चलते हुए चारों नीचे की मंजिल तक आ गए।

अजीब सी कँपकँपी, डर, बदबू, ठंड और जलन सब कुछ एक साथ झेलते हुए चारों केबिन तक आ पहुँचे।

रानी साहिबा के कमरे की सीढ़ियों का रास्ता खुला हुआ था। सीढ़ियों से उतरते हुए नव्यम ने राहुल का हाथ छोड़ दिया तो राहुल ने झुंझलाते हुए पीछे मुड़ कर कहा, "अब क्या हुआ...आ" और उसका मुँह खुला ही रह गया।

उसके पीछे खड़े साये ने रोती हुई आवाज़ में जवाब दिया, "इससे... आगे.... नहीं....जा... सकता..." और पीछे मुड़कर वापस चला गया।

"नव्यम कहीं रह गया पापा, मैं वापस जा रहा हूँ उसे लेने," राहुल ने मरी हुई आवाज़ में कहा तो नायक जी अपने आपको संभाल नहीं पाए। वे वापस सीढ़ियों पर चढ़ने लगे तो दयान ने उन्हें रोकते हुए कहा, "अब वो वहाँ नहीं मिलेगा, अब तक तो उन प्रेतों ने उसे..."

नायक जी वहीं जड़ हो गये। राहुल और दयान ने उन्हें हिम्मत दी और नव्यम को ढूँढ़ने वापस चल दिये।

"क्या मैं अपने बेटे के मोह में उस पाप को नहीं रोकूँगा जिसकी वजह से मेरे परिवार और न जाने किन-किन घरों की बेटियों और बहुओं की आत्माएं मर कर भी मरने की पीड़ा भुगत रही हैं... नहीं!" मन में निश्चय होते ही नायक जी फिर से उठ खड़े हुए और नीचे चल दिये।

दूसरी तरफ़ सभी आत्माएं उस कुंड के चारों ओर हवा में घेरा बनाये थीं और आखिरी आहुति की प्रतीक्षा कर रही थीं।

नीति और रामायणी के सामने स्नेहा एक थाल लिए बैठी थी। थाल में नौ गहने रखे हुए थे—हार, नथ, झुमकी, पायलें, कमरबन्द, बेंदा, कंगन, बाजूबंद और

अँगूठी। तांत्रिक मानिक ने एक ख़ंजर को उठाकर अँगूठी से मिलाया और दूसरे ख़ंजर को बाजूबंद से मिलाया और कुछ मन्त्र बड़बड़ाता रहा।

"सारी विधियाँ पूरी हुईं, अब बस अंतिम विधि रह गई है—आहुति की विधि। ये सारी पीड़ित आत्माएं तुम दोनों के अंतिम बलिदान की प्रतीक्षा कर रही हैं। इनके जीवन, मृत्यु और मृत्यु के पश्चात की सभी पीड़ाओं को सार्थक करो, आगे आओ...नीति," हाथ में एक ख़ंजर लिए हुए कुंड के पास खड़े तांत्रिक ने नीति की तरफ़ देखते हुए कहा। दूसरा ख़ंजर उसने कुंड के पास की वेदी पर रख दिया।

"मैं ये आहुति नहीं दूँगी, ये छल है, ये झूठ है, कपट है तुम्हारा..." नीति ने खड़े होते हुए कहा, रामायणी भी उसके साथ उठ खड़ी हुईं।

"क्या बकवास कर रही हो, तुमने तो कहा था कि तुम दोनों खुद बलिदान दोगी, फिर क्या है ये सब..." क्रोध में काँपते हुए तांत्रिक ने कहा।

"हम ये आहुति नहीं देंगे, क्योंकि इससे हमारे ही वंश का नाश होगा और ये सब आत्माएं अनन्त काल के लिये पीड़ा सहन करती रहेंगी," रामायणी ने आगे बढ़कर कहा।

तांत्रिक क्रोध में अपने दांत पीसते हुए बोला, "तुम्हें क्या लगता है, ये बकवास करके तुम मेरा तंत्र विफल कर दोगी? हाहाहा... ये आत्माएं खुद ही तुम्हें आहूत कर देंगी अपने क्रोध से...देखना चाहती हो कैसे...?"

उसने दोनों हाथ फैलाकर आँखों से आँसू बरसाते हुए उन आत्माओं से कहा, "हे देवियों, तुमने जाने कितने अत्याचार सहे, अपमान सहे, शोषण सहे, कितना दर्द, कितना बलिदान दिया है तुम सबने। एक औरत से ज्यादा एक देवी बन गई हो, लेकिन आज जब ये महा अनुष्ठान पूरा होने जा रहा है तो ये दो औरतें अपने स्वार्थ में अंधी होकर तुम्हारे तप को नष्ट करना चाहती हैं। मैं तो तुम देवियों का भक्त हूँ, मैं इन औरतों से जबरन आहुति नहीं ले सकता...अब तुम ही कुछ करो, वरना इस घराने का ये वरदान व्यर्थ हो जाएगा।"

फूट-फूट कर तांत्रिक रोये जा रहा था।

"आहुति देनी ही होगी..." कुंड से एक स्वर उभरा, जगदम्बा देवी अपने जले हुए हाथों को आगे बढ़ाकर रामायणी की गर्दन दबाते हुए बोलीं।

"ये तांत्रिक झूठा है, ये आप सबके साथ छल कर रहा है। आप समझती क्यों नहीं... कुछ नहीं होगा इस तंत्र से। किसी का भला नहीं होगा, ये सब झूठ है," नीति उनके आगे हाथ जोड़कर बोली।

"झूठा है? हमारी पीड़ा, हमारी तपस्या भी झूठी है? मेरे स्वामी ने मुझसे स्त्री समाज के उद्धार का जो वचन किया था क्या वो झूठा है? कैसे मान लें हम कि ये सब झूठ है?" रानी साहिबा के दर्द से कम्पित स्वरों से पूरा पैलेस ही दहल उठा।

"क्योंकि मैं कह रहा हूँ रानी साहिबा, ये सब झूठ है..." राहुल ने कुंड के कमरे में उतरते हुए कहा। पीछे दयान और नायक जी भी आये। नायक जी की आँखें लाल हो चुकी थीं। राहुल और दयान को पूरे पैलेस में ढूंढ़ने पर भी नव्यम नहीं मिला था, जाहिर था कि वो किसी बुरी शक्ति का शिकार बन चुका था।

जगदम्बा ने रामायणी का गला छोड़ दिया और राहुल को घूरने लगीं।

"ऐसा मत कहिये स्वामी, पिछले जन्म में आपने प्रण लिया था कि..." रानी साहिबा की बात राहुल ने बीच में ही काट दी।

"मैंने जो कहा था वो झूठ था। मैंने हर बार हर किसी से झूठ बोला, ये सारा छल ही मेरा रचा हुआ है। मैं औरत को दोयम दर्जे का समझता रहा, इसलिए जगदम्बा देवी से हुआ अपना अपमान नहीं सह पाया। हाँ देवी, मैं आपका अपराधी हूँ, आप सबका अपराधी हूँ...मुझे सजा दीजिये। मैंने जिन औरतों की हत्या की है वे मेरी ही माँ थी, मेरी ही पत्नी थी, मेरी ही बहू थी। अपने अज्ञान में मैंने खुद भी इनका वियोग झेला है, पर ये सजा काफी नहीं है। मुझे 100 बार मृत्यु दंड दीजिये पर ये तंत्र पूरा मत होने दीजिए," राहुल ने हाथ जोड़ कर रोते हुए कहा।

कुंड में हलचल होने लगी। सारी आत्माओं की गुर्राहट का स्वर पूरे वातावरण में मौत का कम्पन पैदा करने लगा।

"आप सबका गुस्सा जायज है, लेकिन मैं आप सबसे क्षमा माँगता हूँ। मेरे पिता और मेरे बेटे का बलिदान हो चुका है इस तंत्र को रोकने में, अब बस... मैं हाथ जोड़ता हूँ, मुक्त हो जाइए दर्द की इन बेड़ियों से वरना पूरी दुनिया जल कर स्वाहा हो जाएगी आपकी आहुतियों से," फफक-फफक कर रोते हुए नायक जी ने कहा।

नीति और रामायणी ने एक-दूसरे की तरफ़ देखा। वो समझ गईं कि नव्यम अब...

स्नेहा ने दयान की तरफ़ देखा तो दयान ने हाँ में सिर हिला दिया।

"जलती है तो जल जाए, खत्म ही हो जाना चाहिए ऐसी दुनिया को जहाँ पुरुष स्त्री को मरने के बाद भी पीड़ा दे। खत्म ही होकर रहेगी अब ये दुनिया, तांडव होगा उस पीड़ा का जो हमने भुगती है इतनी सदियों तक," कुंड की सभी आत्माएं क्रोध में चीख़ती हुई कह रही थीं...बड़े घराने की सभी सात वधुओं की आत्माएं नीति और रामायणी की ओर बढ़ रही थीं उनकी आहुति लेने के लिए।

उन सबका ये रौद्र रूप देख तांत्रिक मानिक एक कोने में छुप गया।

"लेना है तो मेरे प्राण ले लीजिये, मैं अपने पापों का प्रायश्चित चाहता हूँ, मार दीजिये मुझे..." राहुल ने नीति और रामायणी जी के आगे आते हुए कहा।

जगदम्बा देवी ने गरजते हुए कहा, "तुझे किसने कहा तांत्रिक तमस कि तुझे हम जीवित छोड़ देंगे...तेरे ही कारण मेरी दो मासूम बेटियाँ भी मेरे साथ जल कर मर गईं...तेरा भी न्याय होगा आज, लेकिन देख जरा इस कुंड को कितनी आत्माओं के साथ अन्याय हुआ है। ये वर्षों से न्याय के लिए तड़प रही हैं। इनकी गुनहगार है ये इंसानी जात...इन दोनों की आहुति से अब इंसानों की इस दुनिया का ही नाश हो जाएगा जो एक औरत को इंसान नहीं मानती।"

"क्या आप भी खुद को इंसान नहीं मानतीं?" स्नेहा ने बिना डरे उन सबको देखते हुए पूछा।

"नहीं, हम या तो घर में बँधी जानवर होती हैं या फिर किसी चबूतरे से बँधी हुई देवी। इंसानी समाज में हमें ये हक दिया ही नहीं गया कि हम भी इंसानों की तरह खुश रह सकें। हमारी पीड़ा ही हमारी नियति है और अब यही पीड़ा सभी इंसानों के हिस्से में आएगी..." सभी आत्माओं का समवेत स्वर गूँज रहा था।

नीति और रामायणी को लेकर वे सातों वधुएँ कुंड के पास आ गईं। कोई कुछ नहीं कर पा रहा था उनके आगे, वे पवित्र आत्माएं थीं, उन्हें अच्छे या बुरे किसी तंत्र-मंत्र से वश नहीं किया जा सकता था। आज उनके दर्द और बदले की आग में सारी दुनिया ही जलकर भस्म होने वाली थी...नीति और रामायणी जैसे वशीभूत हो गई थीं, सभी आत्माएं उन्हें कुंड में धक्का देने ही वाली थीं कि तभी...

"सूने मोड़ पे किसी इंसान की आहट से डर जाती हूँ,

हाँ, मैं लड़की हूँ, मैं इंसानों में नहीं गिनी जाती हूँ।"

सभी आत्माओं के चेहरे स्नेहा की तरफ़ मुड़ गए। स्नेहा ने उनकी तरफ़ आगे बढ़ते हुए कहना जारी रखा—

"पराई, बेगानी, अमानत किसी और की कही जाती हूँ
हाँ, मैं लड़की हूँ, मैं इंसानों में नहीं गिनी जाती हूँ।
कहीं भी ज़माने में ख़ुद को मैं महफ़ूज नहीं पाती हूँ,
हाँ, मैं लड़की हूँ, मैं इंसानों में नहीं गिनी जाती हूँ।
मैं तानों, नजरों, एसिड से हर रोज़ जलाई जाती हूँ,
हाँ, मैं लड़की हूँ, मैं इंसानों में नहीं गिनी जाती हूँ।
हो कोई उम्र मेरी, मैं कुचल कर नालों में फेंकी जाती हूँ,
हाँ, मैं लड़की हूँ, मैं इंसानों में नहीं गिनी जाती हूँ।
जिंदा बचूँ तो कटघरे में, सबूत बनाकर नंगी कर दी जाती हूँ,
हाँ, मैं लड़की हूँ, मैं इंसानों में नहीं गिनी जाती हूँ।
कभी गैरों से, कभी अपनों से, मैं यूँ ही दबती जाती हूँ,
हाँ, मैं लड़की हूँ, मैं इंसानों में नहीं गिनी जाती हूँ।
चुप रहूँ तो अबला हूँ मैं, बोलूँ तो बेशर्म कही जाती हूँ,
हाँ, मैं लड़की हूँ, मैं इंसानों में नहीं गिनी जाती हूँ।
आधुनिकता के नाम पर, मैं बाजारों में बेची जाती हूँ,
हाँ, मैं लड़की हूँ, मैं इंसानों में नहीं गिनी जाती हूँ।
चाहे कितनी क़ाबिल हूँ, मापी जिस्म के नूर से जाती हूँ,
हाँ, मैं लड़की हूँ, मैं इंसानों में नहीं गिनी जाती हूँ।
इस समाज में कभी 'दासी', कभी 'बेब' बना दी जाती हूँ,
हाँ, मैं लड़की हूँ, मैं इंसानों में नहीं गिनी जाती हूँ।
रिश्ते, समाज, इज्जत, करियर, हर तोहमत से डराई जाती हूँ,
हाँ, मैं लड़की हूँ, मैं इंसानों में नहीं गिनी जाती हूँ।
सब सुनती सहती चुप कैसे, मैं खुद पे हैरान हुई जाती हूँ,
हाँ, मैं लड़की हूँ, तो क्यों खुद को इंसान नहीं गिन पाती हूँ?
पहचान अपनी पाने को, क्यों दूसरों की मोहताज हुई जाती हूँ?

हाँ, मैं लड़की हूँ, तो क्यों खुद को इंसान नहीं गिन पाती हूँ?
जब टटोलती हूँ अन्तस तो, अखंड ॐ कार अनुभव कर पाती हूँ,
हर भेद से परे मैं भी, सदा पवित्र उज्ज्वल एक आत्मा कहलाती हूँ।
क्यों फिर दूसरों के भेद से, खुद को हीन स्वीकार जाती हूँ?
हाँ, मैं लड़की हूँ, तो क्यों खुद को इंसान नहीं गिन पाती हूँ?
क्यों...?"

किसी के पास जवाब नहीं था।

सबका क्रोध और प्रतिशोध अब असहायता का भाव बनकर आँखों से बह रहा था। नायक, दयान, राहुल, खुद स्नेहा की भी आँखें बरस रही थीं। बस मानिक ही कोने में दुबका चुपचाप सब देख सुन रहा था।

"क्योंकि पुरुष ही स्त्री को अपने जैसा इंसान नहीं समझता, यही सत्य है..." रानी साहिबा ने कहा।

"सत्य...सत्य ये है रानी साहिबा कि एक पुरुष आज आपके सामने खड़ा है और ये स्वीकार कर रहा है कि बिना एक स्त्री की सहायता के वो उन अपराधों का भी प्रायश्चित नहीं कर सकता जो उसने स्त्री समाज के विरुद्ध किये हैं। ये औकात है एक पुरुष की। मैं जन्म एक औरत से लेता हूँ, वही मुझे स्नेह देती है, संस्कार देती है, प्रेम देती है, साथ और विश्वास देती है, मोक्ष का मार्ग देती है। संसार में किसी पुरुष की क्या इतनी औकात है कि वो जिस औरत से पैदा हुआ है, उसी औरत के लिए निर्णय सुनाए कि वो इंसान है या नहीं..." राहुल की बात सुनकर सब स्तब्ध रह गये।

"समाज जिस तरह औरत को औरत होने की बेड़ियों में बाँधता है, वही समाज पुरुष को पुरुष होने के अहंकार के गर्त में डालता है और वो समाज हम ही लोग मिलकर बनाते हैं। आज मैंने अपना बेटा खोया है तो क्या मैं पूरे स्त्री समाज को इसका दोषी बना दूँ?" नायक जी ने कहा।

"तो हमारे साथ जिन्होंने ग़लत किया उनका क्या? हम असहाय होकर छोड़ दें उन्हें बाकी सबके साथ ग़लत करने के लिए, क्योंकि ये समाज तो उन्हें उनके किये का दंड देगा नहीं," एक अन्य लड़की की आत्मा ने आगे आकर पूछा।

"नहीं, समाज दे या ना दे, कानून दे या ना दे, प्रकृति में हर अपराध का दंड है। निश्चित द्रव्य, काल, क्षेत्र, भाव और भव के संयोग होने पर ही कोई कार्य होता है। कोई अपने पाप को भुगते बिना मुक्त नहीं हो सकता। आज हमारे साथ ग़लत हुआ है, क्योंकि हमने किसी के साथ कभी ग़लत किया होगा, ये उसी बन्ध का परिणाम है। तुम ये सच समझो कि तुम्हारी आत्मा ॐ कार स्वरूप है। शरीर तो बदलता रहता है, किसके पास कैसा शरीर है इस बात से आत्मा के स्वभाव में कोई बदलाव नहीं होता...उसका धर्म अपने सच को जानकर उसी का ध्यान करना है...सभी आत्माएं हैं, इंसान जानवर भूत पिशाच देवी देवता ये सब परिस्थितियों के भेद हैं, आत्मा वही है, पवित्र, सुखरूप, शांत, ॐ कार..."

"विनायक, मेरा बेटा..." कहते हुए रानी साहिबा आगे बढ़कर आईं। अपने बेटे का ये दिव्य स्वरूप देखकर उनके सारे जीवन अश्रु सार्थक हो गए, सुख की भावना ने दुख के आंसुओं को जला दिया, कुंड का समस्त जल भाप होकर उड़ गया और रह गए बस पत्थर।

"हाँ माँ, मैं तुम्हारा ही बेटा हूँ, ये तुम्हारे ही संस्कारों का फल है माँ कि मुझे मेरी मुक्ति का उपाय मिला है। मेरा उद्धार करने वाली स्त्री खुद के उद्धार के लिए एक कपटी तांत्रिक के भरोसे पीड़ा और प्रतिशोध में जल रही है! ये तो आप अपनी खुद की ही आत्मा के साथ अन्याय कर रही हैं। आप सबकी आत्माओं में अपने उद्धार की शक्ति है, फिर किसी और का सहारा क्यों? क्यों किसी के छल को सत्य मान लिया आपने?" विनायक ने सबको संबोधित करते हुए कहा।

उन आत्माओं में से एक ने आगे आकर कहा, "जिन्होंने हमारे साथ ग़लत किया उन्हें उनके किये का दंड मिलेगा जरूर। तय समय पर हमें न्याय मिलेगा, हमें प्रतिशोध की अग्नि में नहीं जलना। क्या अब इस तंत्र से हमारी मुक्ति का कोई उपाय है?"

"स्वयं को पहचानो और स्वीकार करो, आत्मा का स्वभाव ही है मुक्त रहना। अपनी आत्मा के आश्रय से ही संसार चक्र और इस तंत्र से मुक्ति मिल सकती है," विनायक ने कहा और स्नेहा की तरफ़ देखा।

स्नेहा ने थाल के सारे गहनों को ॐ के आकार में सजाकर थाल में रख दिया।

सारा पैलेस ॐ कार की ध्वनि से गूँज उठा। रात्रि के गहन अंधकार में आत्मा के ज्ञानसूर्य का प्रकाश फैल रहा था। पूरे पैलेस के हर कण में कम्पन हो रहा था...

उन आत्माओं के ॐ कार की ध्वनि की ऊष्मा से सारा काला पत्थर गल कर भूमि में समा गया... आत्मा के सत्य स्पर्श से ही होने वाले सुख ने जन्मों-जन्मों की पीड़ा का नाश कर दिया। वे आत्माएं अब अपने अगले पड़ाव पर जाने को तैयार थीं।

उन सबके द्वारा ॐ कार के 1008 जाप सम्पूर्ण होते ही समस्त आत्माएं तीव्र गति से अनंत आकाश में गमन कर गईं।

"किसी भी समय इस महल में मौजूद बुरी काली शक्तियाँ तुम सबको खत्म कर देंगी, इस इमारत को भी पृथ्वी के गर्भ के हवाले कर दो। इस महल को तंत्र मुक्त नहीं किया जा सकता क्योंकि ये खुद ही इस तंत्र का आधार है...पृथ्वी के केंद्र की अग्नि ही इसे पवित्र करेगी, 1008 बार और जाप करो, मेरी यहाँ रहने की अवधि अब समाप्त हुई," कहकर विनायक दद्दू अंतर्ध्यान हो गए।

उन सबने फिर से एक बार ॐ का उच्चारण प्रारम्भ किया।

इसी बीच एक भयानक शैतानी आवाज़ गूँजी, "बन्द करो ये जाप वरना इसे मार डालूँगा मैं।"

सबने देखा मानिक नीति को जबरन घसीटकर कुंड के पास की वेदी पर ले गया था और उसके गले पर ख़ंजर रखा हुआ था।

"इतनी आसानी से अपनी वर्षों की तपस्या से इस तंत्र को बनाये रखा मैंने। इतनी हत्याएं कीं तो एक और सही। मैं कहता हूँ रोक दो ये जाप..." तांत्रिक ने चिल्लाते हुए कहा।

सब जाप करते हुए घबराए से एक-दूसरे को देख रहे थे और जाप बन्द करने ही वाले थे कि ख़ंजर की आवाज़ ने सबके हृदय कंपा दिए।

"जा...प...मत...रोकिए...ॐ...ॐ..." कंपकंपाते हुए शब्दों के साथ नीति का शरीर भी भरभरा कर जमीन पर गिर पड़ा।

वेदी पर रखे दूसरे ख़ंजर पर मानिक की नजर नहीं गई, और वही ख़ंजर उठाकर नीति ने उसके सीने में घोंप दिया और बदले में उस तांत्रिक का ख़ंजर उसके गले को काट गया।

आँखों में दर्द उतर आया था पर सब दिल पर पत्थर रखे ॐ कार का उच्चारण किये जा रहे थे। जाप पूरा होते-होते पूरा महल भरभरा कर जमीन में धसकने लगा। सारी दीवारें, छतें और खंभे गिरने लगे। उन सभी के चारों ओर एक नीला घेरा बन चुका था, जिसमें वे सुरक्षित थे।

जाप करते-करते ही राहुल घेरे में से उठकर नीति के मृत शरीर को नीले घेरे में ले आया। कुछ ही क्षणों के बाद वहाँ कुछ नहीं था, समतल सपाट भूमि पर निर्जीव और भावहीन से दयान, नायक, राहुल, स्नेहा और रामायणी बैठे हुए थे।

सुबह हो रही थी, नीति के पार्थिव शरीर पर सूर्य की किरणें पड़ रही थीं और उसके सच्चे बलिदान को प्रणाम कर रही थीं।

नव्यम और नीति दोनों को ही खोने के बाद सबके मन में शोक के अलावा कोई भाव ही नहीं रह गया था।

"भैया...भैया...राहुल भैया..." एक आवाज़ आई, सबने देखा तो दूर जंगल से कोई लड़का बेतहाशा दौड़ा चला आ रहा था। राहुल ने कुछ दूर दौड़कर उसे अपनी बांहों में संभाल लिया। वो नव्यम था, सही सलामत।

अपने भाई के गले लगकर थोड़ी देर साँस लेने के बाद बोला, "भाई सब ठीक है ना...और ये पैलेस कैसे जमीन में गड़ गया? मैं सब देख रहा था उस जंगल से...वहाँ..." नव्यम ने हाथ से जंगल की तरफ़ इशारा किया।

राहुल फफक-फफक कर रो पड़ा और नव्यम को कस कर गले से लगा लिया।

"अरे आप रोइये मत, मैं ठीक हूँ भाई," नव्यम ने उसके आँसू पोंछते हुए कहा।

"नव्यम, मुझे माफ़ कर दे...नीति माँ..." इससे आगे राहुल के गले से आवाज़ न निकल सकी।

"माँ... माँ!" चिल्लाता हुआ नव्यम सबके पास आया और अपनी माँ के शव को जमीन पर पड़ा देखकर वो सदमे से घुटनों के बल गिर पड़ा। न उसके आँसू

निकल रहे थे, न कोई शब्द। काश माँ उसे भी अपनी गोद में सुला के साथ ले जाती, बस दिल में यही हूक उठ रही थी। उसके अंदर ही अंदर कुछ जल रहा था जो शरीर को भस्म करने वाला था।

रामायणी ने उठकर नव्यम को अपने अंक में भर लिया और वो छोटे बच्चे की तरह बिलख पड़ा। हृदय का ताप आँखों से लावा बनकर बह निकला, रामायणी की ममता पाकर उसका दुख मुखर हो गया।

सारी प्रकृति फिर से ममता के उस अगाध सागर को प्रत्यक्ष देख रही थी।

दस बरस बाद एक सुबह—

"क्या हुआ, सुबह-सुबह मुँह लटकाए क्यों बैठे हो?" नायक जी ने नव्यम के चेहरे पर बजे 12 देखकर पूछा।

"कभी-कभी तो सोचता हूँ पापा, कल्पना से अच्छी तो वो पैलेस वाली भूतनी थी," नव्यम ने चिढ़े हुए स्वर में कहा।

"किस भूतनी की बात हो रही है भाई, जरा हमें भी बताओ," नाश्ते की टेबल पर नायक जी और नव्यम को बात करते हुए देखकर राहुल ने पूछा।

"अरे भैया कुछ नहीं, ये मुझसे लड़ते रहते हैं। आज सुबह-सुबह ही लड़ कर बैठे हैं," कल्पना ने रसोई से अपनी सफ़ाई देते हुए कहा।

"पर फिर भी ये पैलेस वाली भूतनी कौन है? हमें तो कुछ पता ही नहीं इसके बारे में," अपनी बेटी नीतिका के लिए दूध तैयार करती हुई स्नेहा ने पूछा।

"अरे भाभी, मैंने किसी को बताया ही नहीं तो पता कैसे होगा," नव्यम ने रसोई में मदद करते हुए कहा।

"तो अब बता दो, हमें भी तो पता चले, कल्पना से अच्छी कौन मिल गई तुझे," रामायणी जी ने नव्यम के सिर पर हाथ फेरते हुए कहा।

"हाँ भाई, ये भी बता दो कि उस रात तुम पैलेस से जंगल कैसे पहुँच गए थे उन प्रेतों से बचकर," दयान ने घर के अंदर आते हुए कहा।

"चलो अब अपने बिज़नेस पार्टनर को तो बता ही दो," नायक जी दयान को अपने साथ बिठाते हुए बोले।

"ठीक है सब सुन लो, दरअसल जब हम चारों लोग दूसरी मंजिल से नीचे जा रहे थे, तब हॉल के बाहर से गुजरते हुए कोई साया मुझसे टकराया, मैं देखने को पीछे मुड़ा और उसने मुझे अपनी ओर खींच लिया और राहुल भाई किसी और प्रेत का हाथ पकड़ कर चलते बने," नव्यम ने बताया।

"हाँ, मुझे वो हाथ कुछ अजीब तरह से नुकीला और सर्द लग रहा था लेकिन मैंने ज्यादा ध्यान नहीं दिया था, पर तुम्हें किस प्रेत ने खींच लिया था?" राहुल ने पूछा।

"अरे भैया प्रेत नहीं, प्रेतनी, बेहद सुंदर और सुशील प्रेतनी! जरा भी नहीं डराया मुझे, बल्कि उसने मुझसे कहा कि तुम बड़े प्यारे और भोले हो, मेरे साथ चलो वरना यहाँ तुम्हें सब खा जाएंगे। फिर वो सबसे छुपाकर मुझे पैलेस से बाहर निकालकर जंगल की तरफ़ ले गई। फिर एकदम से पैलेस में रोशनी होने लगी, वो ज़मीन में धँसने लगा, तब बहुत से प्रेत उस पैलेस में से उड़-उड़ कर यहाँ-वहाँ जाने लगे। वो भी उनके साथ चली गई, मैं तो उसे थैंक्यू भी नहीं बोल पाया," नव्यम बोला।

"देखिये पापा, दस साल पुरानी वो भूतनी अब भी इतनी अच्छी तरह याद है इन्हें, और आज हमारी शादी को आठ साल और दो महीने पूरे हो गए, ये याद नहीं है इन्हें," कल्पना ने शिकायत करते हुए कहा।

रामायणी जी ने अपना माथा पीट लिया और बोलीं, "इसी बात पर लड़ रहे हो दोनों सुबह से? हे भगवान!"

"दद्दू, सब लोग क्यों इत्ती जोर से बातें कर रहे हैं, मैं अपना सपना रिपीट कर रही थी फिर बातों से मेरी नींद खुल गई," आँखें मलती हुई नन्हीं नीतिका अपने दद्दू की गोद में आकर बैठ गई।

उसे देखकर सबके चेहरे खिल उठे, आखिर सारे घर की जान जो बसती थी उसमें।

"अच्छा! क्या सपना देख रहा था हमारा गुड्डा?" नायक जी ने उसे लाड़ लड़ाते हुए पूछा।

"मैंने न दद्दू इत्ते बड़े-बड़े झरने देखे, बहुत सारी नदियाँ देखीं, एकदम सफ़ेद फूल देखे, एकदम बर्फ जैसी सफ़ेद जगह देखी वहाँ पर बहुत सारे ॐ देखे और

पता है उनमें से ॐ की आवाज़ भी आ रही थी," नीतिका बड़ी मासूमियत से अपने चेहरे और हाथों के जरिये अपने दद्दू को समझाने की कोशिश कर रही थी। उसका बस चलता तो उन्हें हाथ पकड़ कर अपने सपने की खूबसूरत दुनिया में ले चलती।

उसका सपना सुनकर दयान ने बड़ी उम्मीद से उससे पूछा, "अच्छा बिटिया रानी, ये बताओ, आपके सपने में बहुत सारी आंटी भी दिखती हैं क्या?"

"नहीं आंटी अंकल कोई नहीं दिखता, बस ॐ दिखता है। सब ॐ एक जैसे..." नीतिका ने मुस्कुरा कर कहा और सबके चेहरे फिर से खिल उठे।

ॐ नमः